门前一树花

◎王老四 著

中国海洋大学出版社

·青岛·

图书在版编目（CIP）数据

门前一树花 / 王老四著. -- 青岛：中国海洋大学
出版社，2024.7. -- ISBN 978-7-5670-3913-1

Ⅰ.I267

中国国家版本馆CIP数据核字第2024ZZ6843号

书　　名　门前一树花

MEN QIAN YI SHU HUA

出版发行	中国海洋大学出版社
社　　址	青岛市香港东路23号　　　邮政编码　266071
出 版 人	刘文菁
网　　址	https：//pub.ouc.edu.cn
订购电话	0532-82032573（传真）
责任编辑	杨亦飞　郝倩倩
印　　制	日照日报印务中心
版　　次	2024年7月第1版
印　　次	2024年7月第1次印刷
成品尺寸	148mm×210mm
印　　张	19.25
字　　数	190千
印　　数	1～1000
定　　价	58.00元

如发现印装质量问题，请致电0633-2298958，由印刷厂负责调换。

目 录

怎么那么牛 /1

一院桂花香 /4

涂了哪只 yā /7

生男与育女 /10

一群快乐的女人 /13

这个季节 /17

人情之累 /19

我爱花裤子 /23

这一年 /25

赊小鸡的诚信 /28

打错电话了 /32

必须完成的任务 /36

为什么喝酒 /43

还好意思说你读过书 /49

真是盼场雨啊 /59

星星和月亮，还都在天上　/62

幸福满路　/66

没有人能救你，除了你自己　/72

别和他们一般见识　/78

就随他的便吧　/85

你认真工作的样子真好看　/95

吃苦的岁月回忆起来都那么甜　/102

东风一起，就想栽树　/112

我在等雨　/114

门前一树花　/117

你以为种菜容易　/120

看那么多书，有什么用啊　/126

午后闲记　/133

骨子里还是农民　/136

你那凶巴巴的脸，真是不好看　/141

天生焦虑 /146

依然需要平房，依然需要村庄 /153

馋 /159

好喜欢你的小虎牙 /164

苦日子唱着过 /167

欲 望 /175

我喜欢两种男人 /179

想家到底想什么 /184

你怎么那么忙 /193

闲话地瓜 /199

人间从来不缺善 /202

懒 /207

先天体质 /212

找铲子 /217

中年贪吃 /220

养狗养猫等　/225

想老家　/232

苦　夏　/237

让人咬牙切齿的臭蚊子　/243

蜗牛都去哪里了　/247

亲人的意义　/251

中老年，再婚难　/256

懒柿子　/263

中老年再婚和养老　/267

老年痴呆哪里来的　/277

他们怎么不识字　/285

吃货有理　/293

坐等大雪　/299

怎么那么牛

下午一上班进来一个老头儿，约莫六十多岁，打听主任去哪里了。我说主任出差了。他问主任几点能回来。我说不知道，主任陪领导出差，时间他自己说了不算。老头儿一听立马"炸"了："你们这是什么单位？正常工作日不在办公室办业务，怎么为纳税人服务？给我他的电话，我让××（时任区领导）给他打电话，叫他立即回来，我今天下午必须盖上章！"

我一下子就烦了：拿领导吓唬人吗？二手房交易的手续由政策法规科办理，税费缴清后，政策法规科出具证明，办公室主任审核盖章。一个业务牵涉两个科室，难免有不凑巧的时候，纳税人一般都能理解，我们都是帮着收下材料，盖好章后再通知纳税人拿回去。

烦归烦，但咱不能像他这么没素质，我轻声说："大叔你别上火，有事慢慢说。我问问主任什么时间回来。"税收政策科办理业务的同事给主任打了电话，主任说得四点半以后才能回来。老头儿一听又"炸"了，一下子从沙发上蹦起来："四点半？谁等他到四点半？我小孩儿一个从济南过来，一个从临沂过来，就是为了办这个手续，今天必须办好！他们的工作很重要！"随他来的四个年轻人也吵吵嚷嚷，出言不逊。老头儿要了主任的电话，接通后大声指责主任，听到主任赶不回来，他再次"炸"了："我让××给你打电话你回来不回来？让谁给你打个电话你能回来？我不管你有什么事，我就等你到三点半！"挂断电话，一屁股坐在沙发上骂骂咧咧："他要是三点半不回来，我看他怎么收拾！"

我不愿见这样的人，索性去厕所蹲着，十分钟后回来，人不见了，一问，盖上章走了。工作二十年，还没见过这么大年龄了还扛大旗做虎皮逞牛的。倒不是说他有没有逞牛的资本，而是觉得这个年龄还这么冲，让人特别不舒服。年轻人逞牛，是因为年轻气盛阅历浅。六十多岁的人再这样，就觉得素质有问题了。即使我们工作程序有瑕疵，但你慢慢讲明白，我们也会想办法解决。但这个老人显然做事不讲程序，拿大领导压人，到哪里都想寻便利，不知道他当领导时是怎么工作的。

人生在世，和善为本，尤其上了年纪，心底自生一份宽容，眉间自带一份和气，自己静，人也敬。这个老人，看其形貌，听其话语，不似普通百姓。混了一辈子，对事不讲规矩，对人没有宽容，自内而外一股痞气、一股霸气，真正是为老不尊、让人不敬了，他这辈子也是白混了。

于是想起，高衙内之所以敢公然抢夺林冲娘子，仗的就是高俅的权势。老头儿时时搬出"大官"来恐吓普通公务员，差不多也是倚了"狗仗人势"的老理。又想起，宋徽宗赵佶第一次去会李师师，带了首饰、绸缎、瓷器、玉石等一宗大礼，李师师不情不愿，千呼万唤就是不出来。随从都快等火了，赵佶却很有耐心。半夜李师师方才露面，不展笑颜，不答一句，抚琴自弹，三曲完毕，天已大亮，赵佶只得告辞。

具体事例不一样，但人的品性不外乎此。越是跳蚤，越是要倚傍布条儿充大象，真正的大人物，往往都谦逊到微尘里。

扯远了。

2011 年 8 月

一院桂花香

前天早晨上班，一位男同事刚下车就问我："咱院里这两天什么味儿呃（方言尾音），怎么这么香？"我指了指他车后："桂花开啦！"

十几棵桂花初放，满院飘香。

很喜欢单位现在的地方，有前后院，院前两河交汇，河边垂柳依依，河畔是海曲公园，有山有池，参天大树。某同事号称精通《周易》，多次宣布："咱单位这地方真好，风水宝地，二龙戏珠。"站在楼上看，楼前的院子、两条河流、海曲公园、远处的奎山，尽收眼底，满目苍翠，清神爽气。我不懂《周易》，也觉得这是风水宝地，因为看着舒服。老城区寸土寸金挤挤巴巴，找这么个地方不容易。前后俩院几十种花草树木，假山、鱼池、亭台、花廊，一般的公园都不如。政府也看好此地，把前院划出去一部分作为公共绿地。没划出去的方方正正圈起来，也挡不住老人们进来哄孩子。划出去的那块地绿树参天，遮风挡雨，无论冬夏都有一帮子老头儿坚定地坐在树底，热热闹闹地打小牌。有时候打牌的、看牌的形成气势，分帮结派起了争执，争执哪张牌没出好、谁该赢多赢少，声若洪钟，气势汹汹，我在办公室都能听得明明白白断官司。

十几棵桂花移来十五六年，树高两三米，不开花的时候纯粹就是树。每年中秋前后花一开，就成了花树，香气馥郁。嗅着花香，枯燥的工作也变得很惬意。我们不是嫦娥、不是吴刚，整个八月却过得跟神仙一样。办业务的人来到，第一句话往往是："真香！"办完业务还要转到桂花前，撑起鼻孔、闭起眼睛用心去享受。

今早刚走近桂花，一个来办业务的人也凑上前伸长鼻子，我们不约而同地说："真香啊！"她羡慕我："你们在这里上班，真有福气呃。"

桂花一开，就招人来。来看花的老太太一拨儿又一拨儿，夸一番，嗅够了，临走还要摘一些。过几天，她们肯定还会捎着报纸来，铺在树下收集落花。

我住的小区绿化尤其好，桂花也不少。一到八月节，桂花的香气盖过了海上刮来的腥咸，压住了楼上飘出的油烟，五脏六腑都被贯穿，人瞬间就醉了。人工湖北岸几棵巨大的金桂，桂花后面的楼上住的都是北京大学的教授。一楼的老教授在门前搭起遮阳棚，从早到晚坐在棚下，嗅着花香听戏，醒时摇头晃脑跟着唱小戏，盹了躺倒打起小呼噜，始终不离桂花树。夜里十点我去闻花香，他依然坐在那里，保安们称他是"看桂花的教授"，他乐呵呵地答应着。

小区里有院子的户，无论院子大小，家家栽桂花。桂花香不妖冶，秋高气爽又稀释了部分浓烈，香气显得很柔和。夜里睡觉我都舍不得关窗，梦里一片黄金甲，鼻息尽是桂花香。

2011年9月

涂了哪只yā

宁馨向来不看我的QQ，昨天光临，大为光火："涂yā的yā不是鸭子的鸭，是乌鸦的鸦！"我吃了一惊，马上辩解："我忘了那只鸦，只好涂这只鸭了。"宁馨很生气："还总是嫌别人用错字，你不会用就别乱用！"呵，青春期的孩子，抓住妈妈的错误就不依不饶、纠正到底。我有时捡起她扔掉的小画，拍下来，放在QQ空间里，设了画册，起名叫"涂鸭"。其实我知道"涂鸦"，但当时怎么写成"鸭"，还真说不明白，这么久了也一直没发觉。

不怪宁馨批评，对于日常别字，我的确有洁癖：讨厌别人用错或读错字，尤其是常见的字。年轻时很喜欢迪克牛仔嘶哑的嗓音，但他唱《爱如潮水》的那句"答应我你从此不在深夜里徘徊"时，硬是把"徘徊"唱成了"徘huí"。乍一听有些不相信，我喜欢的歌星啊，我不想他有瑕疵。找来不同版本再听，依然是"徘huí"，我感觉就像喷香的米饭里混进了沙子，很硌牙。我同样喜欢张信哲，同样还是《爱如潮水》，他也清晰地唱成了"徘huí"。从此，我不再听他们的歌。

曾经很喜欢本地电台的一档情感节目，讲的都是大千世界真实的故事，主持人声音温润甜美，讲来特别感人。有几年每次接女儿放学的途中，娘俩都全神贯注地听这个节目，直到有一天，主持人把"绥芬河"读成"tuó芬河"。一个故事中出现了三次"绥芬河"，她就读成了三次"tuó芬河"，虽然依然是温润的声音，我却又像是饭里吃到了沙子。因为太喜欢这个节目，我又忍着听了几次，美国"俄克拉何马市"，她磕磕绊绊地反复三次才读完整。失去连贯性，这个城市听起来就像怪物。从此这个节目也与我无缘了。还有几个主持人也因为同样的原因被我放弃。我容忍不了一个公共平台的主持人犯这种错误。不会不是缺点，为什么不事先读两遍呢？这样的错误通过公共平台传给千家万户，给不知道的人造成错误记忆，给知道的人带来不舒服。

其实我们普通人经常会出现这种情况，但普通人的错误不算什么，甚至有时候会成为熟人之间的温暖记忆。我刚上班时认识一位老所长。在众多老同志中首先认识并记住他，是因为同事说过他的一个故事。他任所长时，开会规范服务态度，再三强调：不论熟人还是陌生人，我们一律一条板凳一杯茶，一视同仁。他把"陌生人"说成"beī生人"，还不断重复。我们局长在全区年终总结大会上讲话，说干部职工素质"cānchā不齐"（参差不齐）。同事田大姐给她爸爸打电话："爸爸，你声音怎么有点jiāocuì啊？"她爸纠正："是qiáocuì。"她惊奇地说道："爸爸你怎么知道的？"我和另一同事笑喷。她放下电话冲过来就打："你们都认识，怎么不跟我说？"这么多年，一见田大姐，我们就逗她："你怎么有点jiāocuì啊？"

有些人粗犷，经常读错字，有偏旁的念偏旁，没偏旁的看长相，长得差不多的张口就念，以至于你经常听到错字，却也不影响理解说话人的意思。比如酵母说成"xiào母"，妊娠说成"rènchēn"，还有上边的"徘huí""参chā不齐"等。我也经常读错字，有的字查过字典数十次却依然记不住，比如，邕yōng读成yì，菁华jīnghuá读成qīnghuá，鳏夫guānfū读成luófū，戛然jiárán读成gārán，皈依guīyī读成bānyī，踟蹰chíchú读成zhìzhù，痤疮cuóchuāng读成zuòchuáng等，至于饕餮tāotiè这等长相稀奇的字，有时干脆囫囵吞枣，连字典都懒得查。

2011年10月

生男与育女

后面楼上的一对老夫妻在楼前用几个保温箱种了韭菜，我每天在厨房都能看见他们精心管理。韭菜一天天地青葱，我心里很欢喜。下午上楼前，顺腿过去看韭菜，旁边六十多岁的大爷也在看韭菜，便同他搭讪几句。正说着，种韭菜的老太太来了，跟大爷很熟的样子，指着我问他："你闺女？"大爷笑了："我要有闺女就好了。"老太太说："我还以为这是你闺女呢。"大爷喃喃道："我要有这么个闺女，那我得享多少福呃。"然后自言自语地重复："那我得享多少福呃。"

有闺女就有福？好像是，又好像不是，好像有些年代是，有些年代不是，好像某个年龄阶段是，某个年龄阶段又不是。

按大爷的说法儿，我父母应该是掉进福窝里了——一连生了五个闺女。可他们曾经很苦，至今也不觉得幸福。

父亲兄弟俩，我大爷早早地生了四儿两女，临到我父亲生孩子，头胎是闺女，倒也没什么，第二胎又是闺女。苏青就说过："一女二女尚可勉强，三女四女就够惹厌，倘其数量更在'四'以上，则为母者苦矣！"我奶奶倒开通，并没表现出嫌弃，但老老少少盼孙子谁都能看得出。三姐一出生，母亲自己就恼，天天哭，眼都哭毁了，得了月子瘫，下不来炕。等到我生下来，就想送人了。生我妹妹时，我清楚记得是个很冷的晚上，婴儿被包起来放在炕头上，母亲低低地哭，我们姊妹四个一摆溜儿地站在炕沿儿下跟着哭。一个远房舅舅不久前生了第五个儿子，于是两家决定换孩子。舅舅抱着儿子来换了，母亲却又舍不得。

只有闺女，生产队时挣不到工分儿，就分不到粮食。包产到户后，家里没有壮劳力，与别人家的生活越来越有差距。农村家庭没有儿子，还会被人瞧不起，父母经常为此起争执，不论什么起因，最后都会扯到没有儿子上去，结局就是父亲摔碗摔盆，摔碎所有能摔的东西后扬长而去，母亲躺在炕上嘤嘤哭泣。

小时候以为重男轻女是封建残余，后来才知道古人并不如此。《长恨歌》说杨玉环得宠后，"姊妹弟兄皆列土，可怜光彩生门户"，全家都跟她沾了光，天下人都羡慕不已，"遂令天下父母心，不重生男重生女"。《兵车行》说当时的男子未成年就戍边打仗，直至战死沙场，无奈的爹娘就感叹："信知生男恶，反是生女好。生女犹得嫁比邻，生男埋没随百草。"生闺女即使嫁给隔墙邻居，也能天天看着，还能照顾年老的爹娘，多好啊。

村里的老人现在都羡慕我父母，有闺女养，不用费大力，也不受人气。这些年有闺女的全指望闺女接济和照顾，没闺女的只能干瞪眼。我大爷给每个儿子盖了一处房子，分家后帮着他们干活儿，还不能干偏了。两个堂姐没得爹娘一砖一瓦，几十年来一直接济爹娘、帮扶兄弟。多数人家都这样，闺女是爹娘事实上的赡养者，爹娘对儿子要求也不高，"不让生气就烧了高香"。

并不是所有儿子都不孝顺，只是男女有别，感情的敏感度也有差别。比如我老公，年轻时候我跟婆婆有矛盾，投诉到他那里，他的解决方法只有一个，而且很硬气：老婆可以换，爹娘不能换！蛮横的语气和决绝的表情让人一下子凉到骨髓里。老公其实很孝顺，但是挺粗心。公爹去世后，婆婆一个人在老家住，我不提醒，他不回去，我一提醒他就急了，爬起来空着手就走。我说买点东西吧。他说买什么，家里什么都有。我说你娘会耍魔术，什么都能变出来？我一样一样买好了，有当天现吃的，有留给婆婆以后吃的，拿回去，老公却一顿做完了，根本不想他娘以后怎么吃。大姑姐五十多岁，每周往家窜两趟，每天早晚两个电话，婆婆偶尔接不起来，吓得她立马窜回去。邻居老太太馋得不行，纷纷叹命不好，没养闺女。其实也不是所有闺女都孝顺，有的闺女还不如儿媳妇。

重男轻女也不是一成不变，甚至因人而异。我们村有人馋儿子，却一连生了七个闺女，婆婆村一个人馋闺女，结果一连生了三个儿子，气恼不已。

为人父母，有儿有女，最为幸福。

2011 年 11 月

一群快乐的女人

每次去三姐家都十分感慨，日子辛苦单调，她却过得乐呵呵的。

诸城肉串加工业发展很快。石门乡地处偏僻，却因女人们的能干肯干而极具优势，城里的外贸企业纷纷把加工点设到乡上，巴掌大的地方一年增加了四五个厂子，几百名农村妇女因此成了季节性产业工人。三姐所在的工厂设厂最早，有五六十名妇女。这些女人家里都种地养牲畜，农忙时种地，农闲时喂上牲畜就赶去串肉串儿，按件计工资。

三姐2008年进厂。刚开始不熟练，一天挣十来块，后来渐渐挣到二三十，现在挣七八十，好干的活儿也能挣到一百多。这份收入让三姐很满足。她最初设定的目标是每天挣满三十块，够一家人一天吃喝。随着收入逐渐提高，她越来越能花，绝不亏待自己。刚开始每天下班都照着收入花，买吃的喝的，冬天买新鲜水果蔬菜连眼也不眨。摩托车刚骑了几年，去年又换了一辆电动车。一千多的根本看不上，管它两千还是三千，只要质量好、样式新，她就舍得花。我说买辆电动车这么贵，我都舍不得。她说人又不能活两辈子，能挣出来为什么舍不得花？

比起厂里那些女人，三姐说她不是最能挣的，也不是最能花的，人家手快的哪天都挣一百多，勤快的天乌黑就下手干了。她说："现在的女人真是了不得，自己能挣钱，也会花。别看都是些女人，还来回请客，请客还上瘾，轮到谁就去买雪糕、买糖葫芦；'三八'妇女节还到饭店订桌，喝酒吃大餐，结账ＡＡ制；过年放假轮流做东，今天你家，明天她家，又吃又喝又唱歌；'五一'劳动节还包车去青岛玩儿。"

女人们凑到一起，手上再忙嘴也闲不住，叽叽喳喳地聊天，热热闹闹地唱，轮流唱歌，谁不唱就到墙角罚站。站墙角可就耽误了挣钱。于是管他唱好唱孬，大家都不害羞，轮到谁谁就唱。三姐五音不全，第一次轮到，她"直着嗓子唱了《冬天里的一把火》""把她们都笑得肚子疼"。还有人一个字都不在调上，直接唱到沟里去了。第二天质检，那下午的活儿都不合格，全部返工。女人们都笑着打趣三姐："都让你那一把火烧煳了！"

少挣了钱并没影响她们唱歌的热情，还是一轮一轮地唱。最近这轮三姐没唱歌，随口作了一首诗：

当喧嚣了一天的大地还在沉睡中

当劳作了一天的人们还在酣睡中

当西行的月亮还在期待中

当滴滴答答的铃声将我惊醒

我睁开蒙眬的双眼

看了看无奈的手机

又是一个五点半

真不想早起啊

但为了生活

我迈上了新的征程

三姐朗诵得声情并茂，刚住嘴女人们就哄堂大笑："你这就叫诗？不就是说的咱自己嘛。"

三姐的诗就是她们的生活：早晨五点半起床，忙完家里的，六点半开始忙工厂的，晚上六点半回家。

这一天真辛苦。尤其早晨，又困又乏，起床完全靠毅力；一天三顿饭，都是糊弄着吃；车间温度低，穿着水靴在冰地上站一天，脚冻得像猫咬，手上长满冻疮，有的人两只手都冻黑了。

但她们还是每天早早起来，"不光是去挣钱，关键是又说又唱，心情好，明明是个累活儿，但干得很高兴"。六七十岁的老妇女不会骑车子，就合伙搭人家的面包车，每天起早贪黑，有的挣三十，有的挣五十。手里有钱腰杆子硬。不管挣三十还是挣一百，女人们脸上的皱纹很舒展，笑容很生动。

她们的厂子就在大集边上，我去了几次都逢集。因为按件计酬，老板管得不严，女人们手里有了钱，一逢集就心痒痒，忍不住到集上逛逛，顺手买点东西。回来没串几下子，想起来还有什么没买，又蹿出去。一上午没串几斤肉，却都嘻嘻哈哈赶了好几趟集。

中午饭各人从家里带，厂里给温。既带饭又带菜嫌麻烦，多数人头天晚上就包大包子、包水饺、烙油饼。一到吃饭，各人端着饭盒，有的坐着，有的站着，一边吃饭一边聊天。活泼的女人吃着碗里的还盯着人家锅里的，或是大大方方或是趁人不备，去扠人家的尝尝。对方有的笑嘻嘻地骂一句，有的迅速用筷子打她的筷子，嘴里说着："我打死你这个馋猫！"馋猫立刻缩着脖子吐着舌头杵回来了，逗得大家一片笑，连墙旯儿里坐着的那个掉了牙的"老嬷子"（方言，老年妇女）含着一口饭嘴角也咧到了耳朵根儿。

有的女人挣钱拼命，冬天工厂早晨六点开门，她五点半就去等着了。有的女人不着急，拖拖拉拉八九点才来。一个案板上干活儿，月底工资有的相差两倍多。三姐也馋钱，但很有自知之明："我就是不睡觉也挣不了人家那么多，人家天生手快。我不那么拼命，高高兴兴地挣个千数儿就够了。"三姐夫附和："你不用挣人家那么多，挣那么多咱也花不了。咱挣得够花就中了。"

这两年，越来越多的女人认同三姐的观点，干活儿有张有弛了，有的中午还要回家睡午觉，有的给自己限定目标，挣够了立马回家。上个月某天下午三点左右，我跟三姐在村后翻地瓜秧，一阵喧哗远远飘过来，三姐说："这群娘们儿是东北庄的，每天挣满一百五就回家。"我刚直起身，一群骑着摩托车的女人花喜鹊一样"喳喳"地飞过去了。秋阳耀眼，女人们的背影五彩斑斓，连地里的庄稼都被她们的快乐感染了。

2012年4月

这个季节

几场春风，几场细雨，春就这么不请自来了。乍暖还寒，早晚冻得人直缩脖子，四肢也不舒展，那些孕育了一冬的新鲜生命却不怕冷，急着抽芽、争着开花了。

营子河边的垂柳，眼瞅着一天天变软了，抽芽了，长叶了，一天一个样。楼后一株毛玉兰，夹在两座楼中间，春风乍起，就急着吐出花苞，转天寒流，刚放开的花朵就冻蔫了。搬来七八年，年年如此，今春它又早早开放，同事笑话它"没出息""不知死活"。路边绿化带里一排排花树，淡粉的浓密的花朵，褐色的稀疏的叶子，繁茂不张扬。再远看去，连翘、梨花、杏花、桃花，比着赛着都开了。

小时候在农村，对春的感知是河水化冻了，柳树发芽了，桃花开了。城市有精心的规划和培植，楼前、楼后，路旁、河边，广场上、公园里，到处都有不认识的花、不知名的树。春一到，草丛里、树上的花争相开放，不是单丛单株，而是一丛丛一排排，这儿一片那儿一片，到处都是花海。

每天在路上，慢慢地走，细细地看，搜寻每一处花开，体味每一片惊喜，即使同一片花，每天看过去感受也不一样。说给宁馨，小人儿不以为然，应付地"嗯"一声，继续沉迷手机。于是渐渐悟到，对季节变换这么敏感，对花开花落这么在乎，全是因为老啦。女人老去的一个重要特征，便是粗糙了面貌，柔软了心灵。

楼前三株榆叶梅，离地起花，密密麻麻，又艳丽又奔放，每天都有女邻居在看花在拍照。一张张历经岁月的脸，有了鲜花的映照，脸颊荡起红晕，目光泛起柔波，细碎的皱纹也浅了很多。不管别人怎么看，至少在她心里，自己还是那么年轻，生活还是那么美好。我说这花儿真好看啊，宁馨却答："看起来很好吃的样子。"呵，满树的花儿，我一肚子对时光的追念、对幸福的感慨，她却满脑子想着吃。倒退三十年，我也如此。

真是"年年岁岁花相似，岁岁年年人不同"啊！

2012 年 4 月

人情之累

终于迎来秋高气爽，当家的却很累，每晚一场酒，到家什么都顾不上，身子一软直接撂床上。升学、结婚、生孩子，都要办喜酒，不喝面子过不去。我也不轻松，他去喝酒，我管抠钱。又因为喜酒衍生的烦恼，更觉得累。

前一周，大姐的儿子生二胎，通知周六喝喜酒。周二晚，三姐问我喝喜酒抠多少钱。我说五百。她声音一下子提高了八度："怎么抠这么多？他们都打算抠二百。"我说五百还算多？新来的同事喝喜酒都要二百，亲外甥五百还多吗？三姐说："那也不能五百，三百吧。"我说个人看着抠吧。

隔一晚，二姐又打电话，问我抠多少钱。我说五百。她立马就"炸"了："怎么抠那么多呢？"我说外甥这两年日子过得挺紧巴，五百不算多。她的声音继续升高："你抠这么多，到时候你的孩子结婚，他不得还得更多？你这是拖累了他！"噢，我还没想这么多呢。顿时有点生气，怼了她："他怎么办我不管，我就想给他五百块。"二姐的声音也很高："好了好了！反正你有钱，给他一万俺也不管！""啪"地扣了电话。

周六喝喜酒，顺路去接二姐。她上车就拉着脸，好像我欠她一笔巨款似的。我很生气，终于还是克制住了，语调尽量放缓：

"二姐，以后这种事少打听，随各人的心意。"她也一肚子火，先是抱怨大姐，嫌她闺女结婚大姐给少了，又陈芝麻烂谷子地举了一堆例子，都是她给人家花多了，人家还她还少了。这些事情她说了不止一次，我终于忍不住了："你拿二百块钱去喝外甥的喜酒，还指望人家到饭店，饭菜标准每人一百，你好意思吃？能不能别在乎搁多少，实心实意去道喜？"

这是我一直想教训二姐的话，憋了好几年了，终于脱口而出，很过瘾。我说："凡是请你喝喜酒的，除了亲戚就是要好的朋友，都是有值得庆祝的喜事。以前在农村，谁家娶媳妇、嫁闺女、小孩儿做满月、过生日，要饭的大清早就去了，主家也欢天喜地。有些要饭的还馋酒，主家也管。这是喜事，来的都是客，要饭的也不撵。东邻西舍仨瓜俩枣一把鸡蛋，送什么都行，多少也不限。什么不送也照样喝喜酒，一家的喜事就是全村的喜事，谁也不在乎给多了给少了。你不愿意去就别去，去就高高兴兴地去，千万别装一肚子心事，老想着我给他二百，他能不能还我三百。"

二姐有理，说："这是个来往呃，我怎么能不想着？"我想开导她，说："你郁闷就是因为你把它当成'来往'。如果把它当成祝贺，高高兴兴地去贺喜，别当成投资，也不指望回报，你就不会觉得'亏'了。我管不了别人，只能管我自己。等宁馨结婚时，我不下通知，不发请帖，不请客，不收礼，关起门来自己庆祝。你是她亲姑，你要打心里高兴，你就参加，一分钱不用拿。你要这样憋憋屈屈，拿着钱我也把你推出去！"

说得很啰唆，但真的很解气。

不只对二姐，对身边有这种想法的人，我也这样劝慰。

在一个单位待了二十年，同事大多感情深厚，谁家有喜事不请客，其他人还闹闹腾腾不愿意，情愿随大礼也要聚。这两年单位来了大批助征员，多数点头之交，甚至人脸都混不熟，某天却给你发喜帖。不去吧，人家指名道姓地请你；去吧，就那么点工资，几个喜酒就报销完毕。有人就抱着吃回来的心理，拖家带口地去。这种情况我选择不去。本来就不熟，我觉得不用非得去；人家没收到我的礼金，却也免了拖家带口吃酒席造成的损失。

2007年起，我记了一本人情花销账，金额每年噌噌地往上涨，早就过万了。听起来不多，但对工资不高的我来说，这笔花费堪称累赘。翻翻本子，当年喝过喜酒的，现在很多人都不联系或不知所踪了。其实这些喜酒当年可喝可不喝，但当时要面子，咬咬牙都喝了。这两年见过很多寻人者，到处打听着送请帖，说当年跟他有往来。看寻人者那张愤然的脸，感觉好悲哀，贺喜竟演变成了追债！

很想回到某个时空，捎把鸡蛋带捆小葱，或者扯上三尺碎花布，再或者只是帮着抬抬桌子、搬搬板凳，就算贺了喜，主家都欢颜朗声迎到席上去，这才叫喜，这才是真喜，就像宁馨小时候画了张画送给她小叔，祝贺他添了丁。

人情人情，重心本来应该在"情"，可不知怎么的竟然成了

"钱"，喜事送钱，悲事送钱，不喜不悲、不痛不痒的也能找个由头送钱。送少了拿不出手，送多了没有，有钱的心疼，没钱的肉疼，哪里还有"情"？

2014年9月

我爱花裤子

我不适合穿花裤子。五短身材，下肢粗壮，一腿粗一腿细。从小为此自卑，一直穿深色直筒裤子。

谁说年老不好啊？这些年，我渐渐觉得年龄其实是个宝，每个阶段有每个阶段的好，容颜虽老，心态更好，不再在意别人说长道短，越来越注重自我。我就渐渐喜欢穿裙子，纵然暴露了粗壮的小腿肚，但一尺八的腰肢也不可避免地在人前展露。中年妇女是种奇怪的动物，明明知道别人在赞赏我杨柳细腰盈盈一握的同时，目光也会下移到我粗壮的小腿肚上，但我只将赞赏全盘接收，自动过滤掉了不友好。

老公的嘴有时很"歹毒"，毫不注意说话方式，比如有时出门前我拿不定主意，就问他穿裤子好还是穿裙子好，或是该穿哪条裙子。他余光都不向我转移，嘴里放毒气："就你那两条腿，穿什么都不好看！"

女人穿衣问老公，大多自讨无趣，多年前同事大姐就警告过，怪我一时忘记。大姐说她每每在镜前试衣，就会问老公："我穿这件好看不？"她老公总在看电视或翻报纸，她穿什么他根本不知，嘴里却总是应着："好，好，好！"大姐生气道："只要我没穿件狗皮，你都会说'好'！"

鉴于种种教训，穿衣时我不再问老公，全凭心情，自己觉得好就穿。但我从来没想过穿花裤子，毕竟对自己的两条腿还不满意。

上个月瑜伽馆进了一批花裤子，我心里立时直痒痒，馋啊。眼见比我老的、比我小的人腿一条花裤子，我终于忍不住要试试。原本最馋那些鲜艳夺目的花裤子，试来试去，还是选了一条水墨色的，觉得很相宜。

穿上紧身的花裤子，下肢缺陷一览无余，左腿带病萎缩，右腿着力粗壮，但我还是禁不住满心欢喜，裹上黑大衣，蹬上新靴子，顶着呼呼的小北风出去转了一圈。

没想到这花裤子赢得老公侧目，连说"不错不错"。我说花裤子是不是让我的粗腿显得更粗、细腿显得更细？他说："谁有空天天盯着你的腿看？管那么多咋（方言，干什么）？"我说："是啊，虽然我腿不好看，但同那些拄拐的相比，我很满足。"老公毒舌病立时发作："跟那些坐轮椅的比，你更幸福！"对对对！跟他们相比，我的幸福无以言表！

"富贵非吾愿，帝乡不可期。"人到中年，才明白既主不了前生，也参不透后世，即使今生，世事纷杂，也多非己力能够控制，能掌控的只有心态。满足当前，享受眼下，即是对生命最好的回顾，便如这花裤子，喜欢就穿吧，只要心里美，管它呢。

2014年12月

这一年

每到年底，如蚂蚁般忙碌，禁不住长叹一口气：唉！这一年怎么又没了呢？

曾几何时还是小孩子，刚过完年又巴望过年，说不明白巴望什么，反正年总像个诱惑挂在那里。

现在没有几个人巴望过年，小孩子对过年的淡漠让大人觉得自己特别幼稚。

去年这时候，我无限感慨地说："又过年了。"宁馨一副沧桑的语气："有什么好过的？我都这么老了。"

我"扑哧"笑出声，"为娘的尚没说老，你乳臭未干倒敢言老？"

现在的人不显老。

我记事时，母亲不到四十岁，我觉得她已经老了。刚上班时，同事大姐都三十多岁，也觉得她们很老。如今我们四十多了，依然天天叽叽喳喳，没有几个人觉得自己老。可是面对孩子，面对他们年年壮大的身体，和他们时常流露出"你out了"的不屑，刹那间，就感觉自己老了。

四十就老了吗？

母亲说："要在以前，你这个年龄都当婆婆了，当丈母娘了。孩子大了，爹娘不老还中？"

我说："不能老说以前，现在好多人四十还不结婚，一个个花枝招展的，怎么能说老呢？"

嘴硬归嘴硬，年龄是自然规律，你想瞒也瞒不住，该老的终归要老去，老黄瓜涂绿漆只能暂时装嫩而已。

前年，大我两岁的同事说她花眼了，看药瓶上的字得放到一丈开外去。我还笑她夸张，才四十岁至于吗？可才几年工夫，"老"就悄然而至：一到换季，头痛头晕，昏昏沉沉，好像套了个塑料袋子——供血不足了。要好的姐妹隔年见面，首先惊叹：皱纹添了一大堆，白发多了三千根。

怎么会不老呢？

前阵子大娘去世，回去奔丧，突然发觉叔叔婶婶姑姑都老了，老年病也都来了，有的腰疼、有的腿疼，不痛不痒的几乎没有。临走，三姐跟我说："咱爷今年老得厉害，夜里腰疼得睡不着。"泪水一下子涌上来，我害怕爹死。有爹有娘在，我就还是孩子。

但我毕竟四十多了，人生能有几个四十岁呢？即使老天眷顾，也已过半了。人生过半，离死亡也就越来越近了。

四十岁之前，人生是上坡路，迎着朝阳，一路芬芳；四十岁之后，就是下坡路了。

到达坡顶，有必要静一静，总结总结走过的路，规划规划未来的路，给下半辈子设定一个合适的活法。

我的心态早在几年前就转变到中年了。其实我觉得心态没有什么老不老的，每一个年龄都有每一个年龄的好，比如年轻时我感受不到花开的声音，聆听不到落雨的美妙，而今春生夏长秋荣冬藏，我总能很敏锐地感受到，绝大多数时候心底都是柔软的、温暖的。

这种感觉很好。

国庆假期高中同学聚会，语文老师上了一堂小课，说人到了四十多岁，基本上什么滋味都尝过了，一定要静下心来想一想，该看淡的要看淡，该看重的要看重。每个人心中都有一个非常柔软的地方，那就是我们最终的精神归宿。

我们"啪啪"地鼓掌。

以此献给终将逝去的这一年，迎接未来的新一年。

2015 年 12 月

赊小鸡的诚信

这两周上班不大爽。征管系统优化后，显示很多个体纳税人欠缴房产税和土地使用税。催过去，大多一听缴税就火了，对当时办理工商登记时录入的自有房产和土地拒绝承认，有的出言不逊，极尽挑衅谩骂攻击之能事。总之，欠税有理，缴税没门儿。

不禁想起小时候农村春天买小鸡的情景。那时候卖小鸡的都收不到现钱，买小鸡的也不付现钱，所以叫"赊小鸡"。农妇春天买了小鸡，卖小鸡的秋天来收账，没有合同，没有中介，也没有赖账的。

不仅赊小鸡，还赊小鸭、赊小鹅，甚至小猪、小牛等正儿八经的牲畜也是赊着养，出栏后再结账。只不过买小猪、小牛时不叫"赊"，叫"抓"。一到春天，卖小鸡的就拖着长腔吆喝："赊小鸡儿唻（方言尾音）——赊小鸭儿。"不论哪里来卖小鸡的，吆喝声一模一样，"赊"和"唻"拖着长调，"赊小鸡儿唻"拖得长长的，稍作停顿后，再吆喝"赊小鸭儿"。这"赊小鸭儿"就不拖长调了，骤然刹住。

几乎每个卖小鸡的都同时卖小鸭，一筐小鸡一筐小鸭，所以这声吆喝就成了这个季节性行业的标准广告，高亢嘹亮，音调高度统一，一学就会。卖小鸡的到村口刚吆喝了一声，小孩儿就接上了："赊小鸡儿唻——赊小鸭儿……"一边卖力地替人家吆喝，一边呼啦啦地跑了去，跟着挑子全村串。偶尔来个只卖小鸡或只卖小鸭的，吆喝起来就像没底气，完全用不了标准调，而是直着嗓门喊："赊小鸡儿，赊小鸡儿！"也不拖长调，好像家里有急事，急着卖了赶回去。女人们嬉皮笑脸地抱怨："你怎么光赊小鸡呢？人家别人不两样都赊嘛。"原本她也不打算买另一样儿，但人家只卖这一样儿，就好像被她抓了缺陷，选小鸡时就格外挑剔。

到我们村卖小鸡的，早先用筐挑着，后来用自行车驮着，多是胶南大场理务关一带的人，苏北赣榆的也不少。卖小鸡的一放下挑子，立刻围满了人，有大人，有孩子，有的大人想赊小鸡，不赊的也来看看小鸡怎么样。小孩儿不当家，纯粹跟着赶热闹，摸摸毛茸茸的小牲畜，抓在手里握握，贴着脸蹭蹭，可真舒服。要是他家赊小鸡，他就来本事了，急着跟他娘提要求："娘，赊这个花的！再赊这个白的！"还要学大人的样儿，抓起小鸡翻过来看看肚皮，看看小鸡蹬得有没有劲儿，还要装模作样看看是公是母。挑出来的小鸡，卖鸡的点过数儿，当娘的就兜回家了。秋天，卖小鸡的来收账，也不用上门，在街上一吆喝，买小鸡的就拿着钱来结账了。卖小鸡的照着单子收账，有的不认字，全靠脑子记，彼此没有异议，也极少出错误。

春天赊小鸡时分公母，母鸡贵，公鸡贱；母鸡多，公鸡少。小公鸡一般都用红颜色涂着脑门子。虽然卖小鸡的信誓旦旦，说这是公的那是母的，但长着长着，有的小母鸡就长成了小公鸡。秋天卖小鸡的来收账，买小鸡的妇女就嘲笑他不分公母，然后按公鸡结账，卖小鸡的也乐呵呵地收下公鸡钱，并不抓来大鸡验公母。

这桩小买卖，历时半年多，卖方不担心收不回货款，买方也绝少赖账，年年如此，靠的就是双方的信任。那时候根本没有"诚信"这个词，农民的说法就是"要讲良心"。

也有爱占小便宜的妇女，明明赊的是小母鸡，长大了也真是小母鸡，她偏偏说长成了小公鸡，要付公鸡钱。或者说小鸡刚赊来就死了，要赖账。收账的也没有证据，邻居们却看不下去，当面不好说，背地里指指戳戳，嘱咐亲近的人："她赖人家账，爱占便宜，少跟她叨叨。"村庄不大，这个赖账的妇女很快就"死猴儿了"（方言，没有市场了，没有本事了），人们不愿同她家打交道，她要是有儿子，连媳妇也不好说了。

那时候整个社会就是一个大信用体系，不光赊小鸡、小鸭等小家畜，几乎所有货物都能赊。我父亲开代销社，现金结账和赊账各占一半。有人今天买盐明天买醋，拿了货，说一声"记账上哈"就走了，秋天卖了粮食，年前过了肥猪，就来把一年的账结了。少数不主动结账的，上门催账，也都好言好语，从不赖账。催几次，实在不好意思了，立即赶集卖鸡、卖兔来销账。

20世纪80年代末90年代初，商品经济日益活跃，卖种子、卖农药、卖化肥的都来到村里。这些周期见效的农资，一般也都"赊"，当季赊来用，秋天或年前打饥荒。有人没存几个钱，却照样盖了新房子，水泥、钢筋、砖瓦等大材料都是赊的，卖主不担心买方不还账，因为大家都看重"人品"。

那时候赖不赖账是检验人品的重要一环。农民可能不懂大道理，但人人都明白只要活着就要讲信用、讲良心。不讲信用、不讲良心，"就一锤子买卖"，往后只能"堵上门朝天走"。

赖账越来越普遍应该是在20世纪90年代中期以后。

我二姐夫是包工头，大姐夫和三姐夫跟着他打工。两个打工的姐夫一年干到头都拿不到工钱，因为二姐夫也要不来钱，整个工地形成连环欠。要账的可怜巴巴，欠账的理直气壮。老百姓连连感叹："杨白劳成了爷爷，黄世仁成了孙子。这是个什么社会呃。"

这个社会显然不再是几十年前那个封闭的熟人社会了，仅靠自律远远不够。赊小鸡的诚信，除了人心尚古，村民之间松散的监督和评价也是一种有力的约束。这是个流动、开放的时代，人们的物质欲望空前强烈，有些人物质欲望强烈到不惜个人名誉，完全没有失去信誉就活不下去的担忧。

他人道德层面的监督已经很难起作用了，坚强有力的他律变得十分迫切。建立一个覆盖全社会包括法治在内的诚信体系，让失信人走不动、行不通、过不了，人们才能逐步建立起强大稳固的自律意识，那时候，他律就会变得简单而隐形，一如多年前赊小鸡时。

政府早已认识到并开始建立诚信体系，失信人已经不能坐飞机、坐高铁，不能办理签证，税务、工商等部门已经实行信用联网，在一个部门违规，在其他部门就不能办理新增业务。

这实在是件好事。

2016年11月

打错电话了

想给三大姑姐打电话，不假思索拨过去，一接通，我就说："小姐姐，你在单位里？"对方哈哈地笑了，边笑边说："你是哪里？"天哪，打错了！我赶紧说："对不起，我打错了。"她仍然哈哈地笑着，说："没关系。"我说："再见。"她也说："再见哈。"哈哈哈，笑声不高，爽朗率真，透着和善和开心。

我断定这是一个和蔼、修养很好的中年女人。简单两句对话，她一直笑哈哈的。也许她原本就爱笑，也许被叫姐姐很欣喜，也许觉得我是冒失鬼，但不管怎样，她的笑声和语气让我很开心。

想起一个我之前接过的电话。摁下接听键，未及我出声，一个小女孩儿稚嫩的声音传过来，语速缓慢，有些磕磕绊绊："爸爸，你……你在哪儿呀？"心里顿时暖暖的、软软的、酥酥痒痒的，好想一把把她搂入怀里，笑意不自觉地溢到脸上，语气比对我女儿小时候还柔和："宝宝，我不是爸爸呀。"女孩儿反应也快，仍然奶声奶气："噢。"就扣上了电话。宝宝，我还没聊够呀。

我是马大哈，打错了电话我都说："对不起，打错了。"对方也就扣上了，但有几次却让我非常不舒服，有男人，有女人，从声音上判断，有青年，也有中年。一听我打错了，有人干脆什么都不说，"嘭"一声扣上电话，让我的小心脏颇受惊吓；有人不依不饶，尽管我说对不起，一句"神经病"仍然冷冷地抛过来。打错电话我就成神经病了？哼！幸亏你不是医生，你要是医生定要误人性命！

想起多年前接过一个打错的电话。那时我在家休产假，经常有人打我家电话咨询电器修理，通过这些打错的电话我得知海信电器驻日照服务中心的电话是8324008，而我家的电话是8234008。有人打错了，我会告诉对方"你打错了"，对方也就作罢。有次我正在洗尿布，一个电话打过来，显示是青岛的，我就知道打错了，接起电话说："你找海信吧？打错了。"对方说"谢谢"，挂断了。不到一分钟，这个电话又打过来了，我又说"你打错了"，他"噢"了一声挂断了。可没过几分钟又打过来了。我一会儿擦手一会儿擦手有些烦，声音不自觉就提高了："我已经跟你说了，你打错了！"几秒钟后，那个电话又打过来了，响了好几声我才接，他开口就训我："你什么态度？！"不容我回话，说完就挂了。还有没有天理啊？你凭什么教训我呀？真是又气又乐，快二十年了，想起来还是乐。

有次正在做家务，一个湖南的电话打我手机，是个小女孩儿，嗲嗲的南方普通话："阿姨，你怎么还不过来陪我玩儿啊？我都等不及了。"我立即拿捏着改腔换调："乖，阿姨马上就去啊。"然后就听见那边哗啦哗啦的麻将声混着女人的说笑声。我还想继续逗逗她，一个女人呵斥："把电话拿过来！你给谁打电话了？"接着挂了电话，我也继续干活儿。几分钟后，那个电话又来了，我知道又是那个孩子，也知道她妈妈会花长途费，可忍不住还是接起来："阿姨，你快过来呀，我在等你呢。"不等我说话，又挂掉了。一上午就这么反反复复，那个小女孩儿给我打了八个电话，有时候说一句，有时候就是她自言自语在那头玩，我在这头听着。两个电话间隙，我甚至有些盼，盼得还有点急，真想把那个宝贝一把搂在怀里亲一口。

我的号码是买来的，用了好几年了，至今还有不认识的人给我打电话，除了诈骗和推销，大多是找我联系业务的："冯经理，你好……"通过这些电话，我知道旧机主是一个贸易公司姓冯的经理。我都解释说"你打错了，我不是冯经理"，对方也就挂断了。可有些人好奇心重："那你是……嫂子？""你是冯经理的……？"这个省略号代表欲言又止。还有更直接的："那你跟冯经理什么关系？"刚开始我还不明就里，后来才明白，人家把我当小三儿了。我暗暗发恨：等哪天逮到这个冯经理，一定结结实实地宰他几顿，这几年给他当替身、当秘书、当老婆、当小三儿，我容易吗？

前年夏天，一个太原的电话打过来："冯经理你好，我来日照了。"我马上如前解释。他说他跟冯经理以前是业务伙伴，几年没联系了，现在出差路过日照想见见。这可怎么办？我马上上网查找冯经理的公司，按照网上显示的几个电话打过去，都不对。又通过其他方式查到冯经理在开发区还有个公司，就把电话和地址告诉那人。过了几天，我都忘记这事了，那个太原的电话又打过来了，说他们业务办完了要回山西，虽然没找到冯经理，但很感谢我的热心，想请我吃饭。我心里那个暖和呀，跃跃欲试，咬咬牙还是婉拒了。山西人很实在，随后给我发短信，告诉他在太原的地址和电话，诚恳邀请我去山西的时候一定联系他，他管我吃、领我耍。

跟我老公谝拉（方言，炫耀），他说人家就是说句好话。可我实诚，经不住别人的一句好话。这个电话让我的思想有了质的飞跃，良言一句三冬暖，对陌生人也要语气和善。

有时候我也喜欢将错就错开玩笑。有次和同事出发，一个陌生号码发来短信："老婆，今晚上吃啥？"一看就憋不住乐：这是个小馋猫呢还是个老馋猫？是有人过生日呢还是请人吃饭？同事们也很兴奋，叽叽喳喳，有建议吃水饺面条的，有建议吃海参鲍鱼的，还有建议吃满汉全席的。我斟酌了一下，既不能太铺张，也不能太朴素，还是有荤有素吃家常菜吧，于是欣然回复："老公，晚上包水饺，炒笨鸡，炖鲜鲅鱼，再拌个小凉菜。"然后就憋不住，笑出眼泪来。亲爱的，你要是吃不到笨鸡、吃不到鲜鲅鱼可别怪我呀，本宫只管出菜谱儿。

换一下思维，一个打错的电话就可能带来满满的感动，一个发错的短信就可能让你无比高兴。

2017年3月

必须完成的任务

一直忘不了一个画面。

那是2016年元旦。那个冬天父亲一直腿疼，吃药也不见效，元旦我和三姐带他去诸城人民医院看看，回来路上超过一辆摩托三轮，三姐急急地说："咱大大！坤青拉着咱大大（方言，老家人称呼父亲的弟弟）！"我马上停车，开三轮的确实是堂哥，大大蹲在车斗里，左手拽住车帮，右手紧紧扶住他的电动自行车。我问大大上哪儿了，他骄傲地说："上朱解了。去的时候骑着电动车，回来怪冷，不爱骑了，打电话叫方子来拉。"

方子是堂哥的小名，大名叫坤青，快五十了，当姥爷了，大大还是叫他小名，人前人后都"方子""方子"地叫他。大大是能人，七十多岁依然种了一坡地，养了一圈牛，抽空还到周边几个乡镇做牛经纪，挣的钱比我还多。朱解离我们村四十里，大冷天大大又跑去做牛经纪。

我很羡慕："大大你多有福，不爱走了就叫俺哥哥去拉你。"大大头一歪，理所当然的语气："那当然了，养儿是干什么的？你问问你哥哥他敢不来拉我？"堂哥不说话，光嘿嘿地笑。大大说："这会儿又没有活儿，我上哪，不爱走了，就叫方子去送去接。"三姐逗他："你挣钱又不给他花，他屑（方言，不愿意）拉你。"大大鼻子一哼，口气很硬："他敢呃？只要我有一口气就反不了他！"

叫"方子"的堂哥，小时候是我玩伴，上学时和我是同学，初中毕业后闯了几年关东，结了婚一直在家种地。村里我这个年龄的人都出去了，能做买卖的做买卖，不会做买卖的就打工，没有愿意回来的。种地下苦力，粮食又不值钱，一年到头白忙活，所以农村不馋人，也留不住人，百十户的村庄像堂哥这个年龄的男劳力不到十个。其实堂哥头脑精明，肯下力气，堂嫂也识文解字，精明能干，他们要是进城，不论打工还是做买卖肯定没有问题。他们不是不想出去，也不是没有出去过，堂哥就到青岛卖过菜，但是很快又回来了，因为家里离不了他。几个大大种了几十亩地，都上了年纪，大牲畜和机械使唤不了了，重活儿也干不动了，几家人就守着堂哥一个壮劳力，他要是出去了，几家的地都种不了了。

堂哥是最优秀的农民，能干，肯干，不惜力气。承包地、荒山和库底开垦的地，加起来近百亩，农忙时白天黑夜都在地里也干不过来，瘦下去一大圈，连头发都挓挲起来，就像从土里扒出来的。但堂哥乐呵呵的，几十亩麦子打下来有几万斤，几十亩花生拉回来垛成垛望不到头，老人们直咋舌："过去几个生产队也没见这么多粮食呃。"但三姐不馋："光看见贼吃肉，没看见贼挨打。薅果子的时候他两个月捞不着在家睡个囫囵觉，没白没黑地在坡里干。"

这两年堂哥养肉牛，养了二十多头，成了镇里的养牛专业户。牛圈就盖在大大门前，喂牛的任务大部分由老两口承担，但是重活儿还得堂哥干。他给牛圈安了监控，监视屏就放在老两口的卧室里。大大晚上不串门，在家守着监控看电视，爷俩被活儿捆在一起，谁离开谁都瘸腿。

虽然累得弯腰驼背，但儿子、儿媳在身边，大大、孃孃（方言，老家人对父亲弟弟配偶的称呼）很满足。去年中秋我回去，在堂哥家吃饭，饭刚端上桌，孃孃来了，穿着喂牛的大围裙，弯着腰，双手倒背在身后，进屋就往炕上爬。我逗她："孃孃腿真长，饭刚上桌你就来了。"孃孃一边变换着坐姿一边说："你大大不在家，我就不爱做饭了，上你嫂子家来找好饭吃。"堂嫂寡言，只笑不语，孃孃一边絮叨一边瘪着嘴吃饭，吃得自在又踏实。

每次我去堂哥家，不是大大来转转，就是孃孃来看看，人不多就留下吃饭，人多就走，饭后肯定还要来转转。其实他们来了跟哥嫂也没话，就是来转转、来看看。今年正月，堂哥的闺女抱着婴儿回来住娘家，我在那里一个小时，大大来了两趟，也没别的事，就是来逗逗他的重孙子，拉拉婴儿的小手，动动婴儿的小脚，老脸笑成花，不停地说："这个小家伙儿真喜欢人呃。"平时在儿女面前的蛮横霸道全无。

在儿女面前，大大是出了名的暴脾气，尤其对儿子，天天"方子""方子"地叫，儿子一答应不上，他立即就火了，"嗷嗷"地骂娘。堂哥从来不还声，堂嫂也不吱声，过后也不计较。堂哥快五十了，在大大面前还和小孩儿一样。大大鼻子一哼，跟我说："别看你哥哥四十多了，我叫他上东他不敢上西，我叫他打狗他不敢吓鸡！"堂哥又不是三岁两岁的小孩儿，他只是不跟他爹一般见识："自己的爷，跟他叨叨什么？"

堂哥拉着大大呼呼地跑到前面去了，我感慨："其实养孩子不用指望他有多大出息。坤青哥在家种地，你看咱大大多么享福。"三姐欣然同意："有出息的孩子都远走高飞了，哪能像坤青似的蹲在跟前听爷娘支使。"

我从小学习好，一直是父母的骄傲，但至今庸庸碌碌、无所作为，也无大器晚成的迹象，我知道父亲心里有些失望，就回头对他说："爷，要是我有出息，上北京了，出国了，就捞不着拉着你这里那里耍了。"父亲也同意，说："有大出息的都忙，都顾不上爷娘。"

有大出息的人的确都忙，不可能和堂哥一样蹲在父母跟前任其嘟囔。其实不是他们不孝顺，是现实条件不允许，比如，他们去了北上广，出了国，要么没有条件带父母去，要么父母故土难离不愿去，一旦父母身体不好，有钱花不了、有饭吃不了，麻烦就来了。

看过一个关于养老的社会调查，举了北京的例子：一对大学教授的儿女很有出息，在国外当教授、当科学家，老夫妻在国内。妻子去世后，老教授自己住，儿女工作忙，好几年回来一趟。巷子口的老头儿天天蹲在巷子口下棋，几个儿女都干着卖菜、修车的小生意，却让老教授羡慕不已：老头儿得个头痛感冒，儿女就忙得脚不沾地，这个去买药，那个做好饭，连脚都是儿女给他洗，夜里还留下一个人当陪护，把老头儿伺候成了"太上皇"。

没出息的子女也不都孝顺，有的和父母同居一处却视若路人，但多数还是不错的，即使不住在一起，一早一晚去看看，顺手帮父母干点活儿，父母就很知足。养儿养女图什么？不就是老了有人去看看嘛。

其实父母真正需要子女照顾的日子并不多。我父亲从病发到去世只有半年，病重躺倒的日子也就俩月。这俩月，大小便他都坚持下炕，后来自己下不了炕，要几个人合力抱他下来，也坚决不在炕上拉尿，一是怕我们收拾费事，二是怕味道影响别人。父亲早晨六点多去世，半夜两点还下来小便。他去世两年了，三姐想起来还是哭，说："咱爷疼闺女，就让咱伺候了俩月，到死也不拉在炕上、尿在炕上。"

其实父亲一辈子头脑简单、脾气暴躁，我随他也是急脾气，父女日常相处摩擦不断。父亲跟我来日照二十年，虽然不住在一起，但我隔三岔五过去，有时一天去好几次，我们经常因为鸡毛蒜皮起争执。每次争执，父亲都暴跳如雷，我也特别委屈。跟要好的同学说起，她也一肚子委屈。她跟我一样带着父母过日子，与母亲也经常起争执。她哥哥在省外，好几年回来一次，偶尔寄点钱，父母就高兴难抑，恨不得让全世界都知道。同学感慨："要早知道这样，咱还回来干什么？离得远远的，一年回来一趟，亲都亲不够，还有什么矛盾？"

我也经常陷入这样的懊恼，直到父亲生病。

父亲患的肺癌，症状却是腿疼。现在的医院分科太细，不把人当作整体，头痛医头、脚痛医脚，父亲一直被当成腿疼治。有两个月，我和妹妹轮流带父亲在各个医院穿梭，那时候开始觉得儿女在跟前是多么重要。父亲确诊后回到老家，住在三姐家。那一个多月，我和妹妹都往回跑，一周跑三四趟。父亲不知道真相，一直以为能治好，直到去世前十天左右，严重的病情使他意识到大限将至，开始绝望，还忍不住哭泣。去世前四天的下午，我陪他说话，他突然抽抽噎噎地哭了。我哄他，给他擦眼泪，安慰他。他渐渐止住哭，嘴唇却抖动不止，努力控制住，说："你们五个人中你是出力最大的，给我和你娘中了用了。"我再也忍不住，泪水夺眶而出，二十多年来父女间的争执和别扭、对父亲的抱怨和委屈，全都一笔勾销了！我宁愿一直受委屈，也希望父亲活下去！

父亲去世，使我对父母子女间的关系有了全新的认识。

两个同事大哥退休后返乡，不是回去种地，而是回去奉养父母。起初他们都接父母来城里住，可他们在农村住了一辈子，一到城里就掉向，出门没有熟人，急躁得像孩子一样大哭。于是只能将就父母，回老家翻盖房子，安心静气地伺候父母。

一个女同事一辈子不习家务，退休后却从头学艺，因为她也得回老家伺候老父亲。她爹患了老年痴呆，在城里住楼房连卫生间和厨房都分不清楚，急得嗷嗷哭，回到老家却熟门熟路。为了伺候老爹，大姐学会了开车，学会做各种饭食，重新收拾了老房子，每周进城买够爷俩儿一周的物资，每天伺候老爹吃了饭，给爹穿戴整齐，把他送到街上找人耍。有时老爹在街上跟小孩儿争东西争地盘打起来，她还要跑去拉架，把老爹哄回家。光阴穿越半个多世纪，闺女活成了娘，爹活成了孩子。老爹百岁安详去世，同事长舒一口气："我的任务终于完成了！"

这个说法非常好。伺候爹娘，是为人儿女的任务。这个任务不容易，却必须完成，必须完成好。

2017年4月

为什么喝酒

侄女周末加班，烦躁没思路，突然想起应该喝点酒，为此找了个借口，是一幅图，黑底白字，赫然醒目：

吃是为了肉体，

喝是为了灵魂。

——小仲马

我不禁"扑哧"一笑：这是哪位仁兄的大作？明明就是为喝酒找的借口嘛，偏偏堂而皇之署名小仲马。如此逻辑，还可以署大仲马、莎士比亚，反正都语言不通，死无对证，你署他就是他。

这个小图真可爱，喝酒一下子高大上起来。

我从小讨厌喝酒，更厌恶好喝之人。西邻是个酒鬼，酒不离嘴，连上坡打兔子，枪杆子上都挂着酒瓶子，醉了就骂天骂地，捶老婆、踢孩子，弄得鸡飞狗跳。还因为我父亲也好酒，酒桌子从日中摆到日落，家里就那么点好吃的，全装进了他和酒友的肚子里。所以对喝酒我从小百分之一万地厌恶，发誓长大后找对象坚决不找喝酒的。可到了找对象的年纪，鬼使神差地竟把这茬儿给忘了，找了个能喝的，而且他兄弟四个都能喝，三个大姑姐夫也能喝，逢年过节一聚，准能喝翻天。其实公爹滴酒不沾，儿子们喝酒，他在桌边坐会儿就熏醉了，起来还得扶着墙走。我说这弟兄四个遗传了谁啊？婆婆说："外甥随舅，他弟兄四个都随你舅。"

不管随谁，酒量绝对能遗传。我上班头一天，所里接风。那个所长是出了名的"滥碗子"，一天两顿都晕着，酒风也不好，喝时逼酒，醉后发疯。我一个刚报到的新人，对所长既敬又惧，拉不下面子，就开喝了。头一次喝酒，也不知道自己能不能喝、能喝多少，人家说干，我就傻乎乎地干了。那时候的小酒盅一个一钱，我连着干了二十多个，同事都夸"好酒量"。当时感觉醉了，头重脚轻，天旋地转。出来大街上一站，冷风一吹，酒意全消，没事人儿一样，我这才知道酒量能遗传，不管随父亲还是随舅，我都能喝一点儿。

之后再没碰酒，因为不喜欢。不论同事聚餐还是亲友聚会，我都以结肠炎为借口推酒，但是对喝酒不那么敌对了，转折点是在城关税务所。

那时候每到年底完成任务，凶头凶脑的所长就有了笑模样儿，年度结账和元旦固定集体聚餐，聚餐必然有酒。喝上二两，气氛就变了，平时活泼的跳上蹿下，平时拘谨的也立马变样儿，有说有笑，叫唱就唱，说跳就跳。我不喝酒，旁观都能笑得肚皮疼。

后来到了局机关，一帮子姐妹脾气相投，爱说爱笑还爱喝两口儿。2002年"三八"妇女节，我拿了点稿费，就请女同事喝酒，抱了一箱六盒三十八度的白酒，五六个女人干了个底儿朝天。一路笑着唱着回到单位，正赶上开会，美女姐姐上主席台给领导倒水，拿热水瓶像拿酒壶，先晃晃壶底儿，眼睛对准壶口往里瞅一瞅，纸杯子套歪了也没看清楚，晕晕乎乎把水倒进去了，惹得台下一片笑声，台上领导也没憋住。从那后，全局都知道局机关的女人好酒量，我也跟着出名挂号，滴酒不沾，居然能把一桌子人劝倒。

那次喝酒让我发现了自己的特长——劝酒。前阵子有人转发南京某教授写诸城酒场的文章，说诸城人擅长劝酒，基本上是客来必醉。作为地道的诸城人，我承认诸城酒风之盛，但要辩明地主本意并不是追求客来必醉，而实在是热情之至。诸城传统待客礼仪最基本的要求就是让客人吃饱喝足，不仅劝酒，也劝饭。小时候父亲见天儿陪人喝酒，母亲不免啰唆他，父亲反而委屈："人家客人不放盅儿，我能先放盅儿？陪客儿陪客儿，你以为我自己愿意喝？"小时候我嗤之以鼻："哼！自己想喝，还找理由！"成年后想法渐渐变了，对这种舍命陪君子的所谓传统礼仪虽不赞成，但是能理解能体谅。像父亲这样自己能喝的当然自己陪，不会喝酒的人家来了客人，还得找会喝酒的人去陪。

南京教授只注意到诸城人把客人劝醉了，却忽视劝酒者自己先醉了。诸城传统待客礼仪是心诚意诚，陪客人吃好喝好，绝不是客人醉了看热闹。为显示诚意，先干为敬，有客必敬。地主也是血肉之身，敬完一圈，没几个人能不醉。醉酒难受，回家老婆孩子还埋怨，谁愿意？但你是主，人家是宾，不尽地主之谊岂不失礼？所以那些陪酒的也是舍命陪君子——说到底，陪酒、劝酒是一种文化，不止诸城，孔孟之邦皆此。

工作后，不喝酒的弊端渐渐显现。首先是没圈子。人是群居动物，跟猴子似的，有圈子的那堆猴子热热闹闹，没圈子的那只猴子孤独难熬。像我这种外来人口，本地没有同学，又不好喝酒，就没有机会融入和扩大圈子。其次是感情交流不充分。人是热血动物，三杯酒下肚面红耳赤，说话搂腰扳脖子，比两口子还热乎。不喝酒的始终拘谨，看着喝酒的又好笑又羡慕，自己就是插不上嘴、伸不进腿。

我今天说的喝酒不是像我父亲那样有事没事天天摆着桌子长流水，也不是像邻居那样不喝难受、喝了就发疯的酗酒，而是正常的工作酒、友谊酒。只要不过分，喝酒的好处还真不少。

酒能结义。比如桃园三结义，没酒怎么行？更不用说梁山上那帮子兄弟，数不清他们喝了多少酒。古时"歃血为盟"，以前我以为喝的血，后来才知道是把血滴在酒里，主要成分还是酒。古代那些什么盟什么约的，哪个也少不了酒。现在的人称兄道弟拜把子，仪式依然是喝酒。

酒能融情。酒是兴奋剂，喝上二两，大脑就兴奋，知无不言、言无不尽，端出小时候的馊事、长大后的坏事，事无巨细，掏心掏肺，敢为对方上天揽月，愿为对方赴汤蹈火，除了老婆是自己的，其余都是大家的。

酒能解愁。"何以解忧，唯有杜康""对酒当歌，人生几何""长风万里送秋雁，对此可以酣高楼""呼儿将出换美酒，与尔同销万古愁"……从古至今，佐证的例子多如牛毛。客观地说，无论喝多少酒，愁还在那里原封不动，但所愁之事或是一时难解或是永远无解，心心念念惦记着，百害而无一利，倒不如找三五好友喝个小酒，一来酒精有麻醉作用，能让人暂时放下惆怅，二来找人聊一聊一吐为快，也就不那么愁了。

酒能壮胆。酒为百药之首，能补阳益气，胆气虚者喝酒能补充胆气，故喝酒能壮胆。荆轲赴秦，太子丹在易水边把酒送行，高渐离击筑，荆轲和拍而歌："风萧萧兮易水寒，壮士一去兮不复还。"临上沙场的将士"葡萄美酒夜光杯，欲饮琵琶马上催。醉卧沙场君莫笑，古来征战几人回"。都是无限悲壮，却无半点胆怯。从古至今，两军对垒，战前的壮行酒都是必须的。

酒还能颐养性情。文人与酒的渊源历史悠长，竹林七贤、酒中八仙，离了酒就不算一天；李白"烹羊宰牛且为乐，会须一饮三百杯"；杜甫"白日放歌须纵酒，青春作伴好还乡"；陶渊明"悠悠迷所留，酒中有深味"；白居易"晚来天欲雪，能饮一杯无"；苏轼"明月几时有，把酒问青天"；辛弃疾"昨夜松边醉倒，问松我醉何如？只疑松动要来扶，以手推松曰'去'"……男人们喝酒很常见。女人也喝，喝得还不少，李清照就"常记溪亭日暮，沉醉不知归路"。文人们只有三五成群喝起来，才会文思泉涌，下笔如有神，"斗酒诗百篇"。百姓日常居家也要喝酒找乐。《红楼梦》中贾母不论过节还是赏菊都喜欢领一帮子女眷置酒席，行酒令，找乐子，还把刘姥姥灌醉了。大观园中的小姐们每月聚会作诗，也要以酒助兴。即使刚吃饱肚子的平民小家也要以酒怡情，"醉里吴音相媚好，白发谁家翁媪"。

酒还能活血化瘀、驱寒暖胃。中医许多方子的药引子就是酒。民间说，"一天二两酒，活到九十九"。好多长寿老人的养生秘诀就是每天喝点儿酒。同事爷爷奶奶一辈子的习惯就是晚饭夫妻对饮一杯，百岁了还自己放羊挑水，万事不求人。

年龄越大，越觉得酒的妙处，渐渐也喜欢喝点儿了，酒量不大，就是喜欢微醺的感觉。朋友夫妻好酒，两口子在家对酌，竟然喝得老公扶着墙走，老婆抱着桌子腿不撒手。男同事和岳父对饮，喝到称兄道弟，掰手腕儿，翁婿成了好兄弟。这些酒趣以前都当笑话听，现在却很羡慕。周末我也爱小酌，一杯酒下肚，头重脚轻，四肢暖暖，身心舒展，从心底乐到嘴角。酒于我还有一大功用，就是助眠。子时依然无比清醒，无奈来上一杯小酒，两分钟不到，酣然入眠，一夜香甜。

2017年5月

还好意思说你读过书

前阵子，微信上一篇《我是范雨素》火了，刷一遍朋友圈能看到好几回。被她的文字深深打动的同时又感慨万分：人家范雨素都能写文章，写得还这么戳人心，咱们的老脸往哪儿搁呀？

我丝毫没有瞧不起范雨素的意思，也不是说农民工就不能写文章，从这篇文章流畅的表达、白描的写作手法以及幽默的风格，足可看出范雨素有能力写出好文章。我所愧疚的，是人家范雨素的条件那么艰苦，都从来没有放弃读书和写作，觉得"人活着除了吃饭，还应该干点与精神有关的事儿"，咱们条件不知要比她好多少倍，竟然把这事忘了。

范雨素的横空出世似乎颠覆了很多人的三观：农民也能玩文学？

我来自农村，一辈子也脱不了农民的痕迹，也喜欢文字，从来不认为文学就是城里人的专属。其实文学从来也不专属于任何人，不管农民、工人，还是领导，只要喜欢文字、热爱文字，对它有一定的掌控能力，就可以、就能玩文学。我小时候身边就有和范雨素兄妹一样爱看书的孩子，也有和范雨素大哥一样执着地想当作家的人。我和范雨素同岁，那时候农村条件南北方差不多，都穷、都苦，但什么困难都阻挡不了看书。

"五一"假期回老家跟三姐说起范雨素，三姐说她初中时数学和化学课听不进去，上课偷偷地写作文。她严重偏科，作文突出，曾经获得省级作文奖。一个同学母亲去世，她每天课后回家干活儿，课堂上都在孜孜不倦地给母亲写传记。一个企业家师兄说他从小就爱看书，就想当作家。可以说，我们那个时代绝大多数人心里都曾有一个作家梦，不同的是范雨素几十年来不管怎么艰难都没有丢掉书，没有丢掉文学的梦想，我们却以种种借口把它抛到了脑后。

　　4月23日是世界读书日，我听了赵德发老师"读书改变人生"的报告。赵老师出身农村，早年经历和范雨素相似，早早辍学，十几岁当了民办老师。不同的是，赵老师坚持了下来，考了公办老师，又顺利进入仕途，仕途一片光明时却又和范雨素一样，为了吃饭之外的"精神"，毅然决然地辞职奔赴理想——当职业作家了。他们一位台阶式渐进，一位数年后一鸣惊人，算是殊途同归。他们的成绩都没有捷径，都源于几十年不懈的执着追求。

　　赵老师在开场时讲了几句话，大意是说在座的各位都是读书人，都是通过读书改变了命运，所以读书的重要性不言而喻。当时听报告的大多是政府领导、机关干部和高校学生，都是通过读书改变命运的典型人群，所以觉得这句话很合适、很受用。隔了一天，《我是范雨素》刷屏了，看了两遍文章，知道了她的经历，联想起赵老师这句话，顿时觉得很不好意思。咱哪里敢称读书人，咱那也叫读书？不不不，咱顶多叫上过学，与读书还差十万八千里！

打我记事起，我们村的人都说我父亲是文化人，因为他上过学，学习好，上到诸城一中毕业，这在20世纪50年代末60年代初的山区农村很稀罕，一个乡顶多一两个。但说父亲是文化人，我从小就不服气。因为在我记忆中，他几乎不看书，家里除了我们姐妹的课本也没有任何其他书。能说明父亲读过书的最好证据就是他能写会算。"写"是指写对联，写大队里开会或选举时贴在墙上的告示或红榜。另外，那时候闯关东的多，父亲还经常代人家写信。"算"是指会打算盘。代销店和乡供销社清资时，他的算盘打得噼里啪啦响，人也显得帅，村里过年算工分时还找他去打算盘记工分。父亲本想通过读书改变命运，凭他当时的成绩，应该有个不错的前途，可是考大学时，家庭成分却成了很大的问题，把他挡住了。

我从来没有当面问过父亲是不是因为读书没能改变命运而迁怒于书，还是原本就不愿读书，反正一个认认真真念了十几年书的人，此后再也不看书了，转而投入酒的怀抱，没有一天不喝酒，酒桌子从日中摆到日落，行酒令，划酒拳，上天文下地理，吹起来没完。家里就那么点儿好吃的，全进了他和酒友的肚子。他们在炕上喝酒，我们还得倒茶倒水来回伺候，浪费了东西又耽误了干活儿。除此之外，父亲文没谱儿，麦子下来该种几亩玉米种几亩花生都没有数儿；武不能出力，连家里的耕牛都使唤不了。所以大多数时候父亲被人瞧不起。

我小时候多放了一年牛，晚上了一年学，但是从入学到初中毕业轻轻松松遥遥领先，课后作业基本不做，也没有空做，家里地多、牲畜多，劳动力少，一堆活儿等着我，但并不是连看书的时间都挤不出来。事实上我也喜欢看书，但是没有范雨素那么幸运，有爱看书的哥哥姐姐能不断地往家倒腾书。大姐小学没毕业，二姐三姐将就着初中毕了业，不是家庭困难被迫辍学，而是她们自己上够了，挨打挨骂也死活不上了。

我上学之前看的书都是小人书，那种电影或手绘连环画，那些书也不是我家的，有的是跟小伙伴说好话借的，大多是从四堂哥那里偷的。四堂哥爱看书，光小人书就有一箱子，放在里间炕上用被子盖着。我偷偷地弄来，看完再偷偷地放回去，碰到爱不释手的，还偷偷撕下来留着。"四哥，我还清楚地记得《庐山恋》我撕了好几页，《桥》也撕了很多页。虽然我一直都知道偷书、撕书是坏毛病，却从来没有坦白的勇气，这道歉晚了三十多年，请你不计前嫌收下吧。另外向你说明，你的书总是莫名其妙地少，剩下的多数也都少皮没毛，并不都是我弄的，其他小伙伴也'功不可没'。"

四哥也有大书，杂志、小说之类，数量不多，损毁严重，几页几页地不全乎，甚至连封面封底都没有，基本不能快意地看。我那时候识字少，又没有范雨素那样的自学能力，不配图的书也看不懂。我八岁还没上学，识字不过百，主要体力劳动是拾草、剁菜、放牛、放羊，主要精神活动除了看小人书，就是跟着大人南村北庄地看电影、听戏、听评书、听广播剧，而人家范雨素八岁就看完《西游记》了，还能跟她姐姐探讨读后感。我觉得这与生来的性格有关，她能沉下心来不往外跑。另外，家庭氛围也很重要。一窝孩子好比一群羊，大的领个什么样，小的往往学个什么样。现在生育放开了，孩子也多了，所以为人父母者要重视大孩子的带头作用，"擒贼先擒王""赶羊赶头羊"，范雨素便是很好的例证。

我们村有个大爷姓沈，据说年轻时是"学霸"，但不幸摔坏了腰，被侄子养着，天气好时自己架着双拐，别人扶着，才能挪到门口晒太阳。听说他喜欢书，家里有不少书。他侄孙叫龙山，和我是同学，二年级时我鼓动龙山偷爷爷的书，他磨叽了好几天才偷出来一本《西游记》，发黄的线装本。囫囵吞枣还没看到一半，龙山害怕爷爷发现，要回去了。沈大爷后来去世了，我一直惦记他的书怎么处理了。

四年级到乡里上学，一天四趟路过邮局，货柜里摆着《读者》《青年博览》《故事会》等杂志。农村孩子没有零花钱，但五天一个乡集，赶集这天父母一般都会给孩子五毛钱或一块钱，说晌午别往家跑了，在集上买俩火烧当饭吃。喜欢看书的孩子书包里塞个凉馒头，攒下火烧钱，攒够了就去买书，你买这本，她买那本，看完了换着看。对《读者》的喜爱就是那时候形成的。初中继续这个模式，不同之处就是淘到的书刊品种稍微多些，偶尔也能从老师那里借几本，但仍以杂志为主，小说等大部头的书还是很少。高中有图书室，但更像是摆设，试卷都做不完，谁还有空看小说？但那时候感受到小说的魅力了，一有机会我就通宵达旦地看。

印象最深的是《平凡的世界》。它是同学从外面借的，一个人一个人地传着看，一人最多看一天，所以这一天必须分秒必争，白天看不完只能通宵看。熄灯后趴在被窝里打着手电看，怕翻书的声音影响同学睡觉，就跑到厕所里看。高中同学九成以上都是农村的，小说里的孙少平似乎就是现实中的我们自己，大家边看边哭，撕着手纸擦眼泪、擦鼻涕，看完了还止不住哭，眼睛肿得就像熟过头的烂桃子。

五六年前，我偶然看到老版《平凡的世界》，毫不犹豫买下来，给宁馨看。宁馨翻了翻，无感，顺手撂在桌子上。我忍不住，又没日没夜地看了一遍，哭得很伤感也很温暖，为孙少平，为路遥，为曾经的艰苦生活，为高中时同学们集体的迷恋和执着——《平凡的世界》成为我们那代人的一种情怀。

上了大学才真正接触图书馆。不会唱歌，不会跳舞，逛街没有钱，长相又寒酸，就不爱往人前钻，上课、打工之余就泡图书馆，晚自习也泡在图书馆。那会儿没有现在这么多地方玩儿，新建成的图书馆就成了好场所，闺蜜一起泡图书馆，情侣约会泡图书馆，来了外校同学也领着去泡图书馆。

上海大学的图书馆当时很先进，忘记新书怎么防盗了，老书在书本靠近装订线的位置埋上几根磁条，出门处安了感应器，不经管理员同意往外带书，感应器就"吱吱"地响。但就有胆大的"孔乙己"，在我对面耐心地一根一根地找到磁条，细心地揭下来，然后若无其事地带出去了。见识了几次，我竟然也鬼使神差地当了一回"孔乙己"，用了两晚上仔细地挑出《雷雨》中的三根磁条，挨到闭馆，还在犹豫到底偷不偷，最终侥幸和不舍战胜了理智，把《雷雨》夹在课本中，故作镇静地走了出去。经过感应门的一刹那，心突突地跳到了嗓子眼儿，大脑一片空白，浑身软得都要瘫下去。之后好几天，我都不敢去图书馆，担心丑事败露，做贼心虚。

工作后生活渐渐安逸，书却渐渐远离，不是刻意地远离，是不知不觉地远离了，有时候突然想起好久没读书了，心里"咯噔"吓一跳，发誓立即开始读书。但誓言就像落叶随风而去，转头就忘，日日沉浸于琐碎的工作和家务，即使有空闲，逛逛街，吃吃饭，睡睡觉，看看肥皂剧，时间转瞬即逝。等到孩子两三岁，又意识到读书重要，得培养孩子的读书兴趣呀，即使装装样子也好啊，于是又重拾书籍。榜样的力量无穷。宁馨小时候爱看书，给她一本书，一上午都不挪窝，地上有张废纸，她都要拾起来看完了再扔回去。小学时一到周末我就把她送到新华书店，饭时去接，饭毕送去，她也很有兴趣。

科技是把双刃剑。互联网高速发展和智能手机迭代进步不止毁了大人，也毁了孩子。宁馨高中后不愿意看书，不愿意写作文了，喜欢上网，打游戏，看视频，聊天，购物。成年人也不能控制自己，走哪里都握着手机，偶尔忘了带，就像魂儿丢了，哪里都待不住。手机里当然有好东西，但大多数都是片段的、瞬时更新的、对自己无用的。习惯了手机和网络，大脑也就适应了片段和瞬时更新，隔几分钟就要刷手机，人心也跟着浮躁。不看手机的空当儿还有酒场、耍场，还有运动、健身、旅游，谁还爱看书、愿意看书、有时间看书？

使人看不进去书的原因不止网络和手机，还有看不见、摸不着却真真切切存在的、似乎全社会达成的一种共识：读书无用。20世纪90年代全国经济开始腾飞，物质成了效果最好的兴奋剂，调动起人们全部的热情，挣钱多少成为衡量一个人有没有出息、成不成功的主要标志。初中同学、高中同学、大学同学聚会，谁挣钱多就证明谁混得好，面对其他同学恭维，嘴里说"哪里哪里""一般一般"，但心里无比肯定自己：我就是这些人里最成功的！

这种思潮改变着长成的人，同事之间、同学之间，甚至邻居之间都在比，挣钱多的买好车，买好房子，真金白银摆在那里，钱少的更受刺激，拼了命往"钱"赶。这更贻害了未长成的人，觉得上学还不如打工做生意，读书还不如学点实用技术。实用成为这个社会另一个价值衡量标准，在这个标准下，读书显得不那么要紧。

全社会都走在奔富路上，人们都身不由己地参与其中。三姐现在的目标就是给儿子在城里买房子。她早上六点出门，晚上六点回家，一天十二个小时在乡里的小工厂里串肉串。回家后马上从墙上摘下旧挂历，在反面记下当天串肉串的种类和数量，以便月底与老板核对工资。一本挂历十二张，正好够她一年记账使。

看着她密密麻麻的字，我开玩笑说："人家范雨素写的是长篇小说，你写的都是赚了多少钱。"三姐笑答："就是现在我也最愿意看书，集上人家卖药的发那些宣传册上的文章，我都从头儿看完。但是我不干活儿钱能从天上掉下来？哪里又有那么些书给我看？"企业家师兄说："其实我真想坐下来看看书、写点东西，但是一天到晚坐不下来啊，脑子也乱哄哄的。"

这当然是事实，我们上班的也是忙东忙西，忙得几十年都没有把看书写作的想法付诸实施。但是，范雨素打了所有人的脸：一个带俩孩子、靠做钟点工和保姆赚生活的单身女人，竟然有时间读书、有时间思考、有时间写了长篇小说！

我已经过了吃不到葡萄说葡萄酸的年龄和阶段了，当然承认钱的重要性，没有钱万万不行，但钱也不是万能的。当生活的基本需求满足后，特别是到了一定年龄、有了一定心态后，钱的多少、物质的多寡，真的已经不那么重要了。这个阶段，人越来越看重内心的安定和充盈，就像范雨素说的："人活着除了吃饭，还应该干点与精神有关的事儿。"

在所有与精神有关的活动中，读书无疑是最根本的。千万别说读书无用，读书的用处都是潜移默化的，读过的书香会慢慢地浸润到骨髓里，透射在目光里，体现在行为中。读书是人一辈子的修为。

母亲大字不识一筐，基于对父亲的成见，一贯认为读书（此处的读书不是指上学）无用，有时候我看书，看着看着"咯咯"地笑了，母亲就纳闷："四嫚儿你喜（方言，笑）什么？"我看书到深夜，她一遍遍地催促睡觉："一本书有什么好看头儿？"到了衣食无忧的晚年，不再忙不再累，她除了跟父亲斗斗嘴，就是看电视、听唱戏机，打发时间。

父亲去世后，母亲没人斗嘴了，对电视和听戏也失去了兴趣，除了睡觉不知道干什么，时间真是不好打发。我动员她去找邻居婶子耍，她说："你婶子捞着耍了？天天往书店窜。"邻居婶子比她还大，从年轻就爱看书，七十五六了还每天骑车去新华书店看书，跟上班一样风雨无阻。

母亲现在每天一睁眼就巴望着到下午两点，一到两点，楼前聚起一堆老太太，都来听前楼八十五岁的大娘说故事。大娘是退休老师，每天读书看报，下午下楼讲给那些不识字的老太太听。母亲佩服得五体投地，不止一次跟我说："你大娘才厉害哝，从书上看来一肚子故事，天天给俺这些人讲。"然后叹一口气："俺这些人不识字，不会读书看报，就是睁眼瞎。"

2017年5月

真是盼场雨啊

今年天旱。

按节气，清明过后就得秧花生，可是天旱，迟迟种不上。有人等不了，抽水泼地，赶紧种上。可泼上的那点水也就润润地皮，耐不住骄阳和干热风，三两天就蒸干了，扒开土看看，花生种子撅着个小芽儿，干透了。稀稀拉拉出来几棵小苗，像秃子头上的毛儿，白瞎了种儿，雨后肯定得翻种。乡亲们眼瞅着天，巴雨，白天吃不安顿，夜里睡不踏实，照这么旱下去，今年的花生算是完蛋啦。

天气预报连连放空。5月5日终于下雨了，哩哩啦啦下了一夜，又加一上午。我们老家是丘陵，地薄亩数多，花生是经济作物，种得多，少的五六亩，多的二三十亩。借着这场透犁雨，晚了一个月的花生，怎么也得秧上了。这可把人忙坏了，天刚露明就下地，夜里八点才收工，两头儿摸黑。

这二十多天，滴雨未下，直线升温，日头又毒，干辣辣的热风吹得人睁不开眼。麦子喝不上水，前期没长起来个儿，后期灌不上浆。端午前一周，高温赶上干热风，岭地上的小麦一个中午就猝死了，麦秆、麦叶看起来还新鲜青绿，可是手一碰，就欻啦欻啦地碎了。

端午回老家，一路都是焦渴相。上场雨后出来的花生和新种的黄烟苗都扣着地膜，膜内的那点水分根本不够，植株紧贴地皮，杵着不伸展。春玉米刚及膝盖高，日头一上来，叶子就卷成了哨儿。豌豆谢了花，豆荚秕着，秧子蹲在地上。

有人在割麦。岭地的麦子都很矮，联合收割机开过来，也不像往年那么有激情，倒像给留着板寸的人剃头，齿轮都夹不住麦秸。打出来的麦粒扬到后面的车斗里，腾起一阵灰尘。一片片的麦子已经旱死，也没人收，就那么站在地里。我说麦子都死了怎么还不收？他们连看我也不看，手里忙着，语气无期无怨："连收割机的费用都卖不出来还收它干什么？"

刚到老家，碰到三姐用摩托带着老娘，三姐夫在后面开着手扶，车斗里全是水桶，三人热得红头赤脸，秧完地瓜刚回来。坡里河干塘枯，秧地瓜都得从家里拉水，一瓢水匀和着浇三四棵。这几年连续干旱，小麦、玉米的产量提不上来，人们又想起了耐旱的地瓜。三姐多年不秧地瓜了，今年一下子秧了三千棵。

墙西是菜园。两天前刚浇的扁豆畦子干得卷起了盖儿，前屋驼背的老太太扯出水管来，浇了半天才淌到头儿。她一边用细木棍儿插进去试试浇没浇透，一边自言自语地说："天天喝水也不见长。甜水也就保个命，离了雨水不办事呃。"

同事婆家上周收了麦子，晒了两天就干透了。种不上地，就来城里看孙子，却还是坐不住，一天查好几回天气。

雨落不下来，人心就焦躁。三姐夫在城里打工，每天下了夜班骑摩托蹿六十里，跑回来看看地。其实这些年粮食不值钱，种地几乎没有净收入，但他们觉得土地才是农民的命根子，风调雨顺地种地收粮食，心里才踏实。

离开农村快三十年了，我一直脱不掉农民的底子。旱了这么久，每天查天气预报，手机都快查碎了。再不下场雨，我怕是要焦虑。

真是巴望下场透犁雨啊！

2017年6月

星星和月亮，还都在天上

在城里住，我和众人一样，关注楼市、车市，关注股市、菜市，却不关注星星和月亮。下班回家，除了干家务，就是抱着手机看电视，看起来很忙，实际也很累。有电，有灯，在家随手开灯，出门有路灯、有霓虹，再远还有车灯，所以没人在乎有没有星星和月亮。

2010年国庆节假期我带宁馨回老家帮三姐秋收。晚上在外头要，宁馨突然问我："为什么三姨家的星星这么多、这么亮，我们家的星星又少又不亮？"她这一问，我才注意到，可不是嘛，老家的星星又大又亮，密密麻麻挤在天上。

进城二十年了，不需要星星指引方向，不需要月亮照亮，更不需要根据它们推测天象，所以从来没有注意过星星和月亮。

从三姐家回来，我认真地看了看城里的星星和月亮。就像宁馨说的，城里的星星又少又不亮，月亮也暗淡无光。

2011年夏天去镜泊湖，宿在湖边上，一望无际的芦苇荡。那里的天空就像新染的深蓝布，格外干净，星星繁密，耀眼安详。四外静寂，偶有野鸭叫声从芦苇深处传来。浅浅的暖流从心底涌到鼻腔，温暖得想哭。这景象，曾经那么熟悉，又失却已久。

去年夏天去了内蒙古乌拉盖草原。那里还没开发，没有电视，没有网络，连手机信号也没有。白天骑马、射箭、拔河，夜里围着篝火唱歌、跳舞，火熄了，跳累了，无所事事，只能睡觉。大人孩子不到一天就连连抱怨，无法忍受。小孩儿闹着要走，说"一到晚上什么也没有"。可我觉得草原的夜晚那么美好：马静静地站着，牛安静地跪着，羊天生胆小，一到天黑就吓得挤在圈里，连个响鼻也不敢打；远处的灯光被静谧一层层过滤，穿不透无边黑暗，亮得有气无力；偶有胆大的虫子叫两声，显得犀利、突兀，连它自己也被吓到了，赶紧噤声。

夜空像一口倒扣的锅，锅底是纯净的深蓝色缎面，镶满耀眼的宝钻。钻石那么多那么沉，把锅底拽得很低很低，仿佛要掉下来，个子高的跳起来就可以够到，个子矮的往锅沿边上走一走也能够到。此情此景，人不由自主地放空，觉得自己就是脚下的一棵草、一朵花，或是一粒看不见的尘埃，真真切切地与天地融为一体了。又一股热流从心底涌上喉咙。为什么长大后觉得星星又少又不亮呢？其实不论我们在哪里，在做什么，它们从来都没变过，还是一颗不少地挂在天上。

我们小时候喜欢看天空，看星星。夏天晚上，我家平房上躺满了人乘凉。天空干净，满眼星星，大人就教小孩儿认哪是牛郎哪是织女，哪是天河哪是北斗，哪是长庚哪是启明，还编成歌儿："启明星，真用功，一早起来送长庚。"因为启明星升起，长庚星就要落下去了。长大后才知道它们其实是同一颗星，叫金星，有时凌晨它从东方升起，有时傍晚从西方升起，但我还是愿意像小时候那样叫它不同的名字。

农村人对月亮比对星星有感情。人们有时要看月晕来判断天气，比如天空暗黄，月亮不是很亮，周围有一圈一圈的月晕时，预示明后天有大风。农忙季节月亮中大用。一到秋忙，人们恨不得夜夜有月亮，白天在地里忙，运回来的玉米都堆在场里，夜里借着月光褪苞皮，不热不凉，讲着老故事，哼着新歌曲，既不感觉累，又不感觉忙。小孩儿也巴望月亮，有了月亮，夜晚就是白天的延长，好出去耍呀，跳房子、踢毽子、藏猫猫，村里村外到处都是闹哄哄的孩子，大人不找不叫，孩子就不知道睡觉。

我家东边是村里的粪场，不晒粪的时候就是小孩儿的耍场。紧挨粪场的那户人家搬走了，老屋拆了，平了，留下的茅坑没填埋，用碎草遮掩了事。有个冬夜月光如华，一帮子小孩儿在晒粪场上追来追去，一个小姐姐不慎落入茅坑。众小孩儿七手八脚把她拉上来，小姐姐浑身已被粪汤灌透了，哭了，也不敢用手抹眼泪，两只手上全是粪。我们送她回家，帮她打开大门，就不敢往里送了，都避在门外。她娘出来一看就火了，厉声斥责："活该！屎汤子怎么没灌你嘴里去？灌你嘴里多好呃，也省下了哭的力气！你还有脸哭呃！"一边帮闺女收拾一边斥责："夜里还去疯？长不长记性？"

小孩儿怎么可能长记性？另一个伙伴叫社儿，从小死了爹，娘拉着一窝孩子过。日子难熬，娘就没有好脾气，对孩子除了打就是骂，从来没有好脸色。一天晚上月亮好，我们在村前河套里藏猫猫。轮到社儿找人，他眼上蒙着围巾，一边咋呼，一边两手摸索。我们藏在玉米秸垛里，透过缝隙看见他娘来了。社儿摸索着，一把抱住娘一边兴奋地喊："找到了！找到了！"社儿娘也不吱声，挣开身子，抬起脚，一脚把社儿踹倒了，一边咧咧地骂着一边又狠狠踹了几脚。社儿爬起来，扯了围巾扔在地上，咧咧地哭着，被娘一步一踹地押走了，走远了，还掉头吆喝："明后晌还来要哈！"因为他知道明天晚上月光依然好，他可不想浪费掉。那时候的小孩儿都这样。

城里不需要月光，所以城里也就没有月光。没有月光，心里有块地方就荒。

2017 年 10 月

幸福满路

一

1995年冬天某个傍晚，天空铅灰色，西北风夹着细小的雪粒儿，打在脸上生疼。路上行人稀稀落落，个个缩着脖子。

我沿着老百货大楼前的海曲路往西急急地走。迎面过来一群七大八小的孩子，衣衫褴褛，却兴高采烈，像足球队员赢球后互相搂着膀子并成一排那样，"嗷嗷"地唱着歌曲。独自走在前边的一个孩子回身捣了后边一个孩子一拳，后边的孩子松开手，弯腰一把拽下脚上的一只破鞋，朝着前边那孩子就扔了上去，前边的孩子兔子一样跳开了，夸张地拍着巴掌笑得前仰后合，其他孩子也站定了，围着赤脚的孩子大笑起来。那孩子赤着一只脚，站在铺满雪粒儿的石板路上，也不懊恼，看着别人笑，自己也咧开嘴哈哈地笑。几个孩子扑上去，捉住他的胳膊和腿，不由分说地抬起来，任他蹬踢着，依旧嘻嘻哈哈地唱着，一片欢腾地向东去了。

我意识到这是一群那段时间经常见到的南方讨饭的孩子。平时我对这样的孩子报以同情，但此时，同情荡然无存，代之满满的感动。当晚住哪里、吃什么、暖和不暖和，他们都没考虑。空旷寒冷的街头，他们还原成天真活泼的孩子，以孩子的方式享受着孩子的快乐。

这是纯粹的快乐。

二

2000年前后我住在日照北路，秋天晚上带孩子出来耍，认识了一个夜晚宿在路边商铺门牌底下的要饭老人。

这个老人来自鲁西某县，穿着收拾得也算利索，铺盖白天放在一个店铺里，晚上拿出来铺在店铺门口，有人来就聊天，人走了他就躺下睡觉。

铺盖卷外层包着油纸，里边是一床小褥子、一床薄被子和一个枕头。我说大爷你的铺盖卷真利索。老人拍拍铺盖卷，笑嘻嘻地说："俺儿媳妇一年给拆洗两回呃。"又抽出枕头让我看，我才发现这个枕头的瓤儿不是常见的谷糠、荞麦壳或海绵，而是成卷的衣服。老头儿笑着说："换洗衣裳，卷起来正好当枕头。"

老人说他们老家人多地少，地里种的不够吃，收完庄稼后，凡是能走路的都出来要饭了。早年间要饭是生存的基本技能，娶媳妇的时候，女方首先打听男方会不会要饭、能不能要够全家吃的。现在条件好了，不要饭也饿不死，但是会要饭的日子更好过。他家五口人，儿子脸皮薄，要饭张不开口，就去镇上打零工，他来日照要饭，儿媳妇在家照顾孙子孙女上学。

老人来日照要饭十几年了，秋收结束来，过年回去，年后再来。他不去住家要，也不要"饭"，而是挨着店铺一户一户地要钱，攒到整数，就到邮局寄给儿子。

老人很满意眼下的生活，说日照人心眼好，不光给钱，碰上饭点还给他买盒饭。他指着路后面的村子，说天冷了就住到村里一个老伙计家，换洗衣裳也到他那里去，人家做了好饭也来叫他吃。说他孙子孙女在班里数一数二，等他们上完大学，他就不出来要饭了，光蹲在家里享福。

那阵子我就爱带孩子去那里要，爱听这个要饭的老人慢慢悠悠地说他的"好福气"，爱看他说话时脸上和眼里溢出来的满足。

三

去年秋天，老公偶然发现前边路上的环卫工人扫路间隙在人行道上学打太极拳。

今天中午经过，看见路边一位穿着环卫黄马甲的大姐在打拳，左前边一个老太太同步示范，旁边停着环卫三轮车，车旁立着扫把和铁簸箕。老太太一边示范一边回过头来纠正黄马甲大姐的动作："脚尖儿踮起来！胳膊抬起来！"我突然想起这应该就是去年老公说的那位大姐。

旁边小区的保安大哥一直笑嘻嘻地看她们打拳。我说："大哥你怎么不过去学？"老保安腼腆地笑："我笨，学不会，看看就挺好。"

一个勤奋的业余学生，一位耐心的义务老师，加上一个安静的忠实观众，这堂路边太极课，已经上了四年。

四

上月初，阴雨连绵。傍晚下班，烟台路新玛特北边的路口，我在等绿灯，左边一辆车驾驶室的车窗玻璃落到底，驾驶员是个小伙子，三十左右，单眼皮，深蓝色衬衣，干净清爽，神情很像年轻时的陈道明。他左胳膊支在车窗上，右手握着个东西，过一会儿就送到嘴里吸一下，然后悠闲地吐出烟圈。等到他第二次吐烟圈时，我才明白那是电子烟，不禁一乐：这小伙子，十有八九是个准爸爸，有烟瘾，为了宝宝正在戒烟呢。

小伙子不急不躁，也不专注电子烟，除了看一眼红绿灯，他的目光一直落在行人身上。路两边分别是两个错开的公交站，左站下车的人到右站换乘，或右站下车的人到左站换乘，都在等绿灯的车流中穿行。那个点乘车的都是年轻人，多数是姑娘，各种身材、各种穿着、各种发型、各种性格。因为下小雨，有的姑娘下车就用提包遮住头；有的上衣太短，一跑就露出了肚皮；有的宁愿淋雨，也要袅袅娜娜地走成模特步；有的穿过车流还举着手机不停地发语音；有的恋人在车流中还不忘亲吻。吸电子烟的小伙子神情高冷，漫不经心地瞟着穿梭的人流，筛过一个个形色各异的姑娘，不时吸一口烟，慢慢吐着烟圈，就像阅尽人间。

突然，一个身材、容貌、穿着都极佳的姑娘从左边过来了，我马上看那个小伙子，他目光早已定在姑娘身上，随着姑娘移动，直到她在右边站牌下站好、用手理了理长发、掏出手机看，他还扭着头看她。

绿灯亮起，前边的车依次启动，小伙子叼着烟斗，右手挂挡，左手扶方向盘，走了。

这个红灯九十九秒，对这个小伙子来说，不短不长，刚刚好。

五

上周某晚路过新营华府后边那条路，等红灯的时候，斑马线从左向右走来一群人，看样子刚从旁边餐馆出来，都挺兴奋，说话声音不小。前边两个，一男一女，男人四十多岁，两手插在裤兜里，显得拘谨，脸上却是开心的笑。女人三十不到的年纪，左手抓着男人的左胳膊，右手搂着男人的右肩膀，嘴几乎贴着男人的左脸，大声地说着什么，边说边用右手大幅度晃动着男人的肩膀。男人不言语，笑得像花一样。女人很顽皮，对着他一个劲儿地咋呼，后边的人指着他们大笑。

我断定这是一群同事，三杯酒下肚，彼此不再拘束，说说笑笑，打打闹闹，快乐短暂即逝，却真切有痕迹。

六

某晚路过一佳学校东墙外，路灯昏黄，人行道上一个大男人一扭一扭地走路。我放慢车速关掉大灯跟上去，走到前边小区门口，看清这是一位身穿保安制服的老哥。小区门口灯光亮，地面平整，这老哥停住，右腿迈出去，收回来，又试探着再迈出去，两手不停地比画着。看了一会儿，我明白了，他跳的是大秧歌，正在揣摩舞步。我瞬间被萌化，好想会变魔术，扯片树叶帮他变出一条火红的大绸子，吹一口气伴奏就响起："解放区的天是明朗的天，解放区的人民好喜欢……"

幸福从来都是源于心啊。

路上偶然窥见别人的幸福，我也幸福了一路。

2018 年 10 月

没有人能救你，除了你自己

"没有人能救你，除了你自己！"两年来，我无数次对母亲说过这句话。

父亲去世后，母亲状态一直不好，忘性日大，精神萎靡，不爱看电视，不爱找人耍，更不爱热闹，以前的爱好统统都不爱不好了，整天呆呆地坐着，眼睛茫然地看着某个地方，然后唉声叹气。有时候我问她："娘，你看什么？"她答："没看什么。"有时还要跟着叹一气："唉！人活着真是没意思。活到多咱（方言，什么时候）都脱不了死！"刚开始我还能心平气和地劝几句，次数多了就上火，忍不住顶一句："人要都不死有意思？光生不死，人踩人，多么吓人！"母亲并不理我，依然沉浸在她的悲伤里："唉！人活百岁也是死。真是无趣呃！"

母亲原本不该寂寞。那个小区住了九十户，孤身老太太竟有十好几个，她们三五成群，冬天蹲楼前，夏天踞楼后，相互陪伴着过日子。父亲走后，我鼓励母亲去找她们耍，母亲不去："人家又不认得我，谁跟我耍？"我说一回生二回熟，耍一次不就认得了嘛。她去耍过，但是没有耍上瘾，好几次跟我感慨："怎么男人都不禁死，光剩下些老嬷子？""不论城里还是农村，一群群净是些老嬷子，真是烦恶人！"母亲说这些话时，表情和语气满是厌恶。我说这有什么烦人的，不正说明老嬷子会养生、身体好嘛。母亲十分鄙夷："光些老嬷子有什么活头儿？"好几次，我发现老太太们在楼下凑堆儿，母亲站在阳台上呆呆地看。我说你也下去耍耍嘛。她连连叹气，无聊地走进屋里："有什么耍头儿！"

父亲走后，为让母亲散心，我和妹妹带她看老亲戚，找老邻居，这里那里耍。可她哪里也不愿意去，愿去的地方也待不住，十分八分钟就催着走，人家热情地挽留，她就烦得不行。我知道她还没有适应父亲走后的日子，亲戚邻居也告诉我她是想我父亲，叫我多担待。我当然清楚，当然会担待，但她老是这种状态，真是不好担待。我说："娘啊，人活百岁哪有不死的？有多少老两口儿一块儿死的？不管生还是死，总得有先有后嘛。你老是想先走的那个，那你也别活了。"她就不吱声了，光掉眼泪。我说："娘，你要是自己不走出来，谁能把你拖出来？这可不像牛像羊，掉到沟里，别人使使劲就能拖出来。你就天天这样，没有人能救你，除了你自己！"

去年冬天开始，母亲变本加厉，动不动就哭，坐在沙发上哭，躺在床上哭，不出声地哭，眼泪鼻涕糊满脸，一哭就是一天，哭得眼也肿脸也肿，浑身打哆嗦。问她为什么，也不说，就是哭，不吃不喝地哭。问急了，她说出来的理由竟然都是我们对她不好。这些不好都是莫须有，比如她觉得不舒服不爱吃饭，她自己不说，我姐姐大大咧咧的，也没多问，她就觉得我姐姐厌恶她了，不想赡养她了；再比如她年前回了我姐姐家，走时确定年后初三跟我回日照，过年那天我姐夫问她："娘，你初三还回去？"她就认为我姐夫想赶她走，委屈得哭，自己跑到村西树林里哭了一上午。姐姐到处找不着她，她却觉得我姐姐没去找她，更加委屈，哭了好几天。我们一面心疼，一面上火，崩溃到哭。

这一年多，母亲不好过，我们也不好过。我们觉得她可能老糊涂了，互相劝慰别跟她一般见识。可她的糊涂只针对亲闺女，跟外人明节有礼，收放自如，完全好人一样。

三姐说："听人家说老年痴呆也有药，是不是得去看看？该吃药了就得吃药。"我也受够了，必须得就医了。

偶遇一同事，她说我母亲不是老年痴呆，像是老年抑郁，建议去精神病院看看。旁边一个大姐急切地插话，说去精神病院最好找熟悉的大夫，生大夫下药猛，可别把人治毁了。她说她爹当年就是因为脾气狂躁，坐公交时打碎公交车玻璃被送进精神病院，治了一个多月，脾气好了，却成了木头人，呆呆傻傻，吃饭喝水都得人照顾，活了半年就没了。

大姐这么一说，我忽然记起同学的老公就在精神病院当医生，请他来给母亲看看。

同学老公来了，我骗母亲说同学来看我，叫她一起出去吃饭。席间我故意吹嘘同学老公是著名中医，调理身体很有法子，建议母亲让他把把脉。母亲不同意："我哪有什么病？好好的把什么脉呢？"我说人吃五谷都可能生病，又不要钱，这么有名的医生你上哪里找？母亲就同意了，让同学老公诊脉。

合格的精神医生都懂心理，同学老公一边诊脉一边跟我母亲聊天，聊得很投机。他断定我母亲是老年焦虑，说这种情况在丧偶老人中很常见，适应能力强的半年就好了，适应能力弱的三五年也正常。

适应能力强的还真不少。

母亲隔壁单元有位大姨，年纪与母亲相当，人很热情朴实。父亲去世那年她老头儿还天天骑自行车进进出出，买菜，接送孙子。转过年来，母亲说她老头没有了。我就叫母亲天天去找大姨耍。母亲说："你大姨天天忙杀了（方言，忙死了），哪有空儿跟我耍？"我问她忙啥。母亲说她天天忙着跳舞，到处去跳舞。我说你跟着去跳就是了。母亲说不会跳。我说那就跟着耍。母亲不同意："人家跳舞我跟着耍像什么？"

一楼的大姨以前是村里的幼儿教师，爱唱歌，吃了饭，筷子、碗一推，就到社区中心唱歌。母亲以前好唱戏，走着坐着都哼戏。我劝母亲也去："你又不是不好唱，跟俺大姨去唱就是了。"母亲还是不同意："都什么嗓子了还能唱？"

住平房时的老邻居拆迁后搬到前边的小区。我说你去前院找俺婶子耍吧。母亲说："你婶子天天忙得跟个什么似的，捞着跟我耍了？"我问婶子忙什么。母亲说："你婶子识字儿，人家天天骑着自行车上书店看书。"

总之，不论我提什么建议，母亲都一口否了，否得有理有据。有时我甚至怀疑她就喜欢这种悲伤绝望的情绪，自己根本不想走出来。

我对桌大姐开朗幽默，爱唱爱跳，穿上新制服就爱扭模特步，上趟厕所都要高歌《洪湖水浪打浪》。临近退休得了宫颈癌，到北京做了手术，化疗十二期。如今九年过去，大姐依然笑声爽朗，屁颠屁颠地带孙子，每晚嗷着歌曲至少步行五公里。在北京住院时同病房的病友一个不剩，她成了那个医院的抗癌明星。她说多数癌症病人不是病死的，都是自己把自己吓死的。她说有病就看病，能治就治，不能治拉倒（方言，算了），害怕、发愁一点用都没有，净让别人看着难受。

男同事擅长跑步，蹲在跑马团里。他说团里一个大姐，快退休了查出癌症。绝望等死了，忽然想起还有一个心愿没完成——跑马拉松，于是加入跑团，在职业教练指导下训练，每天按计划跑完。同事说她那么健康、那么阳光，谁也不相信她即将走到生命终点了。为了实现心愿，这个大姐硬是将医生预言的三个月生存期延长到两年。这两年她一天也没有停下脚步，完成了几个马拉松赛事，突破了生命极限。

一起健身的大姐偶尔搭我的车。有次我无意间问："你家大哥在哪里上班？"她随口答道："进去了。"我不明白："上哪了？"她紧接着回答："进监狱了。"我真是惊讶，不是因为她老公进去了，而是因为她说他进去了时泰然自若的语气。交谈两句，知道了她老公的名字，我更是惊讶，原来就是那个曾经很有地位、很有前途、很有名气的年轻干部。他当年进去的消息像地震，她显然已从震中走出，每天下班去健身房，跳舞、跑步、蹬车、做瑜伽，漂亮清爽，热情开朗。

这些人经历的痛苦不比我母亲小，但是短暂消沉后她们都走出来了，如同凤凰涅槃，自己活得灿然，别人看着也舒坦。

人逢低谷，他人的安慰和劝解固然重要，但决定性的力量还在你自己。你不想爬上来，驴累死也拉不出来，还是那句话："没有人能救你，除了你自己！"

我母亲已经稀里糊涂，怕是永远不懂这个道理了。

2018年4月

别和他们一般见识

前阵子，央视新闻频道连续报道一些老人的"混账"行径，比如蛮横霸座啦，公开讹人啦。网友都义愤填膺，评论得很难听，什么"老混账啦"，什么"那批坏蛋老啦"。

老公说，唉！其实他们不明白，这些老人都有病啊。

我深以为然。

换在以前，我对这种老人更是敢怒又敢言，但现在，我已经心平气和了。

转变缘于我母亲。

父亲去世前，母亲忘性就很大：进厨房点上火，转身就忘了；电壶插上电，转身就忘了；正说着的话，转身也忘了……总之不能转身，一转身什么都忘了。找鞋、找帽，找针线、找剪刀，甚至天天用的菜刀和铲子也翻来覆去找不到，气得父亲"嗷嗷"叫。

父亲去世后，母亲的记性直线下降，刚吃完饭，就忘了吃没吃，吃的什么更是记不起来。上周我送去两只烧鸡，两天后问她："娘你吃烧鸡了？"她一脸茫然："没看着有烧鸡。"我说不是给你放冰箱里了嘛，现在没有了，还能飞了？她想了一会儿，说："那就是阳阳（我外甥）吃了。"我说阳阳怎么可能不给你吃？她嘴角一撇，指了指厨房，肯定地说："我看着阳阳今早晨吃了两条鸡腿嘛。"我一听就知道她胡说，故意笑着问她："那你没问阳阳要点吃？"她仍是一撇嘴："人家不给我，我能腆着个老脸要？"

晚上阳阳回来，我说："阳阳，你自己把烧鸡吃了，没给你姥姥吃？"阳阳笑得不行，夸张地对姥姥说："姥姥你可冤枉死我了。那烧鸡不是你馏了馏，你、我、小姨咱三个人吃了嘛。"母亲仍然不承认："没想着。"阳阳说："我这就打电话问问小姨，是不是咱三个人吃了？"母亲一下子笑了，说："打什么打，那就是咱吃了呗。"阳阳开她玩笑，说："姥姥，以后咱吃什么都得录视频，省得你老冤枉我。"母亲坐在沙发上，两手撑着沙发，缩着脖子，晃着腿，像听别人的故事，笑得哈哈的。

记性不好很常见，我这个年龄就开始丢三落四了，刚出家门就疑惑门锁没锁、电断没断、煤气灶关没关。母亲无中生有、恶意揣度才让人生气又绝望，比如她说阳阳吃了烧鸡，而且是躲在厨房里吃的，说得有鼻子有眼，跟真的一样。换在以前，娘说的话我哪能不信？但现在我一笑了之。

对于母亲来说，这仿佛是一个自然过程，没有明显的时间转换，我们却备受煎熬，在不断生气、愤怒、绝望和无奈中，慢慢接受了母亲现在的样子。

母亲年轻时很开朗，"人未到声先来"的那种，走到哪里都不住嘴，嘻嘻哈哈地开玩笑，跟同辈人更是动辄就打闹。去年十一奶奶还说："你娘年轻时爱闹腾，天天嗷嗷地跟个大喜鹊一样。"可老了她就像变了个人，不说不笑不愿见人，哪儿也不愿意去，愿去的地方也待不住，十分钟八分钟就闹着要走。

在家里，她除了唉声叹气，说话也很丧气："活着有什么用呢？""早晚都是死，还活着干什么？"又特别敏感，别人很正常的话她也能揣摩出对她不友好的意思，然后就委屈，觉得都是别人的不是。在我家住一阵子，天天跟对门老太太说我不好，宁馨不叫她刷碗也是我的错误。邻居不信，她就委屈："要不是她使上（方言，怂恿）的，那么大的孩子能嫌我刷不干净？"邻居老太太说她："你别天天说闺女不好，闺女不好她能养你？"她就腌臜（方言，讨厌）人家了，再也不去玩了。

我老公在家，母亲就很拘束，吃饭几乎不动筷子，吃完赶紧到她房间里，睡觉囫囵滚个子，还跟别人说："住闺女家不中呃，谁家也不是你的家。"三姐不嫌她刷不干净碗，她在三姐家比在我家踏实，可是也不满意，撇着嘴说："你看看这两个冰箱满满的，不都是你跟你五妹妹拿来的？一点也不舍得吃。"三姐在乡上串肉串，早上六点出门，晚上六点回家，懒得做饭，一天两顿饭都是母亲做。我说一天两顿饭都是你做，你想吃什么拿出来吃就是了。她嘴一撇，冷冷地说："人家不拿出来，你好随便吃？"我说："我三姐懒，你又不是不知道，你想吃什么实实在在地吃就是了。"她像怕人听见似的左右看了看，一撇嘴："这都是留着给你三姐夫吃的。"

母亲总是对这个闺女说那个闺女不好，对那个闺女又说这个闺女不好，而且那些不好都是她臆想的不好。我说："娘呃，多想想别人的好吧，人家哪有那么多不好啊？"她就很生气："她有什么好？你说她哪点好？"

自己养的闺女都不好，她越想越委屈，隔阵子就爆发一次。她的爆发不是排山倒海式地大哭大闹，就是不吃不喝不出声地哭，你越劝她哭得越伤心，边哭边历数那些不好。姐妹们气得说："别理她！她爱哭就叫她哭个够！"可是她只有七十来斤，哭得鼻涕、眼泪糊满脸，浑身抽搐，我怎么能狠下心来不理？

理她就得陪着她折腾，折腾一回就是好几天，我还没缓过劲儿来，她已全然忘记。

折腾了几年，我们终于"习惯"了，知道母亲病了，私下互相鼓劲儿说："挨着吧，谁让她是咱娘呢。"每当看到老人走失，或者在公共场合闹腾，我们都庆幸："幸亏俺娘没这样。"

婆婆有时问起我母亲，安慰我说："挨着吧，人老了还不都是那个样子？"婆婆前屋的老堂嫂，一个人住，闺女经常接去照顾，她却见人就控诉，说闺女这不好那不好。婆婆劝她几句，她竟委屈得大哭："大婶子唻，我活了八十多，能哄你么？"在她眼里，儿子不好，闺女也不好，媳妇更不好，"没有一个好东西"，天天眼泪包着眼珠，见人就诉苦。婆婆说："你三嫂以前可精明，嘴可严实，这会儿怎么孬好不分了？"然后感叹："唉！好死了不死，活着作害人呃。"

大伯哥有个战友,老爹八十多了,兄弟四个轮流照顾。别人眼里,儿子对爹"高抬高搁",给老爹吃香的、喝辣的。爹却糊涂到不认账,吃完就大哭大闹,一看不住就跑出去向人告状。

老公说,以前听到这种事,还以为儿女不孝顺,现在才明白,不是儿女不孝顺,是爹娘有病啊。

小时候常听人说,有的老人老糊涂了,吃了也说没吃,喝了也说没喝。那时候不知道这是病,以为人老了就糊涂。村里一个老人,爱偷人家的烧草。我们老家是山区,自家的草都烧不完,他怎么还偷别人家的?气得他儿子咬牙切齿,骂他"老不死"。

同事一个老邻居,退休前是公务员,事业单位的中层干部,一辈子板正老实。老来却不正经,见了年轻女人爱伸手,偷偷掐一把捏一把,被人家捉住就挨一顿打,扭送到家,老婆、儿子还得赔不是。可他改不了,出门就犯病,老婆、儿子只好把他锁在家里。

上个月在公交车上遇见一个大姐,五十来岁,长得很好看,穿着打扮也很合体,用小拉车拉着一捆大葱,坐在我对面。某站上来一个老头儿,穿着修容十分板正,胡子刮得干干净净,一看就是机关里退休干部的气质。他从前门上了车,走到后头,又转回来(其实后头有好几个空座),立在大姐旁边,扶住立杆,向周围瞟了一圈,转向大姐:"批的葱?"大姐礼貌地笑:"嗯。""上哪批的?"大姐忘了批发市场的名字,抬起右手比画着说:"城西那个、那个什么市场唻?"老头儿也尽力想的样子,提醒她："靠哪条路？靠哪里近？"大姐东北口音，不急不躁，十分动听，她抚着脑门，说："那个什么市场唻？你看我这脑子。就是西环路西边那个。"

老头儿一直笑眯眯地盯着大姐，他那表情明显说明他并不急于知道这捆葱是从哪个市场批的，大葱只是话引子。

他接着问："这一捆多少钱？"大姐回答后，他又接着聊下去，说这大葱不贵啊，十年前就是这个价格。又问这大葱是不是章丘产的、买了怎么吃，等等。然后把身子往前靠了靠，用腿抵住小拉车，说："这个小车要跑，我给你顶着。"又问大姐吃没吃中饭，说金阳市场有个羊肉馆，在哪个位置、羊肉汤如何地道、价格分几个档次，说你要再去一定尝尝，吃十五块钱一碗的就最好。然后说："你要是找不着，我就跟你一块去。"又夸奖大姐保养得好，皱纹少，眼睛也好看，问她用什么化妆品，平常做什么锻炼，问了一大串。

全车人都看出这个体面的"话痨"对大姐热情过头了，都抿着嘴笑，我也忍不住笑。这大哥坐这趟公交，似乎就是为了找个好看的女人色眯眯地说两句。好在这大姐素质高，虽然不热情，却始终不咸不淡地应付。要是火气旺，肯定指着鼻子骂他"老流氓"。

这些老人的表现各式各样，共同点就是"不正常"，甚至很"混账"。他们有在家里混的，有在外头混的，有跟自家人混的，有跟外头人混的，"混账"的时候都不可理喻。但不能仅凭他们"混账"时的样子就断定他们是什么素质，比如上面说的这些人，有的退休前堪称做人楷模，而我母亲跟外人也一直很有节制。

说到底，是我们还不够老，对老年人的精神世界没有亲身体会，不明白好好的人老了怎么会出现精神问题，我也是在跟母亲反复"战斗"中才逐渐明白这个道理。

咱们对精神疾病历来避讳、憎恶、害怕、歧视，所以不了解，也不重视。其实精神病范围很广，发病率很高，那些"混账"老人，如果让精神科医生诊断一下，十之八九是病人。

农村人劝架，往往说："别跟他一般见识。"意思是姿态高一点，别跟对方计较。遇到"混账"老人，也不能动不动就严厉斥责，多数情况下，别跟他们一般见识，因为很可能他们自己也不能控制当时的状态。

就像每个孩子不可能都长成大人希望的样子，每个老人也不可能都老成年轻人喜欢的样子。我们不能提前设定自己老去的样子，唯求社会多一点重视，多一份理解和宽容。

2018 年 11 月

就随他的便吧

一

这两年，对于孝敬父母的方式，我有些感触。当有人抱怨父母不听话、对儿女的孝心不领情，我都会劝一句："就随他的便吧。"

这是以前农村人常挂在嘴上的一句话，意思是"由着他吧"。"便"是"便（biàn）宜"的意思，是指父母习惯的生活方式和思想意志。

换作十年前、二十年前，我的想法不是这样。那时候我觉得只要有一点能力，就要让父母过上"好"日子。这个"好"当然是我认为的好，包括吃得好、穿得好、住得好，不用下苦力、不用遭大罪，所以刚结婚我就把父母接出来了。当时我的条件也不好，住在一起有矛盾，就给父亲找了活儿，当门卫，和母亲住在门房里。虽然条件简陋，但我很高兴，因为他们终于不用种地了，不用费大力了，我一天去好几趟，好吃的、好喝的也能第一时间让父母尝到。

父亲的性格不适合当门卫，老是和人生气，弄得我也不舒服。两年后我托人买了地皮，借钱盖了房子，让父母搬进去住。

那个房子是那一片花钱最多，盖得最洋气、最结实，设施最全的房子，父母馋什么我买什么，邻居有什么我也给父母补齐，因为他俩没有儿子，一辈子耿耿于怀，觉得这是个"大缺陷"。我无法弥补这个大缺陷，就只能在物质方面让他们觉得不比别人差。事实上，老家人和父母后来的邻居都很羡慕，羡慕他们"养了孝顺闺女"。

我不觉得我多么孝顺，儿女有能力不让父母遭罪，父母就不该遭罪。他们舒坦，他们高兴，我就高兴。

但有时候也不高兴。

父亲脾气暴躁，我随他，有时一言不合，爷俩就吵起来。他又任性，像孩子一样，一生气就气急败坏，摔摔打打，嫌这也不顺心那也不如意，怨我把他"弄到这个死地方"。每当父亲这样，我就特别委屈，忍不住哭泣。母亲出来调停，疾言厉色地说他："你是不是昏了头？老家好，你回老家种地就是了！"

其实不吵不闹的时候，父母都很满足，离老家不远，想家了他们就回去看看，老家有事他们也回去。与同村那些同龄人相比，父母确实享福，脸色也好看，村里老人都很羡慕，我也因此成了"别人家的闺女"。

但是父亲去世后，母亲的状态让我的想法一点点地动摇，我不愿承认我错了，但内心确实很矛盾。

父亲在的时候，除了吵嘴时抱怨，我没觉出他们离开老家有什么不适应。父亲走后，母亲却表现得不适应了，而且越来越严重。

她感到孤独，没人要。我说外面老太太有的是，你去要就是了。她很打怵："我又不认得人家，有什么要头儿？"我说："要一次不就认得了嘛。"但她好像没有主动结交新朋友的勇气，总是站在阳台上看着楼下一群老太太，一看就是半天，然后唉声叹气地回到屋里。我这才意识到，二十年来，父母在这里并没有交到新朋友，只是他们两人互相陪伴而已。

回到老家，母亲也不习惯了，住不下，别人家她不好意思嫌弃，在我三姐家她就待不住了，光卫生就受不了，"怎么打扫也没个干净样儿""出来进去都是土""一下雨就踹两脚泥""窝囊杀了"（方言，脏死了）。仅这一条，母亲就回不去老家了，两边都住不下了，哪里也不是她的家了。

二

这两年我频频带母亲回老家，一点点被触动。

堂哥住在村中央十字路口边上，开小卖部，门前用水泥铺了，干净利索。每次回去，特别是冬天回去，他家门口和墙根处都蹲满了老人，老头儿一帮，老太太一帮，都在晒太阳。其实他们不大说话，有的聋得什么也听不见，不爱说话，爱说的也没多少话，半天一句。有时候说的人还没说完，听的人就耷拉着头睡了。他们凑到一起，你看看我，我看看你，看看来往的路人，或者茫然地望着远处——他们就是相互陪伴而已。

去年冬天有次回去，风大，太阳也不好，堂哥门前玉米垛和南墙形成的旮旯里仍然蹲着几个老头儿。我问其中一个大叔："这么冷蹲在这里咋？"一个大爷抢着回答："这里热闹呃，家去怪闷人。"他们都缩着脖子、抄拢着手，蹲在这个稍微背风的旮旯里，彼此不说话，周围也没有别人，我看不出有什么热闹。我说家去蹲在热炕头上看电视多好啊。大叔说："哪有好看的电视？还不如蹲在这里看看人唻。"

有次我带母亲回去，刚走到堂哥家门口，蹲在那里的老太太将母亲拦下，一个个拉着她问这问那。我在边上等着，突然看见表姑父从母亲背后来了。表姑父和我母亲差不多大，两次脑血栓，左腿不听使唤，一步挪不了二指，说话"呜呜啦啦"需要熟人翻译。可他正笑嘻嘻地、挤眉弄眼地、悄无声息地从我母亲背后一点点地靠近她，靠近了，伸出那只好胳膊一把揽住我母亲的脖子，用力往上一提，看样子想把她勒起来。他自己重心本来就不稳，怎么能勒起来我母亲。母亲转过身来就捉住他的双手，一边做出往后推的样子，一边吵吵："要不是看俺儿媳的面子，我真把你推到沟里跌杀（方言，跌死）！"他女儿是我大爷的小儿媳，我们是亲上加亲的关系。表姑父一边含混不清地叫"二胖"（母亲年轻时他们给起的外号），一边笑嘻嘻地跟她互推，就像两个要好的小伙伴在比力气。

表姑嫁在同村，俩闺女都在青岛。老两口七十多岁了，身体都不好。表姑腰坏了，坐在炕上跟好人一样，说话杠杠的，可是

· 88 ·

一下炕就"死过去了"（方言，她自己的话，意思是"不行了"），像壁虎一样贴在墙上，"两人都赶不上一个人了"。馒头、包子都是闺女送回来冻在冰柜里，青菜都得左邻右舍帮着买，"一点事都得麻烦人"，可他们仍然不愿去青岛，坚持在老家住。

表姑父每天拖着一条腿，挪到堂哥的小卖部，表姑在炕上下好茶，等着人去耍。这是她生活了七十多年的村子，来耍的老人都是她从小伴到老的伙计，他们只要没有活儿，每天都来好几趟。来了也没有新鲜话，无非就是"吃了？""吃了。你吃了？"然后干坐着，坐到饭时回家，吃了饭再来。

正月我带母亲在老家耍，顺腿来到表姑家。刚上炕，就来了俩老头儿，都是表姑的邻居。耍了一会儿，鳏居的老头儿要回家蒸包子，我母亲问他会包包子？老头儿自豪地说会，也会蒸饽饽，也会擀面条，什么饭都会。表姑斜了他一眼，拍着我母亲的胳膊，撇着嘴说："你听他吹牛呃。你没看看他过年蒸的饽饽，一个个黑不溜秋的，跟驴屎头子似的，咬一口能硌下大牙来。"这个老头儿老实，光笑不还嘴，另一个大叔仗义："二嫂，你别听她胡咧咧，她不会说人话。"表姑往前一蹿，同时伸出脚就踹过去！快八十岁的老头儿本来稳稳地坐在炕沿上，表姑一出脚，他就像个弹簧，一下子弹下炕，脸笑得像个老核桃。他们还是小时候的心，还像小时候那样闹，哪有七老八十的样儿？

不长时间，这个大叔要回家喂牲畜，问表姑把残茶倒在哪里，表姑呵斥："哪里也不准倒！你给我哈（方言，喝）了它！"

说着，一手拽着他的脖领子，一手就要灌进去。大叔挣脱开，到了外间，转了一圈没找到合适的地方倒。表姑在炕上厉声说："你要是给我弄脏了水池子，看看我怎么捏杀（方言，捏死）你！"我和母亲笑出眼泪来，挽留大叔多耍会儿。他一边往外走一边装出躲躲闪闪的样儿，夸张地说："不敢耍了，再耍连命都耍没啦。"

我突然明白了这些老人为什么宁愿忍受生活不便，也不愿跟随儿女离开村庄了。

后屋大爷去世后，大娘自己住，不慎跌了胯骨。治好后，几个闺女不放心，轮流把娘接去家里住。九十岁的大娘耳不聋、眼不花、脑子不糊涂，说啥也不愿意去，说死也要死在自己家里。后来拗不过，去到闺女家，却像孩子一样想家想得哭。闺女们说她："就那么几间小破屋，有什么想头儿呢？"大娘跟我说："那几间小屋，我在里头住了一辈子，从来没嫌它破呃。"叹了一阵，又说："你大娘不光想小破屋呃，主要是想咱庄那些人呃。"

我本来想劝大娘不要想家，可她一边笑着说"不想家了"，眼泪一边在眼眶里打转，我的眼泪瞬间就涌上来了。大娘从年轻时就开朗，是区里的识字班队长，出了名的铁姑娘，老了也不着家，除了吃饭、睡觉，就是走东家、串西家，天明到天黑蹲在街上耍。离开待了七八十年的地方，她怎么能不想家？

2017年正月，带后屋大娘和母亲去看十一奶奶。听说我们要去，几个姑姑也去了。二姑七十岁，开朗豪爽，年轻时跟着俩嫂嫂干活儿，姑嫂没大没小地闹，感情十分好。一见了母亲和大娘，二姑也不喊大嫂、二嫂，开口就"大死尸""二死尸"嗷嗷地叫，又摁着她俩给十一奶奶磕头。二姑相对年轻，身架又大，两个嫂子翻不了身，嘴却不饶人，"你待死""你待死"（方言，快死，将要死）地笑骂。二姑两手扯住她俩的腿就往炕下拽，要撇到外边活冻煞。妯娌俩像打输了的孩子，连滚带爬地往十一奶奶身后钻。十一奶奶时年九十三，笑出眼泪来，还不忘摆出家长的架势，给侄媳妇支心眼子："还不快告饶？告了饶你妹妹还不放你们一马？"整整一天，婆媳、姑嫂打成团，闹成团，也笑成团。

这些场景让我很感慨。老人们不愿意离开老家，其实他们离不开的不仅是那个小房子、小院子，还有他们生活了大半辈子的那个环境，包括他们使用、熟悉的物品，那个村的山水风貌，更有那些相处了大半辈子的老邻居。就像表姑父与我母亲打闹、表姑与邻居打闹、我大娘、我母亲与我的姑姑打闹，只有在老家，只有与他们的老伙伴、老邻居在一起，他们才能那么开心地闹。他们那么开心、那么热闹，完全不像我们眼中父母平常的模样，更不像七老八十的模样，而像十几岁的孩子、二十几岁的青年、三四十岁的壮年，仿佛他们还没有老，依然还处在人生最美的阶段。离开老家，到了城里，到了别的村子，"人家谁认得你？谁跟你耍呢"？

三

这几年我渐渐体谅这些老人，因为我明显感受到了年龄带给人心理的变化。

年轻的时候，我只想到外面，越远越好。"青山处处埋忠骨"，干嘛非蹲在一个地方老死？可年龄渐长，心理慢慢就起了变化，最简单的就是"认床"了，不愿往外跑了。以前出去要很兴奋，走到哪里都能吃能睡，现在一出门就发愁，换地方就睡不着了。再就是越来越不愿跟人交往，知心朋友越来越少。于是就很羡慕老家的同学，知根知底多好啊。

老家几个要好的发小，今天这个理由到这家凑堆，改天那个理由到那家吃饭，小时候是同学，长大了是闺蜜，到老了是陪伴。日照距老家不足二百里，我就感觉是外地了，因为没有相熟的小伙伴了。于是开始理解老人。越老越不容易适应新环境，越不容易交到新朋友，儿女把他们接出来，吃得好，穿得好，说是让他们享福，可是对他们来说，什么算享福呀？吃得好、穿得好就是享福吗？恐怕多数老人都不这么想。老人们常说，"下生（方言，出生）不嫌地面苦"。在他们心里，哪怕吃得差一些，穿得孬一些，住得偏一些，待在住了一辈子的地方，守着熟悉的人和物，心里自在，"喘口气都格外顺溜"。

我把母亲带出来二十年，使她在失去老伴儿后既适应不了城里又不习惯老家了。我这哪里是孝顺啊？

婆婆今年八十五，多年糖尿病，自己在老家，吃药全凭心情，吃饭全凭胃口，病情根本控制不住，一年住好几次院，于是强行接来城里，跟小儿子住在一起，过上了衣来伸手、饭来张口的日子。事实上，婆婆来城里这两年，身体比以前好多了。但她不承认，还十分委屈，天天这儿疼那儿痒，因为"没人耍，在家里憋的"。那个小区是城中村，楼下一堆老太太。我说你下去跟人家耍就是了。婆婆嘴一撇："我认得谁呃？人家谁认得我呃？"跟我母亲一样，她打怵认人了，只好坐在阳台上看别人耍。

国庆节假期婆婆"犯了邪"，绝食相逼，闹着要回老家。她连饭都不能做，回去谁伺候？无奈，大姑姐陪着回去住了七天。这七天，婆婆"可可累毁了"，那些老伙计听说她回去了，都去找她耍，这个还没走，那个又来了，今天来一趟，明天又来了。婆婆嗓子都哑了，却很有精神，在城里的那些不舒坦全没了，回来好几天还兴奋地向我汇报，谁家儿媳生了孩子，谁家和谁家因为什么打架了……那个几百户村庄一年的情况，婆婆七天就摸透了。我老公开玩笑："咱家就是李潭崖的路透社，咱娘是社长。你叫她住在城里，那不憋死了？"

月初跟一个同学聊天，她家是姐妹俩，都在城里，父母七十多了，依然在老家，种了十几亩地，养了不少牲畜。姐妹俩的日子过得都很好，心疼爹娘在家"遭罪"，前年强行把父亲拽出来，在城里看大门。没想到老父亲干了几个月，跑回去了，说啥也不来了。姐妹俩很生气、很委屈："俺又不是吃不上喝不上，你俩人还在家里受这个罪干什么？"老父亲不买账："你们以为俺受罪，俺还觉着是享福。俺在家里爱干什么干什么，不爱干拉倒，干多干少也不受人管，多么自在呃。"

我举我母亲的例子劝她："随他们的便吧。"同学很生气："他俩人那么大年纪还种了那么多地，叫他们少种点少种点，就是不听！"我说："既然种了那么多地，说明他们还有那么多力气，随他们的便吧。不要打着孝敬的旗号轻易改变父母的生活方式。拗不过就顺着吧，你多往回跑几趟送点好吃的、好喝的，他们不能动了回去伺候就是了。"同学最后说："俺爹在老家心情确实好，街上一有动静就蹿出去了，有时候端着饭到街上去吃。"我说："那是啊，那是他住了一辈子的地方，你把他挪到哪个地方他能那么自在？就随他的便吧。"

2018年12月

你认真工作的样子真好看

一

职场上总能听到中年人对年轻人的牢骚不满，比如嫌年轻人懒，不早早到岗打水扫地；嫌年轻人工作缺乏责任心，总是马马虎虎。甚至还会担心，说："等我们老了，这'垮掉的一代'怎么办？"

有时候我忍不住，说有什么好担心的？我们年轻时，那些中年同事不也不满意、担心么，事实证明我们没有垮呀，个人没有垮，工作也没有垮。既然如此，还有什么看不惯、还有什么好担心的！

每代人有每代人的活法。看似吊儿郎当的年轻人，工作起来也很认真。

今秋老病成灾，颈、腿皆坏，西医拍了多少片子，吃了多少药，都不管用，只好求助中医。

有人推荐海曲路上某家推拿诊所，打听了去，一老一小，老的五十多，小的二十出头。问清我症状，老的继续看手机，小的给按摩床换了一次性纸床单，让我趴上去，他自己坐在凳子上，一手托着我的头，一手认真地捋巴我僵硬的颈椎，一边捋巴一边问我这儿疼不疼，那儿疼不疼。排查出痛点，他告诉我是哪里哪里突出了，认真地给我按摩。

小伙子戴着口罩，但他专注的呼吸我能听到。他右手托着我头轻轻摇晃，左手继续按摩，让我"放松、放松"，突然"咔"的一声，用力朝我别扭的方向扭了一下。拾掇完了，对那老的说："你来下针。"他去拿来被子给我盖上，又去给另一个人按腰了，依然轻声轻气地询问患者的病情。我心里好感顿生：这小伙子又年轻又帅气，还这么耐心、这么认真，真不错。

隔天再去，小的给按摩完了，推门走了。等了几分钟，我问老的："还不下针？"老的边看手机边嘴角朝外撇："他给你下。"刚说完，小伙子进来了，拿着一包针，边走边拆封，抽出几支针，摁住我的穴位，我还没试着，他就扎上了，然后给我盖上被子，又去按别人了。

第三天小伙子不在，我问老的："是你儿子？"他说："嗯。""多大了？"他说："二十一。"我说："真是好孩子，长得这么帅，还能静下心来跟你学手艺。"老的说："他喜欢。从小愿意看我干活儿，下了学自己上北京学了两年。"

正说着，小伙子回来了，径直过来给我按摩，问我这两天感觉怎么样，又给我脱了袜子，仔细地把针下在脚上。

临走，我对老的说："你真有福。现在这么大的男孩儿难得能静下心来学这么枯燥的东西。"老的说："他还行。"

哎哟，老兄，岂止"还行"？你就不能大大方方地夸夸儿子？

二

又有人推荐我去一家个体中医院治腿。进门，我问腿疼找谁，有人指着里边说："右拐第一个门，找费大夫。"

一推门，正面一张按摩床上趴着一个人烤电，右边桌前坐着一个穿白大褂的。我说："我找费大夫。"白大褂抬起头来："我就是。进来吧。"费大夫这么年轻？胖乎乎的娃娃脸，圆圆的大眼，时尚的小平头，我还以为费大夫是老头儿呢。

费大夫看了检查结果，摁了摁我的膝盖，说我是骨关节炎，顺手从桌上的笔筒里拿起一枝细毛笔，开起了处方。这真是惊到我了！治疗多天后我才知道人家练字，还写对联，笔墨纸砚都在办公室里备着，有空了就"划拉两笔"。闲谈中，才知道这个不到三十岁的小伙子行医快十年了。人家可不是为了拿毕业证随随便便上个学，他是真的热爱中医，上学期间就外出拜师学习。

小伙子说："你不爱好，你不用心，你就学不了中医，更看不进去'医古文'。同一个名师教出来的徒弟，水平也是千差万别，因为每个人的理解不一样，手法不一样，相同的疾病也存在个体差异，所以治疗中自己必须不断琢磨。"

费大夫的病人最多，都是指名道姓奔他去的。我去治疗后，两个朋友听说我腿不好，热心推荐的医生竟然都是这个费大夫。

同那个二十一岁的小伙子比，费大夫显然不只是年长几岁而已，他的针法和手法都十分娴熟老道，小胖手的手背推拿、按摩看起来轻松随意，灵活程度和力道一点也不比手掌差。如果不看他那张娃娃脸，如果他不按摩完就立刻抱起手机，你真以为这是一个被中医浸染了一辈子的老大夫。

三

2012年我家铺地板，地板店派来一个小伙子，二十出头，穿着印有地板品牌的工装，背着双肩背包，手里提着帆布包，皮鞋锃亮，发型很酷。

我说："你来铺地板？"他说："嗯。"我说："就你自己？"他一笑："就这么点活儿，两人不值当。"说着，他放下帆布包进了房间。出来，脚上换了一双布鞋，脖子上系了一条白毛巾，把手机支在客厅窗台上，放着歌曲，然后从帆布包里拿出工具，耳朵夹上铅笔，戴上口罩，拆开昨天运来的地板，咔咔地铺起来。

我很好奇，忍不住问他多大了、哪庄的、怎么干这行的、干多少年了。他说："二十二了，金家沟的，上到初中不愿意上了，就跟着人家铺地板，干了两年了。"

金家沟是市区海边的村子，富得流油，这种村里这么大的孩子很少有干活儿的，除了上学的，其他大都东游西逛，花钱惹事，他竟自己挣钱了，干的还是灰头土脸的活儿。

我问他："你妈几个孩子？"他说就他一个，说刚开始他妈也不同意他铺地板，觉得太脏太累了。但他坚持干，他妈也就同意了。我说："你一个月能挣多少？"他说不一定，看活儿多少。活儿多能挣一万多，四五千的时候也有，平均下来一个月一万吧。我说："你挣了钱给你妈？"他说他妈用不着花他的，但是怕他胡花，每月要去一半给他攒着结婚用。我问他怎么不找个干净一点的活儿。他一笑，露出洁白的牙，说："我就是个初中毕业生，能有什么好活儿？刚毕业时俺爸爸托人让我进了一个机关单位，也交保险。干净，也不累，就是工资太少，不到两千。姨，你说不到两千在日照能干什么？干了两个月我就不干了。"

小伙子说话像大人："光图干净、图轻快挣不着钱还行？爹娘又不能养你一辈子。"然后又说："铺地板多好啊，挣钱多，爱干了就多干，不爱干了就耍，去旅游，一年出去好几次。"

他手脚特别轻快，干活儿特别麻利。切割机放在门口，时不时出去切板子，走起路来一阵风，不跟我说话的时候，就跟着手机哼哼。

快到中午了，我问他怎么吃饭。他看了看表，像是吃了一惊："快十二点了？真快呃。"立即放下活儿，站起来拍了拍手，说："我到楼下吃，一菜一汤一碗米饭就够了。"我说："人家铺地砖的老两口儿都是捎煎饼吃。"他腼腆地笑了："我不愿意捎饭吃，凉哇哇的。又不是不挣钱，吃个热菜、热饭多舒坦。"然后说："姨，我使使卫生间。"

他进了房间，拿着一个小包出来进了卫生间，洗脸、漱口、擦脸、梳头。出来又进了房间，再出来变了个样儿：皮鞋、牛仔裤、皮夹克，完全不像铺地板的了。然后拿起手机擦了擦，吹着口哨"飞"下去了。

饭后我回来，他早就开工了，进度很快。我说："这个速度不用天黑就干完了。"他回道："晚上同学过生日，一块儿去唱歌，我得早点干完回家洗个澡。"半下午他就铺完了，像风一样打扫了现场，把剩下的地板抱到车上，跟我办了交接，又吹着口哨"飞"走了。

四

单位年轻女人多，网购多，快递就多。

有个快递员，小伙子，又瘦又小又黑，没长开的样子。可是他很敬业，每天至少来跑一趟，一天好几次从我们单位前边的路上跑来跑去，风雨无休。为了方便，他还教我们下载来取软件。寄东西也不用包装，只要交给他，他保证给包得妥妥当当，准确无误地寄出去。

夏天他晒得黢黑，戴着大草帽，脸上汗水一道道的，T恤衫湿漉漉地黏在身上，大裤衩子湿透了，骑着三轮摩托车，跟个小黑鬼似的。但他进门就露出一口白牙，很开心很真诚地笑。从不见他疲沓，总是精力充沛地搬着货物进进出出，好像那么毒的太阳根本晒不到他。

女同事感慨："谈恋爱的时候都看好模样，结了婚才知道什么样的好。这个小青年长得实在不好看，但人家实实在在地出力挣钱，多么踏实！"

"双十一"期间，快递员白天黑夜都在跑。我问另一个小伙子："你这个月能过万吧？"他笑了一下："这个月不过万还行？"同事说："××快递那个人挣得还得多。"那是当然啦。这几年，我眼见着那个黑小伙儿从三轮摩托车换成了面包车，又换成了福田厢式货车。

2018年12月

吃苦的岁月回忆起来都那么甜

一

石门水库是1958年冬天打的。我母亲那时刚刚十四，在工地上出伕子，刨土，搬石头，抬架筐，拉车子。

母亲如今老年失忆，说完下句忘了上句，连吃没吃饭也忘记，说起打石门水库的情景，却有条有理，有声有色，神采奕奕。

其实她念念不忘、津津乐道的，都是受的那些罪、吃的那些苦，比如用镐头刨坚硬的水库底，扶着扦子打炮眼，一天手上就磨起了血泡，晚上把血泡挑开，第二天接着干，直到磨出老茧来，手就不疼了；用小架筐挑土，用大架筐抬土，套上绳子拉车，两天膀子就磨烂了。膀子烂了也不歇，用破布一垫，照样挑起架筐跑得呼呼的，生怕落在别人后头。干那么重的体力活儿，他们就吃地瓜干和窝窝头，清水煮白菜、煮萝卜。

打完石门水库，母亲又跟着去打大涝沟水库。有一天晚饭是白面水饺，每人分了二十个。母亲挑出两个破肚儿的吃了，把其余的摊在报纸上晾晾，用小包袱包起来，揣在怀里赶紧往家窜。二十几里路，除了野狗叫，一路上没碰见人。到了石门西岭，路边坟场里燃着大火，有人挖开坟，用镢头劈开棺材，把棺材板子扔到火堆里，烧得"啪啪"地响。母亲知道那是"穷疯了"的人在盗墓，"向死人要饭吃"。她没害怕，心里反而踏实，那是她一路上好不容易碰到的"活人"，给她"壮了胆"。

跑到家，家里人已经睡下了。姥姥起来烧了热水，把水饺烫了烫，一家人分吃了母亲送回来的十八个水饺。

我听得眼泪涌出，母亲却没觉得心酸，她开心的语气和灼灼的目光，似乎往事很甜蜜。

二

一位大爷老家是日照碑廓镇碑廓二村。1942年年底，罗荣桓率一一五师师部由莒南移驻碑廓，1944年，山东军区政治工作会议和山东军区军事工作会议就是在碑廓二村召开的，二村群众基础非常扎实，送子参军的比比皆是。大爷兄弟仨，两个参军一个守家。大爷十七岁参军，十几天后参加泊里战役，新兵蛋子不会打仗，就挖战壕，往战壕里送武器。

大爷"天生就是打仗的料（大娘的话）"，勇敢、机智、身体结实，参加了大大小小七十多场战斗，从华北打到江南，从普通小兵打成了干部。

新中国成立后，组织选拔大爷进院校培养。抗美援朝战争开始，他爬墙头出来跑回部队，坚决要求上战场。朝鲜没去成，就申请到了福建沿海对台前线，直到1982年离休。

大爷的军功章满满一抽屉，但他从来不夸功，乐于说的都是战争年代艰苦的生活、惨烈的战斗和死去的战友。

解放战争上半段，国共两军力量对比悬殊，"咱不能拿鸡蛋碰石头"，所以就得避实就虚，说白了，就是被国民党军队追着打。避实的办法就是白天躲起来，夜里行军，"哪晚上也得七八十里，有时候急行军，走一百多里"。夜行军可不是甩着两手迈大步，每人都得带足三天的水和粮食，还有自己的铺盖和武器装备，"轻的二三十斤，沉的四五十斤"，这是最基本的，"体格好的还得抬着重型武器和后勤军需"。行军命令一下，"不管下雨下雪，就是天上下刀子也得走"。

济南战役大爷在尖刀连，打头阵。接到进攻指令时，他们离指定的进攻地点还有上百里，只剩下不到七小时。战士们身负辎重，跑步前进，"天不好，半道上迷了路，好歹抓了个舌头（方言，敌人的探子），才找着路"。到了目的地，"正好没误点，战士们心里都很恣（方言，高兴），一个个就像喝了蜜"。

国民党长期据守济南，工事牢固，准备充足，"都知道这是一场恶战"。入城后，大爷所在部队攻打国民党中央银行。

"'中央银行'是王耀武的指挥部，工事修得风雨不透。三楼架着机关枪，居高临下，'嗒嗒嗒'地一停不停。咱一上去就暴露在人家的视线之内，哪有活路儿？""战士们上去一批死一批，人不知道死了多少。""头天还跟你有说有笑、头对着头睡觉的好兄弟，就在你眼皮子底下牺牲了，你能不红眼？那真是打红了眼呃，没有一个后退的，踩着死人愣往上冲，地上的血那真是淌成了河。""咱的机关枪也是一个劲儿地打，打得枪筒子烫手，大伙儿就掏出家伙来尿尿，降降温接着打。"

攻城前，战士们都趴在铁轨上待命，一动也不敢动，与大爷同时参军的他本家侄子却一趴下就睡了，呼噜震天响，气得大爷一脚把他踹醒了。

"中央银行"真是难打，"从天明打到天黑，人死得不计其数，好不容易挨到天黑，想办法打掉了对方的照明，咱们才有机会沿着墙根儿慢慢地往上摸。"

"中央银行"打下来了，大爷负了伤，他侄子牺牲了。1945年农历二月，碑廓二村的乡亲们"敲锣打鼓"送八个子弟去参军，到解放战争结束，八个"披红戴花"的小伙子只剩下大爷自己，其余七个都牺牲了。

从死人堆里爬出来，大爷从不跟活人比，不比地位，不比财富，他只与那些牺牲的战友比，他还活着就很幸福；他只与过去的生活比，现在不缺穿、不少吃，就很幸福。

大爷说行军干粮多数是炒面，根本没有时间坐下吃，也没有条件烧点热水泡着吃，战士们边走路边用三个指头捏一撮放进嘴里。只有大战前夕，才埋下锅灶"像模像样地做顿好饭"。好饭是猪肉炖粉条。"只要头晚上吃猪肉炖粉条，同志们就知道第二天又有一场大仗要打了，都闷头吃饭，谁也不吱声。"

有次打了胜仗，以连队为单位包水饺，面分下来了，肉也分下来了，同志们都忙起来了。突然，"敌人杀了个回马枪"，敌机发动了空袭。飞机飞得那么低，"连里面的人影都看得清清楚楚"，炸弹瞬间遍地开花，战士们仓皇逃散。

"那些下手早的都吃完了，下手晚的有的煮熟了还没吃，有的还在锅里，有的还没下锅。你看看那个热闹，有的蹲在锅底下狼吞虎咽，拽都拽不起来；有的袖筒一扎，把水饺倒进去；有的直接倒进怀里，一边跑一边往嘴里塞，烫得呜呜啦啦直叫唤；还有的干脆用锅盖端着生水饺跑。首长就吆喝：'快撇了跑啊，生的你还端着干什么？'小战士一愣，看看首长，又看看水饺，还是端着跑了。"

空袭过后集合，有个小兵还端着锅盖，饺子就剩下两三个了。"战士们都还是十几岁的孩子，一年到头捞不着吃顿水饺，你叫他撇了，他能舍得？那真是舍命也不舍饺子。"

那时候冬天发冬装，夏天发夏装，"一身衣裳一穿就是一季。没有衣裳换，也没工夫换，睡觉都是囫囵滚个子，衣裳几个月都不下身，等到有空儿了，解开绑腿，把裤筒儿一抖擞，抖落下来大厚厚（方言，形容很厚）一层干了的虱子"。大爷笑得哈哈的，"虱子的日子也不好过呢"。

大爷讲这些旧事，我笑出眼泪来，他也很开心的样子，讲着讲着还情不自禁地模仿当时的动作，仿佛那不是他受过的罪，而是讲别人的故事。

三

十一奶奶九十三了，这些年一直住在闺女家。正月我带大娘和母亲去看她，婆媳三个嘻嘻哈哈说了一个通宵，全是她们年轻时的趣事。

她们年轻时那么苦，能有什么趣事？无非是吃的那些苦、受的那些罪，比如十一奶奶说她十八岁生了孩子，没得吃，第六天就去剜菜了，"剜着剜着害渴，跑到南泉子湾，咕咚咕咚喝了一顿"。十一奶奶现在不觉得心酸，只记得"泉子湾的水甘甜，一气喝饱了才算完"。

大娘今年八十九，小脚，一路的村庄她都认识，一路的山头河流她都熟悉，几个岔路口都是她指挥我怎么拐。我说这么远你怎么知道？大娘呵呵笑了，说："这些地方你大娘闭着眼都知道，年轻时候不知道走了多少回，把草踩得都不长了。"我说："你往南最远到哪里？"大娘说："理务关，赶理务关集卖东西。"从我们村到理务关，我车上的计程显示二十五公里，她一双小脚当天肯定回不来，怎么住宿？我母亲说："你当了还住店？走到哪里就在哪里睡。"还说她们以前天不明就去北山摘酸枣，姑姑们年纪小，走了半天天不亮，就坐在路上围成圈，倚着篮子睡，睡醒一觉正好天亮。

出去跑山捎几块凉饼子，断了顿怎么办？大娘一笑，说："坡里什么没有？野菜、野果子、虫子、长虫、蛤蟆，什么不能吃？"

她们说完笑、完往往叹口气："唉！那还叫人过的日子？要吃的没吃的，要喝的没喝的，就是干了些穷活儿。"没几分钟，她们又眉飞色舞地说那些"穷活儿"了。

大娘说："这会儿咱都不愁吃、不愁喝也不用干活儿了，怎么老觉着无滋无味呢？"十一奶奶眼里灼灼的光立刻黯淡下来："唉！人老了，没用了，就等死了，你还想有什么滋味？"一会儿，就转了语气，总结一样地说："唉！世上从来只有享不了的福，没有受不了的罪，为人一辈子哪能不遭点罪？不遭点罪那还叫一辈子？"

十一奶奶住闺女家已经十几年了，那也是她娘家的村庄，可她从来都说"这庄"，我们村才是她的村庄，是"俺庄"，是"咱庄"，她没有一天不想"咱庄"。姑姑说她："又不是什么好埝子，有什么想头？"十一奶奶说："我的家呃，你能不叫我想？"是啊，那个村庄角角落落都留下了她吃苦受罪的痕迹，可那也是她年轻能干的好日子，她怎么能不想呢？

母亲现在糊涂了，新事眨眼就忘，就愿意跟人叨叨以前缺吃少穿干累活儿的日子。说起那些苦和累，母亲条理清楚，记忆准确，跟正常人一样。

四

刚到中年，我们就开始怀旧了，怀念童年和少年。刚过去三四十年，我们的年少时光就在回忆中悄悄变了模样，不再又苦又难，而是幸福可恋。

其实我们小时候哪享过什么福呀，后来享福的日子怎么都平淡如水、记不住呢？

12月5日下雪，那是2018年冬天第一场雪，人们大呼小叫、万分欣喜，雪花却落地即化。

1970年出生的同事说："还是咱小时候好，那才叫雪，好几天不化，棉花鞋都湿透了，没有鞋换，也不觉得冷。"

1959年出生的同事显然瞧不上，斜了我们一眼："你们小时候比我小时候差远了！我小时候雪下得封了门，屋檐上的冻冻凌子长到地上，小孩儿天天掰冻冻凌子吃，浑身上下没有一点干地方，回家也不敢吱声，怕挨打。"然后无限怀念，"那时候真好呃！脸冻得跟猫咬似的，鼻涕拖得大长长（方言，形容很长），也不感冒。"

黄大姐说小时候家里煎黄鲫鱼，每人四五条，两个弟弟鬼，用煎饼卷着吃，狼吞虎咽，一顿就吃完了。妹妹会过日子，一个煎饼卷一条鱼，快咬到鱼了，就把鱼往下拽拽，一顿吃三个煎饼，鱼一条都没少，包起来藏到饭橱里，留着下顿吃。等到下顿，弟弟们死皮赖脸向她借鱼吃。她看着一堆鱼，翻过来覆过去，挑了两条最小的借给俩弟弟，再挑一条小的自己卷煎饼吃，还是光吃煎饼不吃鱼。等到下顿，鱼已经没了，叫那俩馋猫偷吃了，她气得哇哇大哭。现在黄鲫鱼随便吃，她却不愿吃了，说吃不出那个香味儿了。

小时候母亲包萝卜馅儿大包子，放上一点肉渣渣就满屋喷香。现在多贵的猪肉我都闻着有股骚味儿。老公小时候发烧，吃个小国光烧就退了，肚子疼吃个鸡蛋就好了。现在发烧吃一个大西瓜也不管用了，他断定是现在的水果不好了，到处打听小国光，每次费尽周折找到，卖家都信誓旦旦说是老品种，绝对纯正。可怎么也吃不出小时候的味道。我说也许不是国光的问题，是时光的问题。

小时候秋天偶尔得个小国光，不舍得吃，藏在橱子底下，藏在草垛里，过几天拿出来闻闻，再放回去，藏到过年，藏到开春，皱得像核桃，也舍不得削皮，用门牙一点点啃着吃。那滋味不全是国光的，还有我们藏了一冬、惦记了一冬、品味了一冬的心情。老公不服，说不对不对，还是没找到小时候的国光。多少年了，他还在坚持找国光，找他小时候藏一冬都爽脆甘甜的小国光。

人们留恋吃苦的日子，其实不是"苦"本身让人留恋珍惜，而是苦中作乐、苦中找甜得到的那些"乐"和"甜"带给人的激情兴奋和回味悠长。就像打石门水库的工地上，白天晚上大喇叭放着"一条大河波浪宽""南呀嘛南泥湾"，人们喊着号子加油干，一派热火朝天；行军作战间隙，有条件洗个澡，小战士高兴得"一个蹦子就蹦到了河中央"；打了大胜仗吃水饺，那饺子香得"天鹅肉都不换"；十一奶奶她们念念不忘干累活儿的岁月，正是她们人生的好时光；黄大姐妹妹怀念的其实不是黄鲫鱼，而是匮乏年代人们对物质的珍惜。

现在享福了，人懒了，什么都不缺，味觉也钝了，就像我大伯哥说的："盐不咸了，糖不甜了，吃什么都没味儿了；人要没劲儿了，给根金条扛着，你都嫌压人了。"

2018 年 12 月

东风一起，就想栽树

东风一起，我就想栽树。

屋前栽两棵桃树。花朵粉丹丹的，果实鲜红又硬实，五月熟的叫五月红，六月熟的叫六月鲜，咬一口，爽脆甘甜。

墙角栽棵杏树。杏花不大，白中带粉。小黄杏熟透了，皮上浮着小雀斑，咬一口就脱核儿。一个树枝伸出墙外，开花时路人能看见，结杏了路人也能看见，杏子黄了更招人，大孩子跳跳脚就摘到了，小孩子蹦个高儿也够不着。

屋后栽棵枣树。不栽大冬枣，不栽大雪枣，也不栽大灰枣，就栽原生的小笨枣，酸酸甜甜的，不大不小。枣子大了像地瓜，小了像酸枣，不大不小才是我印象中的枣儿。

东墙根儿栽棵鸭梨。鸭梨凹凸有致，像蜂腰肥臀的少妇，绵软如酥，入口即化，农村人叫它"老嫲嫲（方言，老年妇女）梨"，没牙也能咬。不管是莱阳梨还是新疆梨，都不如鸭梨耐看又好吃。

墙外栽棵梧桐。梧桐花的紫，下深上浅，先深后浅，天天渐变。花朵就像一串串小铃铛，风一刮就哗啦啦地响，清甜不张扬，却长了小翅膀，随风钻过鼻梁，直透心房，让人酥酥麻麻地痒。

门前要是有条河，沿河插上几棵柳。柳树会试风，风里的一丝丝暖意，它最先知道，高兴地扭扭腰，一夜换上了鹅黄春装，袅袅娜娜地摇摆开了。等到叶子抽出来，垂到水面上，鹅鸭成群地来了，你也拖，我也拽，它们不吃，就是拽着拖着玩儿。

沟边栽几棵刺槐。刺槐最皮实，耐旱又抗冻，关键是槐花好，嘟嘟噜噜的，好闻、好吃又好看。树下放个蜂箱，能割一季槐花蜜。刺槐结实，成材后打个桌子，打个柜子，下脚料还能打几个小杌子。

还有闲地方，就栽几棵毛白杨吧。毛白杨可不像速生杨，它最像男子汉，不娇不媚，不扭不捏，挺拔结实，都是做梁做檩的大材料。

坡上栽两棵芙蓉吧，一棵红，一棵白。村里人把芙蓉叫"硬棒"，树干硬邦邦的，花朵却柔软无骨，小孩儿捡来当毛刷子，在脸颊上温柔地蹭来蹭去，一张张毛糙干裂的黑脸蛋子瞬间娇嫩水润。

我想栽的树，还有好多棵。

可是我住在钢筋水泥的城里。母亲说："连一捧土都没有，你栽到头皮上？"

是啊，离开村庄，失去平房，没有房前屋后，没有自己的一亩三分地，想栽棵树，按照自己的意愿栽棵树，都难了。

可是东风一起，我就忍不住想栽树，栽棵开花的树，栽棵结果的树，栽棵迎风起舞的树，栽棵喜鹊爱做窝的树，栽棵不言不语、老实稳重的树，栽棵有风格、有情怀、有态度的树。今年栽，明年栽，一棵一棵地栽起曾经不以为然、如今却心驰神往的那个桃花源。

2019年3月

我在等雨

这个长假，我哪里也没去，蹲在家里，认真等雨。

从我记事，差不多每年秋天都旱，叫"秋旱"。

今年秋旱不赖，连续两个多月没下雨，可是旱毁了：花生就长了个空壳子，壳大粒秕，老百姓给起了个好名字，叫"面包花生"。岭上的花生更不济，贴着地皮，顶多一拃高，还没行开根、拖开秧，就旱死了，好多人家连秧子也不要了，白瞎了地膜和种子；玉米棒子较往年又细又短，粒儿也没长全。岭上的玉米个头儿也没长足，勉勉强强秀了棒子，指头粗细，长什么粒儿？

秋粮算是完蛋了，忙了一季连本钱都不够。

腾出来地，硬得下不去犁，也种不上麦子。

人们都在等雨，等一场像模像样的雨，最好是场透犁雨。

今年秋天吃菜不容易。往年这个时候，间出来的白菜苗、萝卜苗一筐筐地撇了。今年没有，天旱缺菜，人们舍不得。风那么硬，日头那么毒，菜园里的小苗苗每天中午都过鬼门关，一天不浇，命都不保。

我惜水如油。厨房里两个桶，卫生间一个桶，凡是没有油星的水，都攒起来浇菜、浇花。不论盆、罐，还是小菜园，早上浇了，下午就干透了。两个多月我哪里也不敢去，每天下班雷打不动地飞回家抗旱。

抗旱保下来的菜，杵着身子不爱长，扁豆和黄瓜到老秋也没爬满架。扁豆只开了一茬儿花，结的扁豆就像生了铁锈。黄瓜也不肯结，好容易结根瓜，弯弯扭扭没个好模样儿。

母亲说，甜水顶多保命，雨水才肯长。

可是，雨迟迟来不了。

我每天盯着天气预报，一看就看半个月的。一长串大太阳，真是让人很抓狂。

天气预报越来越灵活，分分钟都在变。前天，天气预报突然提醒"今天有小雨，出门要带伞"。把我恣儿得呀，去单位值班带了一把大号伞。上午果然阴天了，看样子预报要准了。午后，青州的同学说那里下雨了。他录了一片凌乱的旧屋顶，可我觉得好看，因为雨水滴滴答答的。半下午，诸城的同学说下雨了，地皮湿了。看来雨是自北往南的，傍晚就该到日照了。

我耐心等着。

可是雨终究没来，大风来了，刮了一晚上，把好容易凑起来的云彩刮跑了，还把我的菜园刮乱了套。

昨晚天气预报显示今天降雨概率为百分之五十五，今早一睁眼又提醒"今天有小雨，出门要带伞"。明明是大晴天，却睁着眼说瞎话，真是可恶！

起床洗衣服。洗着洗着，竟然阴天了，看看手机，预报成了

"小雨"。嗯，至少阴得还有那么点儿意思。

我立即洒扫庭除，洗头净面，里里外外忙活一顿。古人求雨，必举行庄严隆重的仪式，今非昔比，我起码也得收拾收拾，让老天爷看到我等雨的诚心诚意。

"雨后双禽来占竹，秋深一蝶下寻花。"

我在等雨，等深秋雨后万物灵动。

2019 年 10 月

门前一树花

最近学了一首宋词，张先的《更漏子》：

锦筵红，罗幕翠。侍宴美人姝丽。十五六，解怜才。劝人深酒杯。

黛眉长，檀口小。耳畔向人轻道。柳阴曲，是儿家。门前红杏花。

描写一个陪酒歌女喜欢上了才华横溢的词人，趁劝酒的工夫凑到词人耳边，告诉了她家的详细地址。

这个异常漂亮的女子，十五六岁，放到现在，还是青春期的孩子，可在以前，她已经成年了，可以谈情说爱了。与常人不同，她天天流连风月场，情感成熟早，又"解怜才"，爱词人的才华，进而爱上词人。

既喜欢，她自有陪酒女表达感情的惯用方式：一大杯又一大杯地劝酒。劝客饮，她也饮，青春少女对意中人所有的喜欢、所有的爱恋，全在这一杯又一杯酒里啊。

请君满饮！请君满饮！

酒酣耳热，这个画着长黛眉、艳丽小嘴唇的小歌女，壮起胆子，借着敬酒，凑近词人耳边，轻声说道："柳荫的尽头，就是奴家，门前有一树红杏花。"说完，抛一个长长的灼热的媚眼，转身袅袅离去。

喜欢这词的叙事场景，喜欢这个多情、俏皮、聪慧又大胆的小歌女，喜欢她既含蓄又直白的表达方式，更喜欢她提醒词人记住她家的标记：门前有一树红杏花！

一树红杏花结尾，意境至美，浮想联翩。

不由得又想起另外两个小女子，同样用过这一招。

一是李从周《清平乐》里的：

美人娇小。镜里容颜好。秀色侵人春帐晓。郎去几时重到？

叮咛记取儿家：碧云隐映红霞；直下小桥流水，门前一树桃花。

这是一个娇小美丽的妓女，对情人依依难舍，分别时再三叮嘱，一定要记得她家：沿着风景如画的这条路，走到小桥流水的地方，门前有一树桃花的那家。

另一个是元代张雨《湖州竹枝词》里的：

临湖门外是侬家，郎若闲时来吃茶。

黄土筑墙茅盖屋，门前一树紫荆花。

诗中看不出这女孩子的身份，但从她家的位置和房舍情况来看，显然不是歌女或妓女，更像一个普通的农家女子。与前两个风尘女子相比，这姑娘对心上人的邀约更用心、更含蓄。

前两个姑娘，一个是陪酒歌女，偷偷喜欢酒席上的词人，另一个是青楼妓女，她们对情人的爱恋，对方心知肚明，所以都是直来直去，直奔主题。而湖州这个小姑娘，不知什么原因、在什么场合遇到一见倾心的男子，她不清楚对方对她有没有意思，所以邀约对方有时间就去她家喝茶。这个邀约是民间常用礼节，一直沿用至今。对于普通人，这就是一种好客礼节。对这怀春的小姑娘来说，这个邀约是主动、大胆的试探。男子如有意，当然要去喝茶，皆大欢喜；如无意，也就算了，反正我又没说喜欢你嘛，彼此不伤面子。但她内心热切希望意中人赴约，所以细细地告诉她家的地址：临湖的城门外边，黄土打的墙，茅草盖的屋，最显眼的，是门外还有一树紫荆花！

这是一个多么聪明、大方又有点羞涩的小姑娘啊。

多年前看到一篇文章，猜测这个姑娘是在渡口遇见诗人，心生喜欢，就发出了这个邀约。我倒觉得她是住在湖边、去湖上采莲的农家女子，偶然遇见来采风的书生，一下子被电到了，羞涩，又怕错过，于是鼓足勇气，机灵地按乡人常用的礼节发出了试探邀约。

姑娘们出身不同，时空不同，她们对爱的表达却惊人地一致，都是邀请对方至家，而且特别叮嘱一定要记住：自家门前有棵开花的树！

不管门前一树桃花、一树杏花，还是一树紫荆花，门后都有一个姑娘，多情、聪慧又漂亮，在火热地等着你啊！

好喜欢这仨姑娘，好喜欢这样的表达，好喜欢门前那一树树盛开的花……

2019年10月

你以为种菜容易

必须夸夸今年秋天我种的小青菜。不管白菜、菠菜，还是芫荽（方言，香菜）、蒜苗，都出得齐、长得快、肥嫩又水灵。

对门婶子每天都扒着栅栏把我家的小菜巡视一遍又一遍，遇到我在，总是不住地夸奖："你看看你种的菜，长得多么好呃。""你什么都会干，什么菜也是你种得好。"夸奖完我，再埋怨她老头子："你叔白搭（方言，形容没有用处），什么都种不好，出不好，也长不好。"如果她老头儿碰巧也在，老太太一面斜着眼瞅他，一面抱怨："你瞎活了七十多，什么也不是，连棵菜也种不好。"

老头儿中风留下了后遗症，腿不利索，舌头也不大利索，每当老太太数落，他都红着脸争执："那……能怪我呃？是种子……种子不好。"老太太更生气："你还怨种子？一样的种子怎么小王的出得好呃？你啥不是还怨种子！"老头儿也不饶人："那你……种就是了。你怎么……不种呃？"老太太就完全火了，转身冲着他："我会种，我会种还用着你了？"然后气狠狠地撂下一句："你看看你那个样儿呃！"一甩门，进屋了。

全是我种的小青菜惹来了一场祸。

也不怪老太太抱怨，他家的小菜园今年几乎没有收成，春天种的红萝卜、小白菜什么的都没出好，东一棵，西一棵，遥遥相望。翻了重种，还是差不多。又像生了锈，杵着不爱长，却爱生虫子，大青虫、小瓢虫爬得到处都是，青菜啃得只剩了梗儿，长成的小萝卜比指头稍粗，也不水灵。老太太看着就生气，不住地抱怨："你看看你，种了些什么菜呢？白瞎了种儿！白费了水！"老头儿也生气："怪我呃？地茬儿不好，生……生土，种什么也……白搭！"

我们的菜园确实是生土，建筑清场挖来的土，沙性大，土性小，还掺着不少碎石头，种东西不爱长。我一看就气晕了，硬逼着老公另换土。他买来园林绿化土，换掉了最上面的一层。所谓的绿化土也不是什么好土，就是沙土混合了小蛭石，透水性极好，一畦韭菜还没浇到头，底下就渗出来了。可是不耐旱，早上浇透了，下午就干透了，小菜维持生命已不易，生长哪有余力？

这几庹长的小菜园，今年我可是费了钱，下了功夫。买了几百块钱的椰子壳，又买了上百斤改良肥，一回回掺，一点点改，一遍遍地往外捡石头。改造完已是晚春，小菜开始生虫子，我没种小菜，栽了青椒、西红柿、茄子、黄瓜等。青椒苗、茄子苗我买了袋装育苗，直接挪到地里，还苗快，长势好，绿油油的，一天一个样儿，不光对门老太太馋，西楼邻居也馋，过两天就说："姐，你的茄子怎么那么肯长呢？你看看那个喜欢人！"她们两家的茄子都瘦不拉几的。

种菜没什么大学问，但也有讲究。前几年我老公自称会种菜，用镢头刨两下子，用耙子搂两耙子，地还没搂平，坷垃也没捣碎，有石头也不拣出来，糊糊弄弄就算种上了。我说哪有这样种菜的？地都没拾掇舒坦，种子下去能舒坦？他不服，以为只要下了种就能长菜，然后又好起垄，不论黄瓜、萝卜，还是小青菜，都种在垄上，说是耐旱。

我们老家人种菜园，地都搂得平平的，土都耙得细细的，用他们的话说，就是把地拾掇得"愉愉作作的"（方言，舒舒服服的），它才爱长东西。种白菜、萝卜要打垄，是为了拔出来更容易，其他青菜都是按畦子种，好浇。我老公全种在垄上，我说茄子、青椒的根又粗又深，浇透了倒是耐旱，小青菜的根浅，你浇多少水才能漫到垄上去？天一旱，小青菜吊在垄上岂不是等死？他不服，自以为是。他种菜就是为了拍照向别人晒。

浇水也有讲究。我老公浇菜是扯上管子泚，而且最喜欢用指头挤住水管，让水流形成洗车时那样的水瀑，好像菜上有灰，需要冲洗冲洗。这种浇法对小青菜，特别是刚种下去不久尚未出齐苗或嫩弱的小苗苗，就很不合适。水流那么急，园里和成泥，小苗苗被冲出根来，园土被冲得沟壑遍布。老家人浇园都在早晨，大菜文水慢灌，小菜用壶喷，一次浇透，能划锄的隔天早晨锄一遍，能更好地保墒。

其实今年我种得也不完美。因为爱吃菠菜，刚立秋就急着下了种，没出，翻种上，只出了几棵，换了种子翻种，出得星星点点不满意，出来的小苗苗还不住地死，一天比一天稀。问卖种子的大叔，他说今年热，地温高，种早了。

我知道芫荽怕热，比菠菜种得晚，只种了一个小花盆。种子提前泡了泡，出苗十分整齐，老公连连跷起大拇指："芫荽能出得这么好，你真牛！"可是小苗苗也不断地死，满满一盆子，最后只剩六棵，也是种早了。

拖了好久，我又开种，芫荽、小白菜都出得格外好，又种了一大盆菠菜。以前种菜我都按行种。这盆菠菜我尝试漫撒种。不得不说，种菜也需要悟性，我偏偏悟性高，一寻思（方言，琢磨）就会了。先把地耧平，均匀地推出来一薄层土，再把地浇透，均匀地撒种子，最后把推出来的土薄薄地覆上。为了保温，也为了防麻雀刨，我用蛇皮袋子遮了遮。黑灯瞎火种下的这盆菠菜出苗出得特别好，密密麻麻，大大提振了我的信心。于是我一鼓作气把余下的菜园全种上了，只有两小畦被麻雀刨了，出得不尽如人意。

以前说麻雀是四害，我还可怜它，种菜后对它恨之入骨！头天傍晚种下的菜，第二天早晨就被它们刨了。隔着玻璃看它们拖家带口、叽叽喳喳的高兴劲儿，我恨不得立马长出无影手，一只只捏得稀碎！几年前我家种了几十棵黍子，红彤彤的穗子压弯了腰，一个中午就被麻雀洗劫一空，真是活活气死我了。想起小时候老家种谷子，快成熟时，用旧衣裳、干草扎假人，竖在地里吓唬麻雀。可是麻雀很快就不把假人当人看，照吃不误，于是小孩儿就有了硬性任务，被大人撵到地里赶麻雀，看谷子。这几年老家人又开始种谷子，也不用人赶麻雀，刚秀穗就去赶集买网子，把整块谷子地罩起来，麻雀叽叽喳喳干瞪眼。

麻雀不光吃种子，还吃菜。今年的西红柿，人吃仨，它吃俩，而且它们不按个吃，也不节约，都吃得半截半块。还吃黄瓜，辣椒也不嫌弃，统统都吃。我说你们到底是什么鸟儿啊？要不要加点油盐酱醋？

其他害虫也挺恐怖。几乎所有菜都生青虫，不光吃叶子，还爱钻心。钻了菜心，菜就不长了。白菜还爱生鼻涕虫和蜗牛，一个个吃得白胖胖、圆溜溜，一戳就滚了。以前我连蚂蚁都下不了手，如今捉了虫子，放地上一脚踩得稀碎。老公说，你真是残忍，好歹它也是条命啊。他倒慈悲，捉了虫子扔出来。我说你不白捉了吗？过会儿它不又爬回去了？看着虫子捉不尽，他一边骂一边找药打。我说你这叫慈悲？我是单枪匹马打肉搏，你可倒好，直接用生化武器！

除了虫害，青菜还爱生病，每种菜有每种菜的病，有的黄叶子，黄着黄着就干巴了。有的叶子生锈，铁锈箍得不肯长。有的长骨碌病，好好的菜一夜之间全骨碌了，残毛残翅，再也没个好样子。有的烂根，看起来鲜枝旺叶的，不久就枯了。

一棵菜从下种到入口，真是历尽艰辛。

今年天旱，种菜尤其难。春旱不必说，夏旱很正常，到了秋天，竟然两个月滴雨未下，薄地沃田都旱透了，青菜都是抗旱种上的，天天浇，一天不浇就活不了。整整一秋，我哪里也不敢去，下班就飞回家浇我那几垄地。

中秋节去二哥家，地上堆了一堆白菜苗，已经蔫了，二嫂不舍得扔，说是前屋邻居间苗间出来的，留着馇豆腐。

在市场入口，一个老太太卖自产的小白菜，三块钱一斤。一个美女挑挑拣拣，嘟嘟囔囔嫌太贵。我脱口而出："不贵不贵，今年的菜还不够水费。"她白我一眼，我赶紧补充："我自己种菜，一天一浇，真是不够水费。"她不再吱声，又肥又嫩的挑了一斤，撇下三块钱，上车还瞅我一眼。你瞅我咋？我不是托儿，又没说假话，你穿得那么好，开的车那么费，三块钱的白菜都嫌贵，你以为种菜容易啊？

旁边买菜的大姐笑着对我说："人家嫌你多管闲事呃。"另一个卖菜大姐说："她是不知道农民的苦呃。种棵菜容易吗？今年这么旱，光浇水就使毁了。"

2019 年 11 月

看那么多书，有什么用啊

年岁日长，性子渐静，以前看不进去的书现在也能看进去了，大空看长的，小空看短的，比如在办公室里放两本唐诗宋词，没事就看看，闲着就背背。

年轻同事看我抱着那么厚的书圈圈画画、嘴里叽里咕噜的，总忍不住问我："王姐，你天天看这些书，有什么用啊？"

起初我一愣：她们都是专科或本科毕业，怎么会这么问？后来问多了，我也就习惯了。但是，我不知道怎么回答，说"有用"吗？年龄稍大、与我又很熟的同事心直口快，抢答道："不顶吃、不顶喝，又换不来钱，有个屁用！她就是瞎费工夫。"这话虽不中听，但逻辑上没毛病。可是如果回答"没用"，我觉得违心。所以多数时候，人家问，我就咧嘴笑笑。

传统和正统倡导的当然都是读书"有用"论，比如"万般皆下品，唯有读书高"。人们挂在嘴边的成语"头悬梁，锥刺股""凿壁偷光"，说的也是奋力读书的正面例子。

可是流传下来的这些诗句、俗语和成语所说的读书，好像都是应试读书，是为了考学、入仕或评职称而读书，与社会上说的"读书无用"的读书还不是一回事。后者的"书"不是应试书，更多是与晋升无关的"闲书"。说白了，"你看这些书，有什么用啊？"看起来是问句，其实很多时候没有疑问，说到底它是疑问形式的陈述句，言内言外之意都是："有个屁用！"

我倒从不生气，更不伤心，因为我知道这不是针对我个人。"读书无用"是指读书不能带来和转化为地位、金钱等实质性的利益。

这是一个世俗的衡量标准。可是很悲哀，不止读书，有的人衡量一个事物有用无用、值得不值得的标准，就是"能不能转换成钱"。"钱"才是唯一"有用"的标准。按照这个标准，读唐诗宋词当然没用，读小说、看戏剧、听歌剧也没用，其他很多与金钱无关的兴趣爱好都没用。

今天早晨五点，我迫不及待地醒了，不是让尿憋的，而是急着找手机上网，搜索到底是"寂寂人定初"还是"寂寂人初定"。醒前好像在做梦，反复将巴"寂寂人定初"和"寂寂人初定"，怎么将巴都不确定，纠结醒了。查实了是"寂寂人定初"，又把全诗背了一遍，乐府诗的韵律感、熟读的流畅感，就像运动后做了按摩放松，浑身酥酥麻麻、妥妥帖帖、通通透透，这一天心情就格外好。

这种情况还不少。有次梦中背诗，背着背着"咯咯"地笑出声来，把老公吵醒了。还有次也是背诗，背了很长，自己觉得不大对，一首诗不可能那么长啊。醒来立马记下，然后再查对，差点笑岔了气：我把古诗背成串烧了。自己觉得又押韵又对仗，其实是十几首诗的摘录大串烧。

这是背诗带给我的愉悦。

某次一个年轻同事又问我看书有什么用，我就给她念了正在看的词，程垓的《愁倚阑》：

春犹浅，柳初芽，杏初花。杨柳杏花交影处，有人家。

玉窗明暖烘霞。小屏上、水远山斜。昨夜酒多春睡重，莫惊他。

然后又通俗地讲了词里描绘的场景：

入春不久，柳树刚发芽，杏树刚开花。在柳树和杏花交汇的深处，有一户人家。

窗内霞光映照，明亮温暖，画屏上水远山斜。房主人昨夜喝多了，睡得正起劲儿，千万别惊醒了他。

这么一讲，同事顿悟，连连感慨称赞，说人家写得真好啊，那么几个字就写出了这么美的意境。

年轻同事的小孩儿大都读幼儿园，我让她们教孩子念诗，她们说自己都学不进去，怎么教孩子呀？我说从简单通俗、有趣逗乐、画面感强的诗歌入手，比如张打油的《咏雪》：

江山一笼统，井上黑窟窿。

黄狗身上白，白狗身上肿。

全诗没有一个"雪"，可是雪下得多么大、多么生动，又多么喜感啊。

讲一遍，再念一遍，一屋子同事全背过了。当晚回家教给她们的孩子，不过三遍，小孩子全记住了，还兴奋地抒发了一晚上，背诗的兴趣一下子提起来了。

对我来说，不管背诗还是看书，除了能安定身心，还能带来意外的感动和惊喜。比如办公楼前的营子河，一到春天，柳条轻柔地垂着，落下的柳花漂在水上，水鸟啄柳花、拽柳条，一群群自在地玩耍。读了严仁的《醉桃源·春景》，再看这景象，可不就是词的上阕嘛：

拍堤春水蘸垂杨，水流花片香。弄花嚼柳小鸳鸯，一双随一双。

看了十几年、无限感慨却表达不出来的情景，人家几百年前就替你说出来了，而且意境也美，韵律也美，一字不多，一字不少，心里的喜悦真是无以言表。

回老家路过桃林镇。我好多初中同学在桃林读过高中，学校西面是条河，河西是连绵的群山，他们总向我描述这条河和这片山。两年前这条河被重新治理了，堤上植了垂柳，河里有莲和菱，夏天每次经过，脑子里就蹦出来"蘋满溪，柳绕堤，相送行人溪水西"这句词，很美，又有物是人非的淡淡感伤。

读书读到愉悦，我总会忍不住笑出声来。别人问我为什么笑，我再讲出来时，包括我自己都觉得也没什么好笑的，甚至奇怪刚才笑点怎么那么低。时间久了，我才知道，读书给人的快乐和愉悦，大都只可意会，不可言传。我现在看书，享受的就是这种感觉。譬如最近重看《红楼梦》，因为这几年专注方言，就特别喜欢书中人物的对话，特别亲切、特别舒坦，看着看着就要笑，越琢磨越有味道。

高中看《平凡的世界》，书是借的，你看完了我看，我看完了她看，限时间，所以有逃课看的，有挑灯看的。每个人边看边哭，看得眼昏，哭得头痛，眼睛肿得像烂桃子，可是很少讨论读后感。能让人产生强烈共鸣的阅读，不需要言说，也无法言说。

五六年前，一个同事无限感慨，说文化程度高，真能让人变漂亮。她说过年时见到她哥的一个女同学，她从小就认识，那女生长得可真不好看，但她爱读书，读成了北京某高校教授。同事说一见面没认出来，不敢相信面前的漂亮女人就是当年那个丑小鸭。同事为此进行了深刻分析，说，其实细看看，她眉眼没有变，还是小时候那样，但是气质变了，变得沉静、优雅、安详，看起来特别顺眼、特别舒服，就感觉漂亮。

这话我信，我有同学就这样，二十年没见，老了反而更好看。跟同事总结的一样，她们都是读书读出气质来了。这种气质不是拉皮、文眉那种漂亮，而是沉静、优雅、从容、豁达的美。这种美无声无息、不张扬，却深入人的心房。

当然，有知识不等于有文化，也不等于有修养。只有自主地吸收、转化和提升，知识才能内化为人的文化和修养。

媒体上经常看见不少有知识的人夸夸其谈、长篇大论，其实细听听他们说的东西，聒噪居多。真正学富五车的大家，反而都低调。不是他们天生低调，而是长期的职业学习和持续的文化修养使他们形成了这样的性格。这就是读书人的素养。

民国出大家，至今未逾越。那些大家几乎都不是单一学科的专才，几乎都是多学科通才，学识庞博。如果不爱读闲书，这些大家多半都炼不成。所以有句话我觉得特别好：你的气质里，藏着你走过的路、读过的书和爱过的人。读书是好气质的三要素之一。

所谓有气质的人，大多是爱读书的人。气质不是穿衣打扮出来的，不是搽脂抹粉化出来的，也不是花钱估价买来的，它是日积月累修来的。读书是重要的修为途径。

秋天查体，胃肠镜等待区狭小闭塞，人满至挤。进来一对青年男女，男的戴大金链子，肥头油面，女的五官精致，打扮入时。一坐下，女的就发微信语音，跟人谈论她的旅游见闻，然后又跟人视频，抱怨她领导不作为。整个过程扯着大嗓门，旁若无人，还夹杂着骂人的词汇，仿佛这就是她家的卫生间。狭小的空间被她搅得浑浊无比。大家都不满，但没人吱声。那女的全然不顾，喧哗如初。打完电话，又抱怨检查排队太挤，炫耀她去日本体检的高规格待遇。他们插队检查走后，大家长舒一口气，好几个人表达了同样的意思："让她吵死了。"

我不敢说爱读书的人一定有修养，但这女人肯定不读书，也没修养。倘若书读多了，她不会这样。

活了一把年纪，我们都有一个经验：有的人长得很好看，可是一张口就完蛋。因为修养才是真正的里子。

现在，爱读书的人越来越少了。我们都患了焦虑症，静不下心来，隔几分钟就要翻手机，仿佛手机里有千百万人在等你，仿佛一不看手机就错过了一个亿。可是有多少人能完整读完一篇非热点的十分钟文章？即使阅读，也多是碎片式、娱乐性的，那些真正有内容、能修身养性的文章，没有多少人看了。"70后"的人凑一起，有时会感慨，说那个没事抱着书、趴被窝里打手电看书的时代一去不复返了。末了，还往往满是自豪又不无遗憾地感叹：我们"70后"是最后一批爱看书的人了。

其实看书有没有用不是一个问题，它有一个万分肯定的答案。之所以会成为问题，是因为人们把有用、没用的标准物化了，而且根据这个物化标准，看书的作用还真显现不出来。

可社会从来都是多元化的，人也不可能完全唯物质。物质养育身体，书籍滋润精神。有句古话说得好，"忠厚传家久，诗书继世长"。

2020年1月

午后闲记

今天腊月十八，这一年快过完了。

自己本没知觉。昨天想顺路去银座买东西，一到新市区，人挤人，车挤车，才意识到年底了，人都涌出来了。在停车场转了两圈也没找到车位，算了，回家上网买吧。自从有了网上购物，还有什么坐在家里买不了？

今天依然窝在家里，哪里也不想去。这两年感觉老了，老得没法治。微信上，大姐大妈们天天把自己抹得溜滑，各种聚会各种晒，便觉得她老黄瓜涂绿漆——装嫩了。五六十岁的女人再怎么扮嫩，十八、二十的小姑娘一个素颜就把你秒杀了。当然我并不反对人家打扮，而是觉得什么年龄就该有什么样子，霸屏式的自恋让人看着拧巴。但我又实在羡慕她们，羡慕人家有心情、有精力打扮，有热情自拍晒照。同她们相比，我真的老了，不爱热闹，不爱出门，不爱见人，就爱蹲家里穿着花棉袄、花棉裤，慵慵懒懒，干干家务，压压床，再晒晒太阳。

今天晴空万里，日头很暖，是近期少有的好天气。午后微微出汗，竟然穿不住棉袄了，到院里晒晒太阳吧。

院子全晒在太阳底下，暖烘烘得睁不开眼。衣服上午从水里提出来直滴水，这会儿都干了；早晨缸里还是一层冰碴子，这会儿都化开了；香菜早上冻得杵着，这会儿都放开了；大黑狗把头插在怀里打盹，还打着小呼噜；楼下物业值班的女同志趴在桌子上晒着太阳看手机，眉开眼笑。

园里种了小菜，往年我都用塑料布盖住。有塑料布遮盖，长得倒是快，也水灵，但是太嫩，没大有味儿。今年没盖，不论菠菜、香菜，还是荠菜，都敞着头，爱死不死，爱长不长。这些小菜其实挺抗冻，不仅没冻死，而且还长了：菠菜伸枝展叶，黑绿黑绿，叶肥肉厚；香菜贴着地皮长成了深红色，用指头戳戳，手指头也香；荠菜看起来又黄又老，开水一烫，立马鲜绿喷香。寒冬腊月用自家的鲜荠菜炒笨鸡蛋，我老公一边吧唧着嘴一边感叹："这是什么人享的福啊！"

我随爹，不装门面，肉长得别人看不见。前阵子管不住嘴，连吃几顿好饭，噌噌地长了五六斤。今天中午原打算不吃了，可院里溜达一圈，意志就动摇了，剜了一盆菠菜，凉拌，加上一盘虾酱炖豆腐，撑得直不起来腰。

有个QQ好友每天都写说说，记录生活点滴，点滴中总透着感恩和幸福。相比那些自恋的自拍，我更愿意看这样的点滴，写的人幸福，看的人也跟着幸福。

不论什么年龄，关键是心态。爱自拍爱晒的大姐大妈们觉得自己年轻漂亮才拍才晒，记录生活点滴的小媳妇对生活感恩才写才记，我因为晒了太阳又吃了新鲜菠菜就觉得生活真幸福。每个人的生活状态不一样，但只要心态平和易满足，就容易获得幸福。

冬天日短，写了这几行字，天就黑了，腊月十八快过去了，年又近了一天。

忽然想起该拜托堂哥帮我买鞭炮了。我们老家正月初三家族集体送年，各家各户凑鞭炮、凑烧纸。父亲去世后，每年腊月都是堂哥帮我买鞭炮、买烧纸，正月初二我甩着两手回去，除了初三早上上坟赶热闹，就是这家那家耍，到点了吃饭，吃完了接着耍，什么都不用操心。快五十岁了，长辈长兄们还拿我当小孩儿，这不是幸福是什么？

我们小时候，一到腊月底，天天像过年，那会儿不知道"幸福"，幸福却铺天盖地。如今老了，幸福其实依然在，却要慢慢体会用心找了。

2020年1月

骨子里还是农民

因为新冠疫情，一个正月，我们都蹲在家里，就像坐了个整月子。

立春后，气温慢慢升上来，除了偶尔阴天下雨，大多数日子都阳光灿烂，天空澄明，空气清新。这样的天蹲在家里不干活儿，我就觉得不舒服，好像对不起老天爷。

于是到院子里，视察视察那两庹长的小菜园，剜把菜，浇点水，铲铲草。一棵草没有，就用铲子松土。实在找不出活儿了，就一遍遍扫院子。反正有点活儿干着，心里就踏实，感觉对得起这好天气。

好天就得干活儿，这是我的农民思维。

几年前夏天，下班时太阳还大高高，一边去开车一边说："这个点到天黑，至少得锄一亩地，浪费了真可惜。"同事笑我："你骨子里还是农民呃，天不黑就得干活儿。"如醍醐灌顶，我即刻顿悟：骨子里，我还是农民、一直就是农民啊。

我小时候，好天就得干活儿，天不黑就得干活儿，因为庄户人总有干不完的活儿。那时还是生产队，除了下雨，白天都得出工，所以社员们都巴望白天下雨，好在家里歇歇。可老天爷总不那么通人性，有时候整夜大雨哗哗地，天一亮就停了。社员们边干活儿边戏谑："夜里下雨白天晴，气得社员肚子疼。"

包产到户后，交了公粮，剩下的都是自家的，谁还望着粮食生气？所以都有使不完的劲儿，恨不得一天二十四小时都能干活儿。要是白天下雨，可就误了活儿。于是，以前的顺口溜就倒过来了："白天下雨夜里晴，气得农民肚子疼。"

肚子并不一定是真疼，农民没有多少文化，却善于说顺口溜，"肚子疼"只是代表他们的情绪，天气阴晴影响干活儿的情绪。

农村没闲人，只要还喘气，只要能动弹，都得干活儿，都有活儿干。七老八十腿脚不利索的，蹲家里看门守户；五六岁的小孩儿没力气，派到场院里打狗吓鸡；好胳膊、好腿，能跑能跳的，都得上坡下地。学生也脱不了干活儿，放了学、星期天、寒暑假，都必须干活儿。我上小学时还放麦假，帮大人收麦子、种地；又放秋假，帮大人秋收、种麦子、切地瓜。那时候半大孩子就是半个劳力，家里能挪出你来上学就不赖了，不帮着干活儿还行？

我们老家地薄地多，牲畜也多，大人一年到头活儿埋了头。小孩儿一放假，大人就松一口气，牵牛、放牛、放羊、搂草、剜菜，挑水、烧火，家里坡里活儿那么多，总有一款适合你。

2015年国庆，初中同学毕业二十五年聚会，有人还记得我上学路上剜兔子食。他不说我倒忘了。那时候我家劳力少，牲畜多，一放学我就得挎着篮子去剜兔子食。初中时，我经常捎着蛇皮袋子和铲子，藏在学校南门外的玉米秸垛里，一放学就窜了，沿路剜兔子食。

放牛、放羊、剜菜，这都是轻快活儿。我记忆中的累活儿有好多，印象最深的就是忙黄烟。

黄烟是我们老家那一带最主要的经济作物，一放暑假，就到黄烟生产旺季，掰烟、绑烟、上炉、烤烟、卸炉、解烟、拣烟、卖烟，一环环紧赶着，三四天一重复。因为黄烟旺季正赶上暑假，中小学生就成为最合适的劳动力。

忙黄烟的累，不像挖土方、推小车那种高强度的累，而是因为一环环紧赶着，不分白天黑夜，循环往复，是身体连续疲劳、精神持续紧张的极限状态。三十年过去，好了疮疤忘了疼，吃过的苦、受过的累都忘了，家乡的树木、庄稼看着都格外亲，唯独对满坡黄烟，说不出什么滋味。前年夏天回去，路边成片黄烟正开花，有行人停下来拍照，说黄烟真美啊。我苦笑。这辈子，我是不能把黄烟当成美景了。

生黄烟上有烟油，粘在身上黑乎乎、黏糊糊的，不好洗。暑假太阳又毒，所以天刚透明，大人就把孩子叫起来，趁着露水去掰烟、打烟杈子，为的是不粘烟油，也不晒人。黄烟烤熟后呛人，烟味儿呛人，烟上的尘土也呛人，呛得人直咳嗽。人得跟着地里的烟走，烟叶熟了必须快掰下来；还得跟着烤炉走，烤好的黄烟出了炉，紧接着就得新装一炉。所以整个烤烟季，人别想正常作息，特别是急着上炉时，根本不分白天黑夜。大人说夜里比白天"出活儿"，因为捞不着东看西看，干活儿全神贯注。我刚记事儿时没电，点着保险灯绑烟，有电后扯个灯泡绑烟，绑着绑着停了电，摸黑继续绑。

暑假结束了，黄烟也掰到顶端了。母亲们倒不埋没孩子的功劳，但也不会直接表扬孩子，而是说："要不是有小上学的帮着，谁家敢种那么多烟呃？"

暑假除了忙黄烟，还要给庄稼地薅草，其他零打碎敲的小活儿也不少，比如抽空还要去薅山蕉子。山蕉子学名百里香，有淡淡的药香，晒干后松松地扭成火绳，夜里点起来驱蚊子。我最多一天薅十几根火绳，自家烧不了，父亲就赶集卖，初期三毛钱一根，后来涨到五毛钱。卖山蕉子的钱，父亲全部买瓜果。

从春到秋，人们又黑又瘦。活儿那么累，吃多少饭都变成汗淌出来了；日头那么毒，人得晒去几层皮。冬天地里的活儿都干完了，才能歇下来养身子。可是所谓的歇只是同那三季比，农民总是有活儿。生产队时一到冬天就修路、打水库，承包到户后人们就开荒拓地，收拾地头、地堎子，或是上山打石头，反正很少有人窝在家里睡大觉。我小学和初中的寒假也闲不着，赶着羊上坡吃落叶，偷偷上山打柴，卖给油坊，一两分一斤，一个假期也卖几十块。

进城后，难免保留着旧习惯，比如厨房里都备两个水桶，没有油的洗菜水攒着浇花；卫生间也备两个水桶，稍微干净的洗衣水攒着冲马桶；随手关灯，随手断电。老公总嫌我："你就差那点水费呃？你就差那点电费呃？国家就靠你省这点水电呃？"

当然不是为了省那三块两块的水电费，其实我什么想法也没有，作为20世纪70年代出生的农村人，节俭已经固化成我的思维定式。

说我骨子里还是农民的同事，在部队大院长大，可她某些习惯比我还极致。比如，单位保洁大姐每天早晨都把水龙头开到最大，哗哗地冲着拖把，就去干别的了。这同事就有了心事，坐在办公室里，啥也干不进去，两耳支棱着听水龙头，随时准备跑去关上。她一到单位，边走边"啪啪"地关灯。有时阴天，走廊暗，别人前脚打开，她后脚就关上。人家不愿意，说她："省了是你自己家的？"她就急："不管是谁的，浪费了就伤天理！我不关上就不好受。"我笑话她："我是农民，过穷日子养成了习惯。你不是农民，怎么也这样？"她笑了："俺爸是农村出来的，我这不是遗传嘛。"

当然是玩笑，习惯不是染色体，顶多算熏陶。跟我一样从农村出来的人也不都这样。反正我是变不了了，无论在城里住多少年，骨子里，我还是农民。

2020年2月

你那凶巴巴的脸，真是不好看

上周去了趟医院。医院里防护重重，门厅有人喷消毒水，进来一个脚垫喷一遍；进门电子量体温，合格发给纸条；到科室挂号处水银量体温，合格后登记挂号进入候诊。过程烦琐，但人人配合。

我看妇科。整条候诊走廊坐了俩人。每个诊室门上都贴着注意事项，第一条：距离保持一米。

前位患者出来，我进去递就诊卡。未及桌前，女大夫突然呵斥："你出去！"吓死我了！我战战兢兢退出。过一会儿，她喊："王××，进来！"我赶紧进去，刚要递就诊卡，她又嗷起来，指着门口："往后退往后退！站门口那里！"我蒙了，赶紧退到门口，手里掂着就诊卡："这卡……怎么……怎么给你？"她头也不抬，盯着电脑，声音像机器："撇过来！"门口离她办公桌至少两米，我害怕扔偏了又惹她发火，于是瞄了瞄准，像套圈儿那样撇过去。

她问我："怎么了？"我就说怎么了。又问我："以前怎么治的？"我就说以前怎么治的。没等我说完，她不耐烦地打断："好了好了，上去！"幸亏我是经验丰富的老妇女，知道"上去"是上检查床的意思。过程中我跟她述说病情，一是想缓和缓和气氛，二是想请教日常注意事项。她根本不接茬儿，我说五句，她一句就冷冷截断了。

这大夫戴着两层口罩、医用帽子，穿着医用外套，还套着鞋套，裹得严严实实，我看不清她的脸，但我能感受到她的怒气。不知道她为什么这么生气，难道因为我长得丑？可我看门口出诊牌上的照片，她也不俊啊。再说我蒙头裹脸的，也看不出丑俊啊。如果平时，病人摩肩接踵，医生又累又烦，她生气情有可原。可这期间妇科病号很少，大部分医生都在埋头刷手机。

本来心脏就不好，无缘无故挨了一顿吵，心脏扑通乱跳。临走又看了看墙上她的出诊牌，年纪也一大把了。算了，权当她更年期，原谅她吧。

想起某次去派出所，女户籍警对于宁馨不姓爸爸的姓氏非常不解。可她的不解不是通常我们遇到的好奇，而是严厉的质疑，斜视我的眼神充满怀疑和鄙视，语气像审罪犯，一个劲儿地问我为什么，让我解释解释。我解释了，可她似乎不信，冷冷地斜瞪着我，递东西还摔摔打打的。临走我开玩笑，说："警察妹妹，这个小孩儿不是我买来的，也不是我离婚带来的，是我和她爸爸合法婚生子。只要她爸愿意，她姓什么都可以。"这下可把她气毁啦，柳眉倒竖，圆瞪怒目，仿佛要喷出火来烧了我。

这样的人遇到不止一两个，生气归生气，我都选择不计较。亲戚朋友碰到这种人，我都安慰他们说算了吧，原谅理由好多："肯定是他两口子打架了""八成是她老公出轨了""绝对是他老婆给他戴绿帽子了"……

这种安慰疗法是跟中国人民公安大学王大伟教授学的。早些年他做客《今日说法》，说如果碰到别人违规抢道、超车，千万别生气，一定要安慰自己：他家里肯定起火了，要不他不会这么急。

这法子很管用。你要不这么想，针尖对麦芒地干起来，结果只能是两败俱伤。放别人一马，也等于放自己一马。

我深有体会。

刚上班时我在税务征收大厅干了五年，隔了十年又去大厅干了四年。税务征收大厅跟医院、派出所还不一样。病人上医院，因为他有病有痛，要"求"医生，所以心理上先矮了一截子，毕恭毕敬；公安机关具有强制和许可的权力，人们去了，心理上也满是谦卑和服从。税务可不一样。人家拿着钱来，没买回柴米油盐、汽车、别墅，只换了一张"废纸"（指税票），心里就"亏"。用纳税人的话说，他们是来"送钱的"，心理有优势，有人在我们面前就像"大爷"，一不如意就牢骚满腹，破口大骂，甚至要动手打人。

平白受了屈，真比窦娥冤。刚开始我们也争执，想跟人家讲道理，可是开口就骂、抬手即打的多数都不讲理，有的还直接躺地上装死，赖我们打她。真是活活气杀（方言，气死）了！后来就慢慢总结经验，碰上这样的不跟他一般见识，他不累就让她闹；或者年长同事出面说好话，安抚他，敬到他不好意思。

为了不让纳税人挑刺，我们只能提升自己、委屈自己。比如那时候没有网络申报，都得到大厅缴税。钱撒出去连声响都听不到，谁愿意早缴？所以每月申报期最后两天，税务征收大厅都挤破门。等得不耐烦了，就有人找碴儿、发火儿、蹦高儿。他不说自己来得晚，就嫌我们收得慢。我们不委屈吗？胳膊都累麻了，手指头都伸不开了，提前上班，办理完最后一个纳税才下班。为了少上厕所，大热天也不敢喝水，有尿就憋着，从下午一点坐下到晚上八点多结束，站都站不起来，腿都没有知觉了。有次一个大姐憋尿时间长了，疼得不敢动，下班后直接抬医院去导尿了。

现在纳税条件好了，纳税人额外需求也多了，有人一不满意就撒泼耍赖，有人故意挑衅，还有人边挑衅边录音、录像，然后剪辑成他想要的样子发到网上。工作真是不好干。可有什么办法？领导说，谁给税务抹了黑，就砸了谁的饭碗！受不了你不干，要干就干好！

税务原先是执法机关，这些年完全成了服务机关。我不是王婆卖瓜，也不敢保证每个同事的工作态度都无可挑剔，但像这位妇科大夫，在税务已经不好找了，因为大家心里都怕，怕态度不好砸了饭碗。

这其实是对职业的敬畏。

不管你喜欢不喜欢这个职业，不管你心情孬好，只要进入岗位，你就是职业人，就应该立刻进入这个职业该有的状态。不管什么职业，都要有颗温暖、柔软的心，这个职业才有温度。

前阵子看电视，一著名老医生是林巧稚的学生。她说老师晚年身体很不好，但只要面对病人，立即像换了个人，满面笑容，轻声细语，拉着病人的手，听病人说长道短，对病人百般劝慰，就像亲人。病人都说，看到林大夫的笑脸，病就好了一半。真的，细数所有大师，"大"的都不仅是技术，高尚品德展现在脸上，便是对人的悲悯和柔和。

很喜欢晏殊的一阕词：

巧笑东邻女伴，采桑径里逢迎。疑怪昨宵春梦好，原是今朝斗草赢，笑从双脸生。

是说在采桑路上碰见笑嘻嘻的东邻女伴，心想：她是不是昨晚做了个春宵美梦？一问，原来是她刚才斗草赢了，故而"笑从双脸生"。

类似场景，我们都有过。尤其喜欢"笑从双脸生"，短短五个字，女孩儿斗草赢了的开心，立马传递过来，心情明媚无比。

其实不论男人女人、老人小孩儿，笑传递的都是温暖，都是柔软。2008年青岛"奥运微笑墙"，贴了两千零八张笑脸。这些人各种肤色、各种年龄、各种行业，小的一岁，还流着口水；老的九十二岁，已满嘴无牙；农民汗流满面，矿工满脸煤灰；高原孩子皲着脸，耄耋老人眯缝着眼……看着一张张笑脸，人就不自觉地放松，浑身暖和，眉梢舒展，感觉真好。

无论是谁，请别吝啬笑，因为你笑起来，真好看。

2020年3月

天生焦虑

小时候常听老人说，"懒老婆巴四十"。到了四十她就有借口了，不说自己懒，而说老了，身子不好了，什么都干不了了。又说，"拙老婆巴四十"。到了四十她不说自己拙，而说头晕了，眼花了，什么都干不好了。四十岁就像一面挡箭牌，再懒再拙再不济的女人都可以光明正大地蹲在后面，什么也不干，什么也不会，都心安理得。

我十岁，母亲就四十了。那时候四十岁的女人就老了，老式斜襟褂子，老式裤子，打扮得老，模样也老。有人都当婆婆了，当奶奶了，看起来就更老。

年龄相当的同事凑一起，往往感慨，说："咱都快五十了，自己觉得还很年轻，可是出门人家就觉得咱老了，小孩儿见了都叫奶奶了。"然后叹口气："唉！怎么没试着就老了啊？"说起来怪笑人，老是一天天、一年年缓慢的过程，又不像你坐过山车那么刺激，谁能试着？我大娘九十多了，跟我叹道："唉！你大娘活到九十，还没试着，一辈子怎么就过完了呢？"你想想，九十年她都没试着，四五十年你能试着？

试不着归试不着，老了就是老了，再描巴再抹巴，都是老黄瓜涂绿漆——装嫩了。

岁月不曾饶过谁。十年前我就帮同事薅白头发了。她们年轻时头发又黑又亮，厚得像马鬃，可是刚及四十岁，就掉头发了，几年就掉得稀薄。还肯白，白得怪扎眼。头发稀了白了，人就显老了。

不光掉头发，还花眼。2010年，一个比我大两岁的姐姐说电脑上的表格看不了了，重影儿。我说别夸张好不好？你才多大就花眼了？她说真不哄人，看药瓶子上的小字都得送出去两丈远。我很吃惊，马上找一个药瓶子让她念。放近前果然看不清，长胳膊伸出去两丈远才念出来。

真是可怕！

怕什么来什么。不出几年，我也试着老了，具体表现就是每年换季时头晕、头痛，厉害时早晨醒来床头都转，头痛得要炸开。每次发作我都跑医院，人家医生看病也快："做个CT看看？不行再做个磁共振看看？"CT和磁共振不知做了多少，没长瘤子，也没这栓那栓，反正没有拿得出手的大毛病，要么说我颈椎压迫所致，要么说我头供血不足，开点药就回来了，换完季就好了。可是去年秋天起，不分季节了，天天晕头晕脑没个好时候。喝药不管用，按摩不管用，下针也不管用，弄得大夫也糊涂了："你不会是更年期吧？"我说有可能，要不怎么治不着呢？

上周挨不住，又跑去医院。现在上医院也十分考验人的智商，挂号没有人工了，上自动挂号机挂。我挂了神经内科，蹦出来三个名字。不知道人家擅长治什么，也不知道人家长什么样，我怎么选？好在有个名字是我大姑姐夫同学，全市十大名医，不过据说他浪得虚名，没有两把真刷子。那好，先排除他。剩下两个我都不认识，挂号费一个十六块，另一个二十三块。好，一分钱一分货，挂贵的！

挂了号，挨进诊室。这个医生真不孬，病号一个挨一个，仍然很耐心很和气，问我怎么个疼法，怎么个晕法？早晨厉害还是晚上厉害？是转着晕还是平着晃？又问我是干什么的？是不是有心事？是不是爱操心？睡眠好不好？起夜多不多？最后，说我极有可能是焦虑症。大哥，别开玩笑好不好？俺多么开朗啊，怎么会是焦虑症？医生大哥莞尔一笑，说很多得焦虑症的人看起来都很开朗。

按照医生的说法，天老爷哪，我可不就是焦虑症么，而且是天生的焦虑症。

比如，我从小就睡眠不好，用我母亲的话说，就是我"觉轻""睡觉灵""蚊子哼哼就醒了"。还爱做梦，中间起来解手，躺下接着做，连续剧。关键还是噩梦，一般分两种：一类自己总是地下党，总被叛徒出卖，总被敌人追到悬崖绝壁，总无路可逃，然后总吓醒；另一类总是憋着尿，总找不到合适的地方，好不容易找到合适的地方，解开裤子刚蹲下，就来人了，吓醒了。高考后，又添一类噩梦：总梦到考数学，最后几道大题总不会，急出一头汗，收卷铃就响了。这些梦，都好紧张，好累人。

再比如，从小我就爱操心。很小很小的时候，下雨我就往家跑，急着拾掇天井，怕淋了东西；晚上下雨我不敢睡，怕大水冲了房子；天旱我担心庄稼旱死了；下几天雨就担心牲畜没料吃，还担心没有干的烧草；天黑了我急着安顿牲畜进圈；天明了先把牲畜牵出去，再打扫天井，要不人起来下不去脚；拾草、剜菜爱一个人去，怕人多了没得拾、没得剜……大人们夸我"懂事儿""爱动弹""眼里有活儿""知道找活儿干"。姐姐们嗤之以鼻，说我"操糊心""瞎操心""操心使得不长个儿"。

可是只有我知道，我不是爱干活儿，也不是爱操心，我是要讨父母欢心。弦绷久了，就成自然了。

我家只有姐妹，没有兄弟，那个年代免不了受人气。父母也时常打仗，每次打完父亲一走了之，母亲都极度崩溃。姐姐妹妹们跟着哭一顿，各人找点东西吃，找个地方趴下就睡。我不敢睡。我怕母亲寻短见，总得陪着她，或偷偷跟着她。那时农村妇女一想不开就寻死，喝药、上吊、跳水库。我一个小伙伴的娘就是两口子吵架后上了吊。我怕我一疏忽就没了娘。这种忧虑一直都在，为了让母亲看到希望，我除了学习好，还拼命干活儿。

到现在这性格也难改，爱操心。家里人的事、亲戚朋友的事，都好操心，往往操了心、出了力还不赚好。妹妹心疼我，嗷嗷地吵："谁还用你操心呢？天天就是瞎操心！管好你自己，吃好、喝好就中了，别人谁也不用你操心！"我也知道这个理，可是改不了啊，半辈子的脾气说改就能改吗？何况我操心的都是最亲近的人，比如我母亲，就一直让我操心。有时候我觉得我们娘俩好像调了个个儿，她是"孩子"我才是"娘"，我给她操不完的心。

从我记事起，母亲就任性，她说什么是什么，她想怎么着就怎么着。她时常心口疼，一犯了就疼得呼天抢地，满炕上打转，吓得我们姐妹五个一摆溜站在炕下哭。好了她又不忌嘴，生的、凉的、辣的，怎么过瘾怎么吃。比如她上园割韭菜，一边往回走一边捋巴着韭菜吃，一小篮韭菜没到家就吃完了，再掉头回去割；在坡里干活儿，谁家地里葱甜，就跑过去薅一抱，坐在地头捋巴捋巴就吃了；冬天用礤床礤萝卜，礤到个脆的，"咯吱咯吱"地就吃了；平时吃饭也喜欢就着葱白和蒜薹。心口疼不就是胃病么，好胃这么吃都受不了，何况胃不好。但她就是这么任性，怎么说都不听，每次犯了都像要命，气得我父亲吵她："活该！还是疼轻了！"

这些年，母亲越发糊涂，天天疑神疑鬼，眼里没一个好人，越来越难相处。比如前年冬天，我刚把她从三姐家接回来，她找不到收音机，就发作了，话里话外说三姐把她的收音机"昧下了"，而且扯东道西，说三姐这也不好，那也不好。说着说着就委屈得哭，哭她的命不好，养了五个"死闺女"，还都不听话。这是她的老把戏。刚开始我还能心平气和地劝，越劝她越厉害，我就火了，大声吵她。她和往常一样往床上一躺，安下摊子哭开了。三姐说收音机可能放在一个黄袋子里，我就下楼到储藏室找。谁知我一出门，母亲就起来把门反锁了，怎么求都不开。吓得我哭着给妹妹打电话，找人来开锁。妹妹说："不用管她！你快回家吧，她哭够了就好了。"我不敢，她是我的娘，我怎么能不管她？

我在门外站到天黑，母亲也不开门。我哭着回了家，整夜无眠，胡思乱想，怕她在卫生间上吊，怕她从阳台跳下去，怕她轻生了我余生全是后悔，怕她死了我没法跟亲人交代。给三姐打电话，三姐安慰我："没事儿呃，快睡吧。要死她早死了，哪能活到这会儿？"可是我睡不着，脑子里全是各种不好的假想，直到第二天早上妹妹去看了看，母亲好好的，我才放下心来。折腾一晚上，我头痛头晕，拉肚子，十几天才好。

现在，母亲隔阵子就闹腾，整夜整夜地哭。她自己又不单睡，非跟我三姐一张床。三姐说："她哭她的，我睡我的。"一晚上被哭醒三次，三姐还能接着睡。我不行，她要哭着，甚至不哭只是不高兴，我就睡不着，还跟着生气、害怕，胡思乱想。

这不就是典型的焦虑吗？

其实有段时间我怀疑过我有焦虑症，但很快否定了，觉得自己就是心细、敏感。医生这么一说，我豁然开朗，也许这就是焦虑症吧。

我说不用做CT了？不用做磁共振了？医生说不用，花那钱咋？先吃药看看效果，效果好就继续吃，效果不好再说。我说药得多少钱？医生说五十多块。

我心情立马大好，感觉中了奖。上趟医院花五十多块那还叫花钱？这个医生跟以往的医生不大一样，他不一上来就开检查单，然后开一大堆药。大哥，你真是好人哪，不贪钱。就冲这一点，不管是不是焦虑症，咱就当焦虑症治吧。

事实证明医生说的有理。吃了几天药，睡眠有所改善，头晕、头痛也轻了。我不知道是药起作用还是心理作用，可能二者都有。有些病，说不开是病，说开了，就不是病了。

周围和我相似出身、相似毛病的还有好几个。我们都是通俗意义上的好孩子、好人，情商高，责任感强，好居安思危。可是长此以往真是会得病啊，比如焦虑引起的各种不适。可是，江山易改，本性难移。轻松地活着，或许是我们这类人终生要达到的目标。

2020年4月

依然需要平房，依然需要村庄

这段日子轮到我家伺候婆婆。

同上次相比，婆婆添毛病了。

首先是挑食。饭菜端上桌，我说："你快吃嘛。"她连筷子都不动，说："看着什么都不好吃。"我说："这个菜好吃，你尝尝。"她用筷子尖拨拉两下子，又戳嗒几下子，撇着嘴说："看这样儿就不能好吃。"每次两三个菜，结果没有一个她爱吃的。她儿子着急："娘你到底爱吃什么菜嘛，我好去买。"婆婆慢慢悠悠地说："没寻思着什么菜好吃。"按照往常经验，她喜欢小豆腐，既合口味又利通便，于是她儿子每天早上给她馇碗小豆腐。刚三天，她就向我告状："上顿小豆腐，下顿小豆腐，什么人吃不够呢？"

其次是更聋了。趴她耳朵上嗷，还是听不清，喊得我嗓子都劈了，只好跟她比画着打手语。

另外，她不下楼耍了。婆婆住一楼，下楼不过十个台阶。年前那么冷，她还是每天下午下去和那些老太太耍。因为新冠疫情，一个春天都没出屋，婆婆的腿锈了，发酸，没劲儿，抬不动，在屋里走两步就哆嗦，下不去楼了，还怎么跟人家耍？

下不去楼，只好憋在家里，吃完饭往沙发上一仰，睡觉；睡醒了上趟厕所，往床上一仰，睡觉。好在她能睡。醒着的时候，到阳台上坐着，望着外面，唉声叹气。

我老公愁容满面："咱娘是不是有病了？以前那么能吃，这会儿怎么不爱吃了？"可她除了糖尿病没有其他病。那么胖的身子天天躺着不活动，吃进去东西不消化，哪能害饿？不活动就不能吃，不能吃就没力气活动，这不就是恶性循环嘛。

我说："她奶奶这样不行，跟二黑（我家的拉布拉多）差不多，一天到晚关在笼子里。"老公叹口气："唉！那有什么办法？"

我母亲患有老年痴呆，在城里东南西北完全分不清，出门就掉向，去年春天道迷（方言，迷路）了三回，都是好心人送回来的。今年更厉害，在家里连厕所都找不到了。我们快让她愁死了，她自己也动不动就哭。可是上个月到乡下和我妹妹住平房后，母亲的状态好了不少。她觉得还是平房好，"正南正北，不道迷"。其实妹妹家大门口朝东，还有东平房、南平房等一串房，可是母亲觉得不管什么房、多少房，都好记好找，不像楼上横七竖八的迷惑人。她也不走远，就是门里门外出来进去，完全不用别人操心。另外，妹妹家对门是一户独居老太太，没有院墙，出门相望。两家隔着三四米宽的水泥路，母亲出门过水泥路，总共不到二十步就到了老太太家，一天到晚和人家耍，妹妹家就在眼皮底下，她不会道迷。

除了出来、进去方便，有人耍，母亲在乡下也有用武之地。

妹妹家养了几只大鹅、几只公鸡，母亲就有了任务，每天喂鸡、喂鹅、拾蛋。还发挥她的老手艺，垒了鸡窝，垒了鹅窝。好天对门老太太还领着她去剜苦菜喂鹅。母亲喜滋滋地跟我说："打我来了，这几个鹅胖了，也爱下蛋了。什么牲畜只要吃得好，它能不使劲下蛋？"事实上，她刚喂完鸡、鹅，转身就忘了，接着又去喂，那鸡、鹅总是撑得顶到脖儿。

妹妹院里一块草坪，母亲一去就看不惯："天井里种块草干什么？几辈子没见过草？"于是母亲把草刨了，耧平耧细，要改成菜园。妹夫高度支持，给她买来菜苗子。母亲把那块地四周用砖垒了道沿子，耧了六遍，土细得跟面粉一样，才把苗子栽下去。

住平房，在农村，母亲不仅不道迷，对别人"还有用处"，她就很开心。

婆婆在老家时，身体不比现在好，可是她闲不住啊，除了喂鸡、浇院里那两畦菜，就是耍，耍得还很忙。几乎每次我们回去，家里都有老太太耍，这个还没走，那个就来了。没有老太太来的时候，婆婆也不在家，出去耍。前屋的叔伯嫂子我们叫四嫂，买了她屋前的老供销社，开了超市。婆婆抬腿就去超市门口。隔了一趟屋，二三十步，腿再酸，她扶着墙就去了，那里好耍，老人、孩子都多。婆婆跟四嫂相处得好，来城里三年多，动不动就提到四嫂。比如前天我买了点黄豆面，婆婆说："买的？"我说："嗯。"她不屑一顾："黄豆面还用买了？咱家有，你四嫂给的。"又感慨："在老家什么也不用买，什么还没有呢？在这个死城里，吃一点东西都得买。这算个什么埝子呢？"

我跟老公说："你娘住楼实在受罪啊，老不死就憋死了。"他说："看看不行就出去租平房。"可是城周围的平房都拆了，有平房可租的地方都得二十里开外，这对不会开车的大姑姐、大伯哥来说太不方便。老家离这里五六十里，婆婆再回去也不现实。

老公赌气说："实在不行我就提前退休，回老家伺候咱娘。"

这当然是气话。革命尚未成功，同志怎能半途而退？另外，延后退休都吆喝好几年了，提前退休好像也不大可行。

可是像婆婆这样上了年纪的老人，确实需要一套出来进去都方便的平房，需要一个相对固定、熟悉的环境啊。

有几个同事回到老家伺候爹娘。这些爹娘一辈子都在农村，老了接来城里住楼，一天也住不下，闷杀（方言，闷死）了，憋杀（方言，憋死）了，躁得放声哭。儿女们也是无奈才陪着回到农村。回到农村的爹娘，在自己庄里，住着自己的屋，吃得舒坦，睡得踏实，在城里的这儿疼那儿痒烟消云散，哪儿哪儿都舒服。

三姨九十五了，自己住，吃饭也就是"刚刚糊弄熟"，可是她，"除了吃饭睡觉，一霎儿也不着家，到处串门子（我表哥的话）"。其实三姨聋，聋得"天上打炸雷也听不着"，她能有什么要头？三姨的老伙计也都八九十，都聋得很厉害。她们在一起怎么耍？其实她们见了面，无非就是："你吃了？""吃了。"然后半天再没话。即使这几句客套话，也是看着对方的嘴巴估摸着问，估摸着答。然后估摸着天晌了，看着天黑了，起来道别，各自回家。可是真奇怪，她们对各家的最新情况竟然了如指掌，比如谁的孙子在哪里打工、一个月挣多少钱、说了哪里的媳妇、养了几个孩子，都一清二楚。我说三姨聋得那么厉害，她怎么知道那么多事？母亲说："别看那些人都聋，搁不住天长日久都在一块儿，一天知道一点，日子长了还不都知道了。"

十一奶奶九十五，年前从闺女家回到我们村。她住在闺女家时身体极差，天天躺在炕上，挪一步都得人扶着。回到老家快半年了，不用人扶，自己拿着绞叉子在大门口坐着，看人。她家门前是村里最宽的街，人来人往。有人经过，不是十一奶奶先叫他，就是他先招呼十一奶奶。农村人就这样，一个村的人见了面，有事没事总得热热络络打招呼。十一奶奶就喜欢这样一天到晚坐在自家门前，街熟悉，路熟悉，人也熟悉，她心里自在踏实。

回到农村，不管冬夏，大路口、山墙头、墙根儿下，总有一堆一簇的老人，冬天晒太阳，夏天乘阴凉。其实冬天家里有热炕头，有电视，夏天有电扇，有的还安了空调，可是他们都不爱待在家里，都愿意出来，出来看看人，拉拉呱儿（方言，聊天），晒晒太阳，吹吹自然风，心里舒坦，喘气也顺溜。

我跟老公说："要是你们村里能建食堂，让不愿做饭、不能做饭的老人吃上饭，甚至再进一步，除了吃饭还能照顾照顾老人，那样就把你娘送回去，让她在老家，她就舒坦了。"老公鼻子一哼："你等着吧。"我说："这有什么不可以？可以政府组织，个人出钱，公益更好，盈利也中，反正叫老人待在他们熟悉的环境里，他们就高兴。"

说到底，老年人老到在城里下不去楼了，不会摁电梯了，不能出去耍了，总不能让他们天天憋在屋里吧？在这种情况下，平房的便利、村庄的熟络，不最适合吗？

同事大姐这两年一直在看房子，看一楼带小院的那种房子。她说买不起别墅，又想住个出来进去都方便、有个小院子、接地气的房子，回老家又不现实，退而求其次就买个一楼带小院的公寓吧。退了休，上了年纪，腿脚不好了，进进出出还方便，有个小院，通风透雨，栽棵花、种棵菜还充实。

我也想买这样的房子，好多我这个年龄的人都想买这样的房子，最好同学、同事、朋友一块儿买，好抱团养老。其实这跟我们父母愿意在老家养老没什么两样，都想守着便利的住房和熟悉的人们一天天老去。

当人老到一定程度，生活和理想会慢慢返璞归真，就愿意回到简单又方便、熟悉又自然的环境里。从这方面来说，我们依然需要平房，依然需要村庄。

2020年5月

馋

这两年我老是馋，天天想着什么好吃、到哪里吃，而且一想到那些好吃的，脑海里立马色香味俱全，禁不住口舌生津，心都痒痒。我老公说，你怎么了？是不是有什么病？俺怎么试着什么也不馋、吃什么都中呢？我说你还停留在温饱阶段，我已经到高级阶段了，追求更高，既要吃饱，还要吃好。

老公说我有病，其实还算委婉。我们老家人说只有快死的人才嘴馋，天天数算着吃。比如久病的老人，天天念叨着想吃葱花烙的油饼、白糖烙的火烧。邻居们就叽叽咕咕，说他是不是快死了，要不怎么那么馋呢？亲近的平辈或夫妻之间，如果一方嘟囔着馋什么，另一方就讽刺："你是不是要死了？好好的人怎么还馋呢？"那时候，馋跟死紧密联系。

我曾信以为真，现在却不信了。馋是人的本能，谁不馋啊？你不馋？那跟猪似的天天吃糠就是了，还这种那样换着吃干什么？以前天天地瓜干、玉米饼，吃得人胃疼，谁不馋葱花油饼、白糖火烧啊？只是穷让人压抑了自己的馋。小孩子不懂事，闹着要这吃、要那吃，大人怎么哄都不听，急眼了一巴掌揍上去，喝道："你害馋痨呃？"那小孩儿咧咧一顿，不敢馋了。现在有条件吃香的、喝辣的了，我不馋熊掌，不馋天鹅肉，又不倾家荡产

·159·

借钱贷款来解馋，就馋点天南海北的小吃还不正常吗？

大数据真吓人。我搜过美食，现在一连网，铺天盖地向我推送全国各地各种好吃的，眼花缭乱，越看越馋。

不光我馋，馋种有的是。

我们四个女同事，都是外地来的，二十多年联系紧密，一个重要特征就是隔三岔五出去吃一顿。日照吃得差不多了，又想去外地吃。我们的宗旨是：不游名山大川，只想吃！吃！吃！

前年夏天，四人搭伙去重庆和成都，真的没逛一个景点，就躺在宾馆里，网上查查什么好吃，跟服务员打听哪些好吃，然后坐地铁、打出租去一条街一条街地搜着吃。一连十几天，吃得肚皮发紧，腮帮子鼓鼓，还觉得意犹未尽，直恨没多长两个胃，于是相约每年休假都出去吃一回。

四人中的老大，今年刚退休，上周两口子竟然从青岛开车跑到潍坊，专门去吃朝天锅。我说她家大哥，你那么大的老板，窜几百里就为吃顿朝天锅？大哥笑得很天真，说上来那顿馋，不吃还中？你看看，身价上亿的大老板什么没吃过？他还馋，我们更馋。

中秋节至今，我胖了十斤，主要原因是贪吃，老觉得不饱。其实也没吃什么好东西，就是地瓜和芋头。这两年的地瓜也不叫地瓜了，叫蜜薯，见火就熟，过火就烂，甘黄冒油，甘甜喷香，真是好吃。我恨不得一天三顿吃。母亲和三姐不这样，她们跟地瓜有仇，提起地瓜来，嘴一撇，鼻子吭一声："什么蜜薯不蜜薯的，不就是个死地瓜嘛，两辈子不吃也不馋！看着就腌臜！"她们自己不爱吃地瓜，还看不上我爱吃，说我没出息，弄个死地瓜还当什么好东西。是啊，我小时候也吃够了地瓜，望着地瓜就头痛，可此一时彼一时，此地瓜也非彼地瓜啊，如今我又爱吃了。

今冬妹妹批发了蜜薯，要给三姐送，三姐说："不要不要！千万别送来，腌臜杀了（方言，讨厌死了）！"硬送去，吃了一回，竟不腌臜了，很爱吃，还烤着吃，完全媲美外面卖的烤地瓜。一天，我请母亲和三姐上饭店，她们居然捎着五个烤地瓜。母亲一个劲儿让我吃："你尝尝，真好吃。"趁我去点菜，她们每人偷吃了一个地瓜。剩下俩，母亲塞给我外甥，叫她捎回去给孩子。

我胖十斤，还有老月饼的功劳。

这些年爱上了诸城老月饼，每年节前都回去买几斤。今年中秋前，让外甥捎来五斤，没几天吃完了。又买了十斤，分给母亲一半，余下的我自己吃。老月饼就放在厨房案板上，每次看到就随手掰一块，饭前吃，饭后忍不住还吃。我老公说："你不是怕胖吗？月饼全是油，怎么还天天吃？"哎呀，道理我都懂，就是忍不住嘛。干脆把老月饼放进柜子里。可是不管用，一进厨房，就惦记着柜子里还有老月饼，得吃点。有次饭后刷完碗，掰了块老月饼吃，真是满口生香啊，忍不住又掰一块……老月饼每个半斤重，倚着水池不知不觉我竟吃了一个！这可是饭后啊，我要不胖对得起谁？

老公也馋。有次回家，我看见他低着头面朝里站在厨房。我叫一声："你在干什么？"他没回头，也没吱声。我过去一看，他右手忙着往嘴里塞月饼，左手接着月饼渣儿，嘴里满满的！我一把夺下来："你快二百斤了还吃老月饼？不叫我吃，自己偷吃，哼！"

宁馨对我们爱吃老月饼很不解："妈，老月饼不就是五仁月饼嘛，高脂、高糖、高油，一点都不健康，我们这代人没听说有喜欢吃的，就是你们上了年纪的爱吃。"天哪，原来我上了年纪啊。一块老月饼就成了代际鸿沟，我们在这头，孩子在那头。

这让我认识到馋老月饼的，不单单是我们的胃。小时候月饼只有五仁这一种，中秋才有，每人半个。那半个月饼，我们轻轻地啃，细细地嚼，慢慢地咽，香甜的感觉不因月饼吃完而立马消失，总得回味一阵子，怀念一阵子，进而转变为对来年中秋的期盼。我们馋老月饼，其实还有一种情怀，它在某种程度上代表了我们对少年时代的怀念和那时候对幸福生活的向往。

所以，每代人馋的食物不一样。

我婆婆八十七了，觉得什么都不好吃，有阵子却心心念念想吃山菜小豆腐。做来吃了一大碗，说真好吃，比什么都好吃。有次又馋地瓜秧小豆腐，也是大吃一顿，边吃边说："现今东西埋了人，什么还是好东西？那海参跟坏地瓜母子似的，有什么好吃的？哪赶上这个好吃了？"

今年春天，老家几个姑姑也很馋，到坡里摘山菜、矧蒌蒌毛，做小豆腐吃。堂嫂还去撸刺槐花，包大包子吃。一个同学秋天晒朋友圈，在坡里烧花生吃，后来又晒她婆婆在家复习摆了几十年的老营生——铁勺子爝油煎鸡蛋。我顿时馋得唾沫直咽，继而又馋锅底下余火热灰烧的硬面锅盔，又馋带黄饹馇的粗玉米面饼子……受穷时候的不得已，现在都成了美味，叫人真是馋。可见每个人馋的东西也不一样。就像我不吃辣，一切辣的我统统不馋，可宁馨无辣不欢。她馋的很多所谓美味，比如麻辣烫，我觉得就是垃圾，白给我也不吃。

2020 年 11 月

好喜欢你的小虎牙

我一向不爱看网红。上周宁馨说："妈，你没看网上一个叫丁真的藏族男孩儿多么火啊，真是爆红。"我真不知道。第二天想起来上网一查，丁真的照片和视频铺天盖地，我一下子就爱上了这个"万人迷"，不仅因为他粗糙黝黑的脸、明媚野性的帅和腼腆纯真的笑，更因为他有两颗小虎牙呀。

我喜欢长虎牙的人。

小时候看《血疑》，一眼就喜欢上山口百惠。其实女演员那么多，论眉、论眼、论脸，山口百惠都算不上十分出众。可是她长着两颗小虎牙，一张嘴小虎牙露出来，就显得格外灵动俏皮。笑起来更好看，小虎牙把上唇微微向外撑着，让人觉得她笑得比别人更多、更彻底，更真诚、更自然，还比别人多一点害羞和腼腆。女生长小虎牙，显得更柔、更真、更单纯，让人感觉更舒服。我觉得山口百惠的成功，两颗小虎牙功不可没。

丁真像极了我小时候邻村一个老师。这老师当年二十岁左右，不高不矮，不胖不瘦，也是这样轮廓分明、黝黑有型的脸，白白糯糯的牙。他在乡里教书，每天早晚骑自行车从我们村经过。碰见熟人，他必定先笑着打招呼。他母亲也是民办老师，我们村的人都认识。我母亲经常对着我们夸奖他："潘××（他母亲的名字）真是养了个好儿呃，见人先笑，不笑不说话。"因为这个缘故，我觉得他长得真好看。后来，他弟弟成了我初中同学。2015年同学聚会，他弟弟说当年偷偷喜欢我。我说："我喜欢你二哥。"他弟弟蒙了："他比咱大那么多，你怎么会喜欢他？"我说："我从小就喜欢他，因为他爱笑，一笑就露出小虎牙。"他弟弟"扑哧"笑了，也很好看，可是没有小虎牙。

村里一个哥哥喜欢我姐姐，隔三岔五到我家耍。这哥哥是高中生，白净文雅，见人先笑，不笑不说话，一笑露出两颗小虎牙。可我姐姐不睬他，他一来她就走。这哥哥也不恼，我们扒花生，他就坐下扒花生，我们剥玉米，他就帮着剥玉米。一进腊月，我父亲开始写对联卖，他就帮着折纸、抻纸、晾对联。除了我姐姐，我们全家都喜欢他。后来他参了军，考了军校，给我姐姐来信，她连看也不看，我就偷着看，看完心里那个急啊，替他着急，气我姐姐不喜欢他；也着急我怎么还不快快长大，长大了好嫁给他。

高中时春心萌动，喜欢上了不同班的男生，因为他笑起来两颗小虎牙真好看。直到毕业，也没跟他说一句话，就是远远地看着他，看着他跑，看着他跳，看着他打闹，看着他龇着小虎牙笑。

小时候看新疆电影《热娜的婚事》，心里暗暗发誓：长大了找对象一定找会唱歌的。认识邻村老师后，又发暗誓：长大了找对象一定找长小虎牙的。可等到真正找对象的时候，这两个誓言竟全忘了，我找的老公五音不全，也没有小虎牙。

谁笑起来都好看，长小虎牙的人笑起来格外灿烂。康巴小汉子丁真，在高原蓝天下龇牙一笑，我们眼前瞬间映出了皑皑雪山，映出了莽莽草原，映出了盛开的格桑，映出了玉洁的雪莲，映出了仓央嘉措诗行里的白月光，映出了层层云彩之上梦中的天堂……尘封僵硬的心，顿时被水洗、被融化，浑身酥酥软软麻麻。

我真是喜欢你的小虎牙。

2020年12月

苦日子唱着过

看到一段视频，街头唱歌的，一个个声情并茂、手舞足蹈、酣畅淋漓，全都衣衫不整甚至蓬头垢面，还都上了年纪。网友感慨说：短短人生路，开心每一天。

这样的人到处都是，我们村就有。

其中一个老头儿，兄弟行三，外号"三老虎"。乍听外号吓人一跳，其实这爷爷脾气极好，整天乐呵呵的，走路、说话慢悠悠的，嗓门却响亮，爱唱，走着坐着都唱，手里干着活儿，不耽误嘴里唱。他唱的大都是自己现编的，见了人编人，见了物编物。比如他用锄头撅着架筐从坡里回来，路上碰见小孩儿，他就唱："这一群娃娃真是喜欢人——"一副京剧武生的唱腔。我们当面叫他三爷爷，他笑嘻嘻地答应："唉——"拖着长音，也是京剧的腔。有调皮鬼跟在他腔后头，叫他外号："三老虎！三老虎！"他也唱："这群小鬼叫人恼——啊呀呀呀，气死我了——"也是京剧的腔，伴着吹胡子瞪眼，做出气极了的样儿。三老虎养了七儿俩女，又认了一个干儿子，自称"七狼八虎"。他自比杨令公："俺领七狼八虎上沙场——喳喳喳喳——喳！呀呀呀呀——呀！"把俩闺女叫作"美娇娥"，也编成戏唱。

有时候三老虎唱着经过我家门前，我母亲逗他："三叔，怎么恣得你？一天到晚唱讴讴儿的，什么惆怅也没有。"三老虎叹一口气："唉！人要依着愁，还不得愁杀（方言，愁死）？愁是一天，唱也是一天，还是唱着日子好过呃，唱起来就忘了愁了。"最后这一句，他也是唱着说的。换了一般人，七个儿子娶媳妇、盖房子，还不得愁杀？偏偏人家三老虎就没愁模样，天天唱。

三老虎不光爱唱，也能说、能吹。比如他大闺女跟村里一个男的跑了，两家打仗。三老虎早就吆吆喝喝，说他老太婆会二指禅，会点穴，照着人的穴位一指，那人就定住了，动弹不了了。结果全村人都去围观，想看看三老虎奶奶的盖世武功怎么样。等了一下午，男方就是不出来应战，仗没打起来。人们失望而散，纷纷抱怨，说三老虎就是瞎吹，他家里的哪会二指禅呀？也有人说不一定，武功越厉害的人越不显山露水。好多年我一直纳闷，老实巴交的三老虎奶奶到底会不会二指禅？长大后才明白，老太太很可能不会什么武功，这纯是三老虎特意给全村人制造的笑料。

还有两个叔好唱，一个叫崔玉金，一个叫崔玉海，叔伯兄弟俩。

玉金叔原先是生产队的饲养员，嗓口好，声大，亮堂，人又风风火火。他不会整段整段地唱，也不特别擅长茂腔或吕剧，他是想到什么唱什么，想起来哪句唱哪句，上一句还是"马大宝喝醉了酒"，下一句就成了"到俺岳父家里借年去"；唱几句《墙头记》，再接上几句《罗衫记》，甚至把吕剧和茂腔都唱混了。

有时候他在外头啊啊呀呀唱得起劲，我母亲在家笑破肚皮，说："你听听，崔玉金胡唱八唱的，唱了些什么！"

不论唱得怎么样，玉金叔就是爱唱，走着坐着不住嘴，唱起来眉眼生动，作模作样。喂牛他要唱，给牛接生更要唱，使牛耕地的"唻唻""啦啦"，他唱得最响亮、最夸张。不论到哪里、干什么，他都唱。村里人说："崔玉金在哪里全庄人都知道。可倒好，省得偷干了营生儿。"

玉海叔也是走着坐着唱。他是慢性子，不像玉金叔唱得那么响亮，他是哼唱，走近了才听到。我现在不记得他唱了些什么，反正总是唱得眉开眼笑。

我母亲也好唱，唱茂腔。姥姥家的人都会唱。20世纪50年代，全国大力发展民间剧团，姥姥村成立了茂腔戏班子，姥爷、二舅和我母亲都编在里头。二舅说一家人都唱戏中什么用？于是让我母亲下来拾草、剜菜。几年后，小姨又进了戏班子。我记事时，二舅和小姨还在里头，小姨挑大梁。二舅从小学戏，中年后嗓子哑了，改拉二胡和化妆。我母亲没登过台，也会唱，《罗衫记》《墙头记》《裴秀英告状》《观灯》《卷席筒》，她都能完整唱下来。

不论在家里还是在坡里，人少的时候母亲总是唱，嘴里唱着，手里不停地忙。在生产队里拣烟，总有人叫她唱。她要不唱，四个妇女上去就抓着她的胳膊和腿，齐声吆喝着撂高儿——农村人管这叫"打酱油"。她就只好唱，一出一出地唱下去。一屋妇女拣着烟，就那么一上午一下午地听我母亲唱戏。在坡里干活儿歇息，人们也捉着我母亲唱。母亲其实也爱这么唱，她说唱着干活儿不累人。

我小姨是戏痴，找的男人也唱戏。小姨不识字，一部戏小姨父从头给她念两遍，她就记住了，母亲说小姨天生是唱戏的料儿。茂腔传统剧目多是悲情戏，小姨几句就把全场人唱得眼泪包眼珠。我记事时茂腔开始衰落，记忆中小姨的舞台形象也是一个悲剧戏中的主角，头戴珠翠，身穿素衣，唱几句就甩一下水袖，唱到悲处慢慢收回水袖遮着面，抽抽噎噎地唱。要想俏，一身孝——舞台上的小姨，真是俏极了。

戏班子解散后，小姨受不了没戏唱。每年秋天地里拾掇完，她和小姨父就背着二胡捎着唱板走了，出去唱门子，练戏，会友，从鲁南唱到苏北，过年再回来，有时候过年也不回来。气得我母亲说："你小姨有戏唱就中了，家也不要了，孩子也不管了。"

小姨在家时，炕上坐满了人，他们总是撺掇小姨唱两句。她家唱戏的家伙也全乎，墙上挂了一溜二胡，柜子上铙子、钹子、锣鼓都现成。小姨不耐撺掇，人家央两遍，她就准备唱，小姨父赶紧操二胡。他们村的人都好戏，会拉、会唱的多，一炕人你抱二胡他打板子，一台像模像样的茂腔便在炕上叮叮当当演起来。

姥姥家的人爱唱戏、会唱戏，源于姥爷。姥爷少时失母，家穷又爱戏，就跟着戏班子学戏、唱戏。成了家，养了孩子，一大家子人等着吃饭，姥爷也忘不了唱戏。母亲听姥姥说，有个时期家里揭不开锅，姥爷去了河南流（今胶南或胶州某地）扛长工，给人家种地。东家老太太爱听戏，姥爷干完了活儿就让他唱戏。为让姥爷安心在她家干活儿，老太太让姥爷把家口接去。姥爷回来，把我大姨、二姨、三姨送去婆家童养，领着我姥姥和几个舅舅去了河南流，住在东家的南屋里，姥爷给东家种地，姥姥抱着舅舅们白天出去要饭，夜里回来住。

去年二舅病入膏肓，母亲、三姨、小姨去看望，姐弟四个又说起他们的父亲，说秋天我姥姥允许姥爷把地瓜刨完再出去唱戏。姥爷得令着了急，一棵地瓜刨一镢，满地跑着刨。糊弄完了，回家说刨完了，让我大舅挑回来就中了，然后抱起月琴就窜了，着急忙慌地去撵他的戏班子。大舅去挑地瓜，发现地瓜多半还在地里，根本没刨出来。我大娘今年九十一，她听老人家说，我姥爷年小时是背大筐（那时候把要饭叫作背大筐）的，抱着月琴背大筐，唱戏要饭，远近闻名。

我也爱唱，嗓门响亮，别人叫我"小喇叭""小爆仗"，母亲也嫌我"半斤人四两动静"。可我五音不全，跑调，在嗓子眼儿里觉得很对很对，一张嘴就跑沟里去了。就这样也不耽误我唱，反正牛羊不嫌我跑调，满坡庄稼、满山树木也不嫌我跑调，想唱就唱，有时山谷一回音还觉得很中听。姐姐们烦，斜着眼瞅我："你闭上嘴能哑巴了？天天胡嗷嗷！"可是我爱唱啊，唱出来心里畅快啊，谁管着了？她们就要把我的嘴缝上。我赶紧捂着嘴跑到坡里唱，坡里没人不让我唱。

我大爷的小儿子也爱唱。这几年我才知道，我们爱唱也有遗传基因：我们爷爷的父亲就爱唱，专业唱戏，唱肘鼓子戏（现在叫茂腔）。

我爷爷的父亲，我叫老爷爷。老爷爷唱旦角。老人们说他扮什么像什么，扮个大姑娘活活馋杀（方言，馋死）台下的青年，扮个厉害婆婆活活气杀台下的小媳妇儿。说有回我老爷爷在一个大镇上唱戏，扮演个厉害婆婆。唱完了戏，演员们到村民家里吃饭。这家的妇女见我老爷爷去了，饭也不做了，一边哭一边挓挲着两只沾满面粉的手往外推我老爷爷。旁人劝她："那不是唱戏嘛，你怎么当真了？"那妇女就是听不进，边哭边往外推："你这个死厉害老嫲子，俺就是不管你饭！"她把受婆婆的气全撒在我老爷爷身上了。

老爷爷俩妻。前妻生了我爷爷和二爷爷，不到三十岁就死了。又娶一妻，生了俩闺女。可他什么都不管，一心唱戏，天天不着家。去年清明我回去上坟，二堂哥指着一口坟，说："你知道这是谁的坟？"我说："咱老爷爷的。"他说："咱老爷爷是个戏迷，家里什么活儿都不干，天天在外头唱戏。小时候听老人说，麦子快熟掉头了，他也不回来割，还在安丘那一带唱戏。他娘叫人捎信，叫他回来割麦子。人家捎信的人捎到了信，他根本没当回事，又跟着戏班子往北去了。"

二堂哥六十九岁，他小时候听了不少关于我们老爷爷的故事。我大娘说过老爷爷另一个故事：春天炕上育着地瓜苗子，他就出去唱戏了。他娘脚小下不了地，苗子该栽了不栽，就在炕上拖了秧，爬到炕下去了。

唱戏的老爷爷留下不少这类故事，被村里人当成笑话讲了几辈子。其中一个笑话我从小就知道，当时以为那是别人的故事。

老爷爷爱唱戏，成了痴。村里人说他去泉里挑水，一步三摇地唱戏。茂腔的传统剧目都是苦情戏，老爷爷唱的又是旦角，唱到悲情处，他勾担一撂，"扑通"跪到地上。那时挑水用泥罐。两只泥罐一下子蹾到地上，哗啦稀碎，他就那么跪在泥水里唱，唱得眼泪扑簌，边上看的人止不住地笑，笑得眼泪扑簌。也有人说不是挑水，是挑着尿罐去菜园浇尿。不管是挑水还是挑尿，老爷爷都入戏太深。大娘说："别说两只泥罐，就是两个活孩子，唱到紧要处，他也'哗啦'就撂了。你老爷爷是戏比天大。"

知道这个笑话说的就是老爷爷，我笑着笑着就哭了，感慨，感动，又伤感。吃了上顿没下顿的一家之主，脑子里想的不是老婆孩子，不是吃饱穿暖，而是戏，怎么唱戏，怎么唱好戏，戏是他的精神食粮，比天大，比地沉——多么纯粹的人啊！

老爷爷三十几岁去世，妻子带着俩闺女改嫁，我爷爷和二爷爷去给人扎觅汉（方言，给东家当长期雇工）。他们弟兄俩一辈子记恨父亲，认为父亲"不正干"，并以此为戒，甩开膀子出大力，一心一意劳作致富。我父亲那辈人说起他们爷爷，还是鼻子一吭，说他"不正干"，一再教育后人要正干。这两年我才认识到，其实他们都不理解我老爷爷，他们和他的思想压根就是两条平行线。

还是我大娘说得对。大娘说："你老爷爷下错了生，没遇上好时候。他要赶到这个社会，保准是个人物，吃香的、喝辣的。"

我不知道老爷爷怎么想的，但我知道，只要唱起来，他就忘了日子有多难了。

怎么就不行呢？

人生实苦。但总得找点甜，靠那点甜的滋润和回味，才能熬过那些难忍、难挨的苦和累。

2020 年 12 月

欲　望

邻居问我家里多少度？我说十九度。随手拍了个小视频，让她看看我穿着花棉袄、花棉裤。她回了俩字：硬核！

真是没办法。暖气不给力，我不穿棉袄、棉裤，岂不像寒号鸟活活冻死？

棉袄、棉裤是前些年母亲给我缝的，从老家集上买的针织套子，絮上层棉花，又暖和又软和，从供暖前穿到停暖后，在我所有衣服中最丑、最实用、穿得最长久。母亲还嫌我不穿它上班，说："十层单不如一层棉呃。别看这个毛那个绒，什么也赶不上一层棉花。"

央同事在网上替我买衣服。她嗷嗷吵我："你这个败家娘们儿，买买买！花多少钱呃？穿了了？"

是啊，入秋后一直在买：秋后夏季衣服降价，买！入冬后秋季衣服便宜，买！双十一大促，买！我真是买了不少衣服。拿回来，试试，就放进柜子里，一时半会儿穿不着。

天冷后，出门一件羽绒服，从头裹到脚，回家就捂上棉裤、棉袄。买买买纯粹成了一种欲望，一种拥有的欲望。

欲望总是大于实际需要。穿衣是，吃饭也是。

比如今早，一把萝卜缨子馇了两碗小豆腐，每人一个煎饼一碗糊糊，就撑得肚皮发胀。老公抹着嘴巴子，一边起一边说："还用吃什么好饭？草木拽甩（方言，形容不上档次）的就撑毁了。你说那些贪官儿贪那么多有什么用呢？"

可不是么。

婆婆八十七，一天三顿饭，顿顿都发愁，不知道吃什么。儿女这样那样买了去，婆婆眼角一撇："看那样儿就不好吃。"递到她嘴边，好说歹说让她尝尝。她像被人逼着吃毒药，用舌头尖尝了尝，撇撇嘴，皱着眉："不好吃！"她儿子做饭愁得慌，说："娘呃，你到底想吃什么？"婆婆叹一声："唉！说起来真是该死了，就没想起来什么好吃！"

母亲七十七，吃饭也是越来越挑剔，饭量按口计，爱吃的吃几口，不爱吃的一口不吃，爱吃的也一口不多吃，饱了立即撂筷子。以前父亲也这样，明明只剩一筷子，却说饱了，不吃了。母亲叫他吃完，别占着盘子。父亲坚决不吃："吃饱了就是吃饱了！"母亲气得没好脸、没好气："多吃一口能撑杀（方言，撑死）你？"才几年，母亲也这样了。我说以前你不是嫌别人一口也不多吃吗？母亲说："年纪不饶人呃，多吃一口就撑得慌，不好受。"

这我信，因为有同感了。

活到五十，就是多半辈子了，有好多感慨了。比如饭量，就眼大肚子小了。以前的量，吃不上了，硬塞进去，胃就有意见。吃得少，却开始长膘了，前鼓后凸、怀揣腰揹的不是钱，都是肉。也不敢吃好的了，怕三高。炒菜不放肉不好吃，放了肉不敢吃，挑出来喂狗。偶尔吃顿油水，胃不舒服，还拉肚子。渐渐就理解了父母，老了就是老了，看着饭吃不动了。

穿也是。衣裳买了一件又一件，淘汰了一批又一批，都不旧不破，就是不爱穿了。小区里的旧衣柜，几天就塞满了。

我大娘活着时，衣裳里里外外套好几层，每次去看她，她就忙不迭地抻着褂子角，一件一件地揭着叫我看："这是大孙女买的，这是二孙女买的，这是孙媳妇买的……"大娘很知足，从不埋没子孙的功劳，见人就谝拉，一边谝拉一边还做出抱怨的样子："我都说别买了，穿不破件衣裳了，快九十了，还能活到多咱？那些年小的不听，非给买。"为了证明衣裳好，大娘两手拽住褂子角，一松一紧地抻着，说："四嫚儿你看看，你看看，这布多么壮呃！纹路儿多么密呃！过去的地主婆子捞着穿了？也就是皇帝娘娘能穿起这么明晃晃的好料子！"谝拉完，大娘瞬间换了神情，有些无奈和伤感："唉！料子这么壮，多咱能穿碎件衣裳呃……唉！人老了，要这么些衣裳干什么？"

三姨和大娘一样，见面先谝拉孙辈给她买的衣裳。九十多了还跟兴，自己赶集买衣裳。小儿子吵她，说那么大年纪了买那么多衣裳咋？穿了了？放哪里？三姨聋，当面不吱声，过后跟我母亲说："又没花他的钱，他管着我买了？"可是她也承认穿不了那么多衣裳了："就是再活一个九十多，这衣裳也够穿了。"又无限感慨："挨饿受冻那会儿，做梦都想好吃的、好穿的。这会儿什么都不缺了，你能吃多少、穿多少呃？唉！"

住也是。不管城里还是农村，这几十年住房条件一高再高。城里人不停地换楼，越换越大，越换越好。农村人也是不停地翻盖，把卫生间盖进屋里，把天井封上，蚊子苍蝇急死也钻不进去。有儿子的必须上城里买楼。大多数人的家底都押在楼上了。其实不是没房子住，也不是房子不够住，而是比着人家的住。

世间事往往回还往复。有人又怀念小房子的好：没有大家大口，住小房子人气压得住，打扫打扫还省力。我就认识几个姐姐，老两口卖了大房子搬进八九十平方米的小房子，住得满脸喜气。

我的想法也变了。不论房子多大，天天出来进去的也就三五步，有的房间一年不进去。于是很感慨，大城市几十万几百万买来的面积，其实好多都成了放白菜、萝卜、旧纸箱子的储藏室。

行也是。工作二十多年，从自行车换成摩托车，又换成轿车。好多人的轿车换了几次，从两厢到三厢到越野。车子已不仅仅是代步工具，还要舒适，让人心理满足，也在一定程度上代表个人财富。但是这些年风向好像掉回来了，越有钱的越低调，骑自行车，迈大步。老百姓自嘲说："咱蹲着没动，就赶了时髦。"

今冬我迷上了看非洲的相关视频。非洲农村连我们小时候都不如，一个个赤脚光腚，一天两顿玉米糊。可他们面带笑意，露着雪白的牙齿。那笑容纯真，眼里明净，我们已失去了好久。

古人说：清风朗月不用一钱买。幸福多数与物质无关。欲望过多，反而消耗了幸福。

2021年1月

我喜欢两种男人

朋友圈里，我喜欢两种男人：一是谝拉孩子的，二是谝拉做饭的。

经常谝拉孩子的，说明他把主要精力放在孩子身上。只有他关注孩子、关心孩子、陪伴孩子，才能注意到、收集到孩子的一颦一笑、一哭一闹，为此欣喜，为此骄傲，他才会忍不住谝拉。这样的父亲，必定是温暖的父亲、称职的父亲。

谝拉做饭的，我觉得不单纯是他爱做饭，更说明他爱家、爱家人。他愿意锅碗瓢盆、油盐酱醋、烟熏火燎地折腾一阵子，做一顿像模像样的饭给家人吃。做饭是让人吃的，全家人吃得盆光碗净，做饭的最高兴。小时候大人们瞧不起某个男人，说，××跟个娘们儿似的天天围着锅台转，真是没出息！婚后我才知道，嫁给这些没出息的男人该是多么有福气！大老爷们儿愿意围着锅台转，那汤汤水水里饱含着这个男人最真挚、最温暖的情感——对老婆的疼和对家人的爱。

这两种男人，难以得兼，得其一便够幸运。

我朋友圈里就有二者兼具的男人。他是收电费的，负责老城区正阳路那一片的电费收缴、电力故障报修。某年我在外，无法给母亲缴电费，供电所就给我这个小伙子的电话，加了微信，我转给他钱，他帮我缴了。

朋友圈不是虚拟世界，它是个窗口，人们通过这个窗口展现自我、观察他人。

这个小伙子每天在朋友圈打卡骑行：早上骑到丝山顶上等日出，拍下刻着"赢"的那块巨石。他真是让人佩服，一年三百六十五天风雨无阻，天天那么骑，冬天发朋友圈的时候天还没亮，用闪光灯才能照出那块巨石。

这小伙子还时常谝拉孩子。女儿大约六七岁，刚开始换牙，儿子大约一两岁，还穿着纸尿裤。他谝拉孩子有照片、有视频，有哄孩子耍的，有陪孩子学习的，有教孩子骑自行车的，有记录孩子长牙掉牙的，有和儿子晒同款发型的，有和闺女一起做鬼脸的……孩子成长日常该有的细节，他朋友圈都有。多数父亲没耐心、没创意给孩子做的，他也做了。比如，去年正月新冠疫情刚开始时，有天晚上这小伙子发朋友圈，几张照片，说是给女儿做的吉他。我一看，这不是鞋盒子嘛，用鞋盒子做的吉他，又描又画、又粘又糊的，还挺带劲儿。第二天晚上又发了视频，爷俩在客厅里唱摇滚，弹着鞋盒子吉他，灯光绚烂、音响震撼，摇头晃脑、卖力嘶吼，摇滚范儿十足。

这小伙子还爱做饭，每到周末必给闺女做道美食。比如前一周是菠萝炒饭，从配料到炒饭到装菠萝，到闺女吃一口，然后龇牙咧嘴一笑，朝爸爸跷起大拇指。上周是剁椒鱼头。从收拾鱼头到蒸鱼头到剁椒，再到调料烹油、热油浇到鱼头上，最后闺女吃到嘴里。这周是烤羊排。他做饭的视频都很完整，剪辑流畅，背景相宜，配乐搬了《舌尖上的中国》，赏心悦目又养胃。

最有意思的是每逢家里有宴席，小伙子都要操刀提前演练一遍。比如某天说："后天是闺女的生日，今天先演练一遍。"视频是做饭的过程，洗、切、炒、蒸、煮、炖，做了一大桌子，有凉有热，有菜有汤，有鱼有肉，全家老少欢欢喜喜地围桌吃了。

每次看他的视频，我又馋又乐。小伙子，你到底有多爱做饭，每次聚餐都像国宴似的，还得提前演练演练？

我把这个小伙子哄孩子、做吃喝的视频转给好友看。她们都眼馋：多么热爱生活的男人啊。

是啊，翻翻他的朋友圈，他就是通过这样具体生动、活色生香的方式，扎扎实实地爱着父母，爱着老婆、孩子。他媳妇很少出镜，可是我能想象出那是个多么幸福的小媳妇。有夫若此，妻有多足！

国人向来教育男孩子要有出息。自古以来，男人热衷老婆孩子热炕头、围着锅台转，都被看作没出息。于是我们的男人，大多很有"出息"，天天在外赶场子，一片树叶就挂住了，回家也是甩手掌柜，油瓶子倒了不扶，孩子不看，厨房不进，吃饭、穿衣都得人伺候着。老婆要是抱怨，男人还没还口，爹娘先替他挡着："男人家是办大事的，哪能跟个娘们儿一样叨叨这些小事儿呢？"可是平常之家，一辈子到底有多少大事呀？什么事才是大事呀？

前不久看过一个大龄剩女找对象的纪录片，至今义愤填膺。一个姓邱的女生，三十四岁，名牌大学法律硕士，在某著名港资企业当律师，属于在北京混得比较好的那一类，可是至今未婚。其实这许多年来她只有俩条件：相当学历、分担家务。学历相当不是问题，北京研究生一堆一拉的，就是后一条把她绊住了，没有男人愿意分担家务。于是"沦落"到相亲市场，结果更惨。因为相亲市场大多是来替儿子挑对象的老太太。一听邱女士的条件，老太太们翻着白眼，理都不理。邱女士问一个老太太她儿子是什么条件。老太太斜溜着眼，摇拉着头，摆拉着手，不说自己儿子啥条件，只嘟嘟："律师不行，不行！以后要是有什么事儿，我们弄不过你。"邱女士落寞离去。一群老婆子望着她的背影嗤之以鼻，其中一个鼻子一吭，嘴一撇："让男人干家务？男人干家务还娶老婆干什么！"邱女士离开十几步，她肯定听见了，但她没回头，也没吱声，低着头走了，仿佛她理亏心虚了。

可把我气坏了！恨不得一把薅下来那个老婆子，指着她的鼻子问问她："你儿子有王位还是开金矿？他凭什么不干家务？你还要不要这张老脸了？"

人到中年，对婚姻都有了多年经历和感慨，曾经的激情万丈大多零碎成一地鸡毛。我已经听到好几个女人说，如果下辈子还托生女的，绝对不结婚了。还有女同学说得斩钉截铁："我自己就当个男人使，还要男人干什么！"这几年健身，认识了好几个离婚的大姐。以前我也以为离婚的中年女人不好找对象，或者找不到对象，接触久了才明白，人家根本就是不屑找！自己挣钱够花，有房有车，业余健身、旅游、聚会，在家种花、画画、看电影，活得充实又快乐，干嘛找个男人添堵呀？

好像是牢骚，不幸是现实。婚姻中女人付出的成本巨大，身体精力透支严重，失望却一波接一波，缓缓汇流成河。所以收电费那个小伙子真是让人喜欢，他没失去自我，也没漏了老婆、孩子，生活生动有温度，让人看着就舒服。

好在像这个小伙子的年轻人越来越多。一个大姐说："你没发现越是'80后''90后'这些小青年越会疼老婆爱孩子？咱都下生下早了，找了些大爷！"感慨一顿，叹几声，又高兴地说："真是喜欢现在这些小青年呢，都顾家，会生活。"

2021年3月

想家到底想什么

莒县徐大哥父亲的发小早年闯关东，去了齐齐哈尔。以前关东客回来探家，一般都在冬闲或过年。可父亲这位发小有年很反常，大夏天跑回来了。家里人以为他在东北有什么事，也没敢问。后来这人找徐大哥父亲喝酒，说在东北没什么事，也不是专门回来看爹娘，而是那段时间他睡不好，睡着就做梦，梦见他家门口的碓臼子。他专门回来看那个碓臼子。

说完，他很自责："爹娘都七十了，你说怎么不想爹娘就想那个碓臼子呢？一块石头有什么想头儿？"

徐大哥当时年龄小，也觉得不解：几千里路，不想爹娘，一块石头有什么好想的？如今徐大哥六十了，他完全理解父亲发小当年为什么想家门口那个碓臼子了，正如他经常想念他家门口那棵老槐树。小时候，白天他们在槐树底下耍，夜里大人领着在槐树底下乘凉。老槐树早就没有了，可徐大哥经常梦见它，经常不由自主走到那里。

2012年清明，八十二岁的十二爷爷从东北回来给爹娘竖碑，我带父亲去看他，他却不在家。等到天晌，十二爷爷回来了，说到下庄（老村）耍了，又感叹："没日子回来喽，回来一趟就到处看看，做梦都想这些地方呢。"

2018年年底，我带母亲和三姨去看二舅。此时三姨九十三岁，八年没回娘家了。外头冷，三姨却在炕上坐不住，下来屋前屋后转，自言自语地说："好好看看吧，快捞不着看了，死了也想这个地方呃。"其实二舅家四周早就变样了，连我小时候的样子都没了，哪里还有三姨小时候的样子？可是三姨依然看得感慨万端。

这些年我理解这种感情了，因为我也这样。大连我的发小也这样，经常梦见我们村，跟我说："我又梦见咱庄了，真想咱庄啊。"我也有同感。真的，想老家很多时候不是想人，而是想那些不会动、不会说的老物件和老地方。如徐大哥父亲的发小，我也想念一架碓，黄泥崖那架碓。

碓是以前农村重要的生活用具，趾粮食，给谷子等小杂粮去皮，或继续趾成面。我家屋后隔了两趟屋，是一面黄泥崖，崖前住了一户人家，姓崔。墙西安了一架碓，是我们那一片最好使的碓，天天不得闲，碓身子滑溜溜的，碓臼子也滑溜溜的，用起来很带劲。崔家的老太太好脾气。女人们用碓，不是忘了拿笤帚，就是忘了拿面瓢，反正总也捎不全，也不回家拿，就去老太太家借，中间还要去喝水、去解手。老太太从不嫌烦，还总是出来或隔着墙头喊人家去歇歇、去喝水。

我愿意去老太太家，干干净净，院里没有鸡屎、没有碎草，屋里无灰无尘，也不乱七八糟。老头儿和他们儿子都是大高个儿，总穿干干净净的白衬衣。老太太爱穿浅灰色或月白色的大襟褂子，也干干净净的。她家院子里夹了块菜园，边上栽了一簇大月季，开粉色的花和黄色的花，一朵有小孩儿脸那么大。那时候月季少，那么大的月季花小孩儿都馋。我跟母亲去用碓，临走，都要进去跟老太太说声。逢月季开花，老太太一边应着一边从屋里出来，顺手从窗台上拿过剪刀，围着月季瞅一圈，"咔嚓"剪下来一枝大的，非要给我。我母亲不好意思，拦着不让剪，剪下来也不好意思要："大婶子你剪它咋？留在枝上都看。"老太太说："不就是哄孩子嘛，孩子喜欢就中。"我喜欢月季花，老太太喜欢我"爱动弹"。

后来，老太太死了，第二年，老头儿死了，不久，他们的儿子也死了，儿媳妇带着孙子改嫁走了。这户人家就封门了。

这三十年，我数十次梦见黄泥崖老太太家，梦见那架碓，梦见咯噔咯噔地拤碓，梦见老太太又给我一枝月季花，有时醒来还挂着泪，心里戚戚的。几年前我回老家，特意去黄泥崖，他们的屋被别人买去了，养着牲畜。碓没有了，高高的黄泥崖也快淤平了。

我也想两棵树，两棵大柿子树。

这两棵柿子树实在大，大得村里人都不知道它的年纪。问八九十岁的人，他们总是朝着半空眨巴一会儿眼，然后说："不知道呃，打我记事儿就这么大，得几百年了吧。"野生柿子树不爱长，看看这两棵树，怎么也少不了几百年。

这两棵树原先在村西，一片坟地边上。新中国成立后有人家在北边盖了屋，再后来在西边盖了学校。我记事时，树旁就比较热闹了。那时候小孩儿没耍物，闲得难受，两棵树也好耍，在树底下耍，把地面和鼓出来的树根磨得放光。地上耍够了，爬到树上耍。这两棵树好爬，树干矮，离地一米就分杈，杈上又分杈，四五岁的小孩儿爬起来跟上自家炕一样顺溜。两棵树像双胞胎，隔得不远，枝杈繁多，树头巨大，在空中握手。夏天，妇女们在树下做针线，姑娘们在树下勾线花，小孩儿全上了树，胆最大的爬得最高，一人一个树杈，坐着，躺着，爱干什么干什么。树下过人，谁也看不出来树上还藏着几十个熊孩子。

春天，柿子树开了花。谢了花，花蒂就是个小柿子，小指甲盖大，绿绿的，硬硬的。花开得太多，有的小柿子坐不住，往下掉，小指头肚儿那么大就开始掉。我们早晨去拾，兜回家，用线串起来，女孩子拴在手腕上，当手链，戴在脖子上，当项链，一个个美坏了。男孩子不会串，缠着娘，叫娘给他串一大串，戴在脖子上，耷拉到肚脐，当佛珠，扮和尚，装方丈，美滋滋出了家门，堵在路上，见人就跳到人家面前，一手捻着佛珠，一手立在胸前，头一低，眼一闭，高声道："阿弥陀佛！"大人吓一跳，一边抬手做要打状一边温柔地呵斥："我揍你个小家伙！"这些小和尚、大方丈就一边挤眉弄眼一边哈哈笑着跑了。

柿子刚有了黄模样，小孩子就等不迭了，上树摘。摘下来，又麻又涩不好吃。可是小孩儿那么多，你不摘他摘，等熟了还有你的？所以今天摘俩明天摘俩，拿回家捂着。真正熟了，就没几个柿子了，都挂在树梢上，够不着。找根长竿子上树打，"啪嗒"掉下来，跌得稀烂。稀烂也不舍得，撮起来舔舔吮吮，甘甜。

我上学时，老师领着我们扒树边上的坟堆，挖土垫院子。那时两棵柿子树还好好的，大家抬几筐土，就上树蹲着歇歇。

村西河边还有一棵山楂树，据说也上百年了。一开花，一片白，老远就望见了。秋天一片红，惹得小孩儿见天地往那跑。村东沟里还有一棵毛白杨，大人都搂不过来，树上常年坐着几个大喜鹊窝。老人说这棵树不敢杀，谁要弄破它的皮谁就鼻子淌血。村里人说好多大树都不能杀，因为树大了有神气。

不知什么时候，这些树全没有了。我说："这些大树不是不敢杀吗？"母亲说："现今的人什么不敢杀？"

我常常想那两棵柿子树。想起盛夏午后我们蹲在树上，唱歌，背书，打嘴仗，像一树猴子。想着想着，就忍不住笑出来。

同学说他村里一个早年闯外的人，老了回来，蹲在自家老屋旧址上放声大哭。小孩儿都不懂：塌了的旧屋有什么好哭的？

人到中年，突然就懂了。

我们村南三里有道沟，叫喇叭匠沟。沟北崖有户人家，是喇叭匠家。据说早年这片山场是外村一个地主的，喇叭匠替他家看山。喇叭匠嗓门儿奇大。我记事时，他早就死了，又无儿女，只剩下一个老太太，我母亲叫她嬷嬷（方言称呼，奶奶）。喇叭匠沟西有我家的地。我母亲下地干活儿从来不捎水，渴了，离村远就找山泉，离村近就找人家喝。到喇叭匠沟西干活儿，母亲爱到喇叭匠家喝水。其实她不害渴也爱到喇叭匠家耍。我母亲爱耍。

不及到她家，母亲老远就吆喝："嫲嫲快打狗！来哈（方言，喝）水！"接着就听见老太太呵斥狗。喇叭匠家有院子，院墙不及我高，石头干垒的，爬满柴扁豆，开一串串紫花，没有院门。水缸在院里，缸上一根棍，放着水瓢。我母亲进门就舀一瓢水，站在缸前，"咕咚咕咚"灌下去。老太太总是拦不及，嗔道："你看看你这孩子，喝急了中病呃！"喝完水，母亲就坐下耍，帮老太太做会儿针线。老太太常年做针线，给人缝送老衣裳。母亲有时候也帮老太太挑水。山泉在南边沟底，老太太脚小，挑不了，去喝水的人喝完了水，一般都会替她挑满缸。村里有姓孙的兄弟俩，好打猎。喇叭匠沟兔子多，孙家兄弟来回去转悠，顺便给老太太挑水。那时我父亲干代销，老太太使的针头线脑，吃的油盐酱醋，都托孙家兄弟捎去。老太太攒的鸡蛋，也托孙家兄弟捎来。

这个老太太总是笑嘻嘻的，轻声细语，对人很亲切。比如说我母亲，从来都说"你这孩子"。我每次去，她总得找点东西给我。要么进屋摸索一阵，摸索出来点稀罕物，比如松子什么的，要么从锅里捏个软乎乎的煮地瓜。从小没奶奶，我真是喜欢这个老太太。

高中有次放假，正烧火做晚饭，母亲说喇叭匠家死了，她娘家侄子拉回去埋了。我眼泪一下子涌出来，不自觉就走到了她家。老太太确实没了，老黄狗也没了，屋门锁了，水缸也没有了，屋西边还有几捆没烧完的柴火，整整齐齐地垛着。屋东是片坟场，坟多树密。平时去她家，我老远就喊老嬷嬷，她答应着我才不害怕。时值深冬日暮，余晖映在树梢上，一片温暖的昏黄色。我一点怕都没有，站在她家院子里，嘴唇哆嗦，眼泪无声地落下。

2003年冬天，回去奔二奶奶的丧，间隙领着老公又去了喇叭匠家。屋塌了，连石头都没有了，只剩下一些不成材的东倒西歪，显示着这里曾有人住过。喇叭匠沟密不透风的树也没有了，一览无余，满眼凄凉。这是我小时候放牛放羊、拾草剜菜的主要场所，也是我心里的天堂啊。

站在喇叭匠家曾经的院子里，泪水涌上来，浑身发软，软软地倒下去，倒在枯黄的草坡上，身心一下子放空了，轻飘飘的。老公把我拖起来，拍打着我大衣上的碎草，说："你看看你，把大衣弄脏了。"他只注意到我的大衣，没看到我的心。这是我的家乡，这里有我对家乡温暖的记忆和绵长的想念啊。

父亲去世后，我回老家勤了，上坟的日子，过年过节，不能不回去。每年正月初三上完坟，我都一个人到老屋转转。老屋已门窗尽失、墙残壁断，塌不迭了。站在老屋里，它的前生今世，我童年、少年的记忆，一下子涌上来，眼泪忍不住就淌下来了。这个塌不迭的老屋，承载了太多东西，说不清，道不明，却牵扯我一辈子。我已不会号啕大哭，只是无声地抽泣，抽泣到不能自已。

2019年夏天，借着一场暴雨，我家的老屋彻底塌了。囫囵砖瓦、像样的檩条，二堂哥都拣巴拣巴，拉到大堂哥的空屋里垛起来了。这两年回去，二堂哥有时问我："下去看看屋框子？"我说不看了，看了难受。

我想老家，多数时候都很具象，比如村里村外那一墙一墙的迎春花；比如西沟那条河多蟹子，隔几天我们就去挨个石头翻一遍；比如西南沟那棵酸酸甜甜的棠梨；比如村前那条河里有凸起来的大石头，夏天中午我愿意去洗衣裳，洗完晒在石头上，最后把自己洗干净也晒在石头上；比如村东南的大山，夏天雨后我们去捡蘑菇，秋天去摘野果子……

我来日照二十多年了，当然喜欢日照。可是我觉得异乡就是异乡，待多久都不会成为故乡。要不那些华侨不会过了半辈子还要死要活地要回来；要不那些十几岁二十几岁就闯关东的人不会越上了年纪就越一趟趟往关内跑。我相信那个蹲在自家老屋框子上放声大哭的老人，世间没有第二个屋框子会让他那么哭了；那个从黑龙江回莒县看碓臼子的中年人，还有哪个碓臼子能让他撇下满地庄稼、坐几天几夜火车去看看？没有了，绝对没有了。

石门水库是1958年打的。对于那之后出生长大的石门人来说，石门水库是他们共同的心理坐标，是家乡的标记。石门水库大坝上，几乎每天都有人去拍照。那是回石门的石门人在留念。我的同学回石门，十之八九得去水库看看。外人也许不明白：不就是一湾水嘛，有什么看头？可是我们石门人就觉得有看头，怎么也看不够。特别是离开石门的石门人，想它，走着坐着都想它。去年一个同学在她的朋友圈又发了她拍的石门水库，文字极简单：石门水库——我心目中永远的5A级景区！我真是感动：总结得多好啊！多年来，我们对石门水库那么丰富、那么深切的情感，她一句话就总结到位了！

　　想家多数时候就是想这些——别人觉得无关紧要、有时候自己也觉得莫名其妙的东西。其实，想家都是这样寄予物，又超越物；都很具象，又超越了具象。

2021年4月

你怎么那么忙

去年年底把车卖了。车况其实还可以，但开了十四年，老了，每次保养都叫人忽悠，说这个该换了，那个该换了。换吧，零件比车还贵，不值当；不换吧，心里有阴影，开起来不踏实。

另外，这些年开车不如以前了。前十年零违章。这几年不知怎么了，稀里糊涂就违章了。比如，青岛路和太公一路安了右拐监控，一个月我违章三次。以前只要不妨碍直行就可以右拐，现在不行，必须绿灯才能拐；很多时候脑子不在线，明明是红灯，明明也看见了，大模大样就闯了；这几年路也不好走，车多，红灯也多；最烦人的是停车难，有时候转三圈都找不到车位，心里那个烦啊，恨不得一脚把车踹飞了。

卖了车，老公说再买个吧，还方便。我说不买了不买了，家里没孩子等着吃饭，也不急着出门做买卖，有啥不方便？

我有两辆自行车，一辆小折叠，一辆公路车，又买了辆电动车。不凉不热骑自行车，凉了热了骑电动车，路远坐公交，就这么办。

乍一骑车子，感觉真是好。以前开车得集中精力看前方，路两边人啊物啊什么的一概顾不上。比如我老公，眼神不大好，还斜视，一上路，瞬间变成赛车手，踩着油门死命蹿。我说你慢点，开这么快干什么？他就松松油门。旋即又忘了，尤其旁边有人抢道超车时，他脑门子立马蹿火，骂骂咧咧踩着油门轰轰地追，两眼发直，两手紧紧抓着方向盘，好像要蹿出来。每次我说慢点慢点，看看路边风景嘛。他就不服，说走路就是走路，看什么风景？我说你急着去抢钱？风景这么好，你一溜烟儿窜了，有什么意思？骑车子慢，晃晃悠悠什么景物都耽误不了。这些年市政绿化真是好，走一路看一路，心情格外好。

坐公交也好。方向盘人家握着，不随着你的性子变道、超车、抢红灯；也不担心剐蹭，不担心违章；爱耍手机耍手机，爱观景观景，还能随意观察车上的人。我发现四十岁以上的乘客跟司机都像熟人，一上车就热热络络打招呼。也不耍手机，碰到熟人就拉呱儿，没有熟人就东看看西瞅瞅，乏了就闭着眼打盹，还像几十年前那么悠闲。

除了车，还有手机，说不清它是个宝贝还是个祸害。

买手机不久，一件事牵涉到五莲和日照涛雒，老公抓起电话坐被窝里一顿打，几分钟办妥了。于是感慨：有手机真好啊。这要是没手机，得先窜到五莲，再窜回涛雒，一天累活儿。

但是这些年我的想法又变了，觉得手机其实也没那么好，至少没那么必不可少，有时候还是祸害。

公交车上的乘客，大部分上车低着头看手机，下车还是低着头看手机。自始至终，眼就离不开手机。不论什么场合，年轻人都低着头看手机。哪怕聚餐，也是一手拿手机一手握筷子。周末去海边转转，游客真不少。可无论一堆还是一对，都是各自看手机，彼此不言语。我真想问问：你们是来旅游呢，还是换个地方看手机？不拿手机，就像丢了魂儿，坐立不安。年龄大些的，也是隔几分钟就刷手机，好像不刷手机就会错过一个亿。

我母亲不解："手机里到底有什么好东西呃，一个个天天趴上头？"

是啊，我也弄不明白手机里有什么，能叫人忙得抬不起来头？

回头看，手机普及二十多年，最大的好处就是通信便利。可是现在，除了老年机，手机通话功能已经不是主要的了。手机功能越来越多，越来越先进，人和人的联系反而越疏越淡了。人们趴在手机上，玩游戏，看视频，看新闻，刷朋友圈，跟无谓的人瞎聊……用我老家人的话说就是："天天趴手机上，哪有点正事儿呃！"

迷恋手机耗费了时间，祸害了眼睛，妨碍了人际交流。比如我老公，每天加班到很晚，回到家，上了床，还是抱着手机，刷抖音。可是跟人没话。一句话，我说一遍，他听不见，说三遍，他不理，说五遍，就火了，耽误他看手机了。我说："你手机上瘾了，得戒，戒骄戒躁，戒手机！"他眼一斜："不看手机看什么？"我说："没有手机的时候你怎么活的？"

想起小学五年级，那时农村刚兴电视，电视剧也好看，《霍元甲》《陈真》《精武门》，一批港台武打片，小学生都上瘾。

有个同学成绩下滑，还不做作业，老师就去家访，得知他天天晚上都去邻居家看电视。老师批评他娘："你怎么叫孩子天天看电视？"同学他娘说："你不叫他看，憋出病来怎么办？"老师一下子气笑了："往上数八辈子，谁看电视了？都憋出什么病来了？"

电视产生之前几千年，我们都活得好好的，也没感觉少什么。即使看电视，我觉得也比看手机好。至少看电视是群体项目，边看边讨论，某种程度上促进了人际交流。我就怀念看电视的岁月。我躺着看，老公坐着看，我把腿伸过去，他一边给我按摩一边看电视，两不耽误。看手机就不行，眼看着，手翻着，他忙不过来。

还有人电话多，天天忙在电话上。比如早上一上班，抱着电话一顿打，也没啥事，就是孩子写作业磨蹭了，老公昨晚喝多了，婆婆又住院了，等等，都是鸡毛蒜皮。先打给A，再打给B，最后打给C，一打打了俩小时，起来倒水，还自己报辛苦："忙了一上午，连口水也没捞着喝。"

另一种人也是电话忙。某次请一个亲戚吃饭，她有两部手机，一会儿这部响，一会儿那部响，一顿饭被她五六个电话搅得稀碎。其实她就是个家庭妇女，但看那忙法儿，倒像做着几个亿的大买卖。

还有人忙着赶场子，确切地说，是忙着赶酒场、赶耍场。有钱有权的，对人有用，老是有人请，确实忙。没钱没权的也忙，自己找场子。还说我老公，土生土长，熟人多，高中复读两年，同学多，酒场、耍场就格外多。年轻时还好，这些年我觉得烦：就那些人，隔三岔五凑起来吹一顿，有意思吗？我真佩服他几十年如一日地好场子。

春天在正阳路等公交。路上车少，人也不多，风细柳斜斜，云白日晖晖，随处可见的春日盛景。一对骑电动车的，像父子，父亲带着儿子，父亲四十开外，儿子二十左右，两人有说有笑。走着走着，儿子张开双臂仰起头，轻拂下垂的柳条，唱起歌。父亲笑着回头看一眼，也伸开一只手臂配合儿子。爷俩伸着手触着柳，唱着歌缓缓地走，就像电影特写镜头，看得我眼热心暖。

又想起来几个熟人。一个是记者。当年报社统一上电脑，所有记者都要用电脑写稿传稿。他不，拒绝电脑，坚持手写。旁人笑话他："你字好也得使电脑呀，不使电脑谁还给你看手稿呀。"这人写字确实好。胳膊拗不过大腿，别扭了好长时间，他最终也用了电脑。但他显然不喜欢快节奏。几年前我等绿灯，看见他骑着自行车也在等绿灯。人到中年的老记者，依然安闲淡然的一张脸，让人很羡慕。

另一个是我高中老师。教完我们，他考到了北京，现在是个不小的干部。可他不像官：回老家都偷偷摸摸，自己飞到青岛，侄子去接，回程姐夫去送；穿着打扮朴素得要命，跟个乡镇民办老师似的。有时候我们开他玩笑："您就教了我们一级学生，得想办法拉拔拉拔（方言，提携，提拔）我们啊。"老师不会开玩笑，总是板板正正的，叫我们要保持一颗淡然超脱的心。他自己就超脱，级别虽高，但一直选择教学研究。他没有微信，前年问我要老照片，叫我发到他邮箱。我说："老师你真土，都什么社会了，谁还写信？谁还用邮箱？"老师笑了，说："不管什么社会，人都得有自己的节奏，静下心来，不要弄得太忙太累。"

有句外国诗：心有猛虎，细嗅蔷薇。诗意我说不好，但字意浅显：即使心揣老虎的抱负，也应该停下来细细嗅闻蔷薇花的香气。

其实所有的忙，都应该是为了生活得更美好。不是说你身子忙了，生活就充实了，生活质量就提高了，也不是说你自己想干什么就干什么就叫美好生活。美好生活一定是身心合二为一，以及与亲人、环境的完美融合。美好生活其实就贯穿在日常中，不是说等我忙到五六十了，就什么不干了，专门享受生活才美好。无谓地忙、无事找忙，更辜负了美好生活。

2021 年 8 月

闲话地瓜

下午又去买了十斤地瓜。这是今年买的第四批地瓜。

好地瓜瓤儿黄灿灿的，煮熟了软和和的，甘甜甘甜的，没有丝，还"滋啦滋啦"地冒油。前三批地瓜都不好。不过都没扔，全给牟二黑吃了。

牟二黑是我家的拉布拉多。它像饿死鬼投胎，瞪着俩狗眼光知道吃，孬好不讲究，只要多。其实这两年我养它养够了，除了吃，讨人欢心的本事一点都学不会。坚持养着，是因为感激它。吃着狗粮，它插空儿把我家的剩菜剩饭、旧米陈面、不好吃不爱吃的东西都吃了，包括白菜帮子、萝卜皮、芹菜叶子、苹果核，二黑也都"咯吱咯吱"地吃了。庄户人常说"吃了不疼撒了疼"。我是农民出身，一辈子都是农民心理，糟蹋一点粮食就良心惴惴，怕打雷，怕被老天爷劈了。因为有二黑，我家可吃之物一点没浪费。二黑的粪便，我又沤了肥，培了花，种了树。这样多数时候我都很心安、很踏实，在这世上，我没祸害粮食，也没大制造垃圾。所以二黑不再是单纯的一条黑狗了，它就是一只披着狗皮的黑救星，让我活得坦然又舒展。

扯回来说地瓜。我刚记事时，地瓜当家。今天煮地瓜，明天煮地瓜干。鲜地瓜不好保存，多数得晒成地瓜干。切地瓜的时候到了深秋，早晚还得穿棉袄。"东北风，下地晶。"地瓜干还没干透，东北风就来了，彤云密布，飘起雪霜子，或先下雨后下雪，落地成冰。冻了的地瓜干，咬起来"咯吱咯吱"，还发苦，猪也不爱吃。所以一变天，大人孩子就往地里跑，抢着去拾地瓜干，那是人和猪的口粮啊。

小学屋后是二奶奶家。下了课，我们堂兄妹就夺门越窗奔了去，抢着用筷子串一摞地瓜干，眼巴巴地等着二奶奶端着酱碗给最上头一片抹上一匙子酱。地瓜干就酱呃，又甜又香！我们举着跑回学校，就像吃糖葫芦，吃给别的小孩儿看。

每年这时候，不由想起我大姐。母亲做好饭，大姐掀锅一看是地瓜，小脸"呱嗒"就变了，丧声丧气地把锅盖一摞："一锅死地瓜！"走了，不吃了。脾气好的时候，就一手擎着锅盖，一手挨个地瓜捏，挑囊的（方言，指地瓜因水分大而质感软）。捏一遍，没有满意的，气得"咣当"一声扣上锅盖，气吼吼的："又是一锅死地瓜！"囊地瓜好吃，但是水分大，不压饱。所以大人们喜欢面地瓜，淀粉多，煮熟了皮开肉绽，浑身开花，吃起来噎得人眼发直。

父亲胃不好，一吃地瓜就烧心，到老望着地瓜犯恶。看着我们津津有味地吃地瓜，父亲鼻子一吭，眼一斜，说："一辈子不吃也不馋！"母亲就斜着眼瞅他，呲他："穷娇贵！"

我大舅不娇贵，能吃能干，可是吃地瓜也烧心，全家都烧心。气得民兵连长我大舅一跺脚："上东北！跟地瓜打离婚！"

去了不到一年，回来了，水土不服。可是在家除了地瓜也没别的吃，全家人天天揉着胃，"呕呕"地吐酸水。没办法，又拖家带口上了东北。

那时候地瓜都是白瓤，黄瓤的少。现在的地瓜都是黄瓤、红瓤，也不叫地瓜了，叫这个薯那个薯。猪也不吃地瓜了。现在的猪可能不认得地瓜了，都吃饲料，叫饲料猪。我三姑养猪，每年分出一头来单独喂着，喂玉米，喂豆饼，不催肥，叫笨猪，过年杀了分给亲戚吃，说笨猪肉真是香，不骚。

世间好多事物循环往复。吃食也类似。吃地瓜的年代向往吃玉米。吃上了玉米，地瓜就淘汰给猪。可是没几年又向往吃白面。吃上白面，玉米又成了猪食。人们渴望吃食越来越精细。现在倒回来了，精米、细面都不大吃了，玉米、地瓜等粗食杂粮又登堂入室了。我家也是，人和狗倒了个个儿，精细的、有油水的都给二黑吃了，我们两口子吃得不如猪。

人们有时候调侃，说活到一定年龄真是没意思，不敢吃，不敢喝，还死挣死过地干什么？进而嘲笑那些贪污的，自己挣的都吃不了，贪那么多干什么？或许是我们还没达到那个层次，思考一切还离不开吃。但知天命的老百姓，还什么层次不层次的，日子简单些，吃得简单些，就挺好。

2021年11月

人间从来不缺善

　　婆婆迷上《闯关东》，天明看到天黑，不觉都流出来口水。但她聋，台词一概听不见，用她的话说，"就是看个出来进去"。又记不住，看了下集忘上集，所以我得陪着看，不断跟她解释谁是谁的什么人、发生了什么事。

　　陪着看也挺有意思。比如第二集，传文和鲜儿饥渴辘辘，奔到一户人家，端起一瓢水就要大口大口灌，这家老太太赶紧抓了一把东西撒到传文水瓢里。传文有点急眼，鲜儿马上解释："大娘怕你喝急了。"其实老太太抓的什么我没看清，鲜儿也没说是什么，我也不明白老太太为什么那样做，但婆婆秒懂，抢在鲜儿开口前说："是谷糠，老嬷嬷儿撒上了把谷糠，怕他喝急了呛着。"我真是好奇："你怎么知道？"婆婆说："你大大（方言，日照人对父亲的称呼）说的。早日里你大大去送货，半路上问人家要水喝，人家都是舀出一瓢水来接着撒上把谷糠，就怕害渴的人喝急了把肺呛炸了。撒上谷糠，你不得慢慢儿地吹着喝么。"原来如此。

　　婆婆又说："早日里的人心眼儿好，吃饭也是。开饭铺子的人都会看，一看你是挨饿的人，就卖给你一碗饭，不叫你吃多了，你哀告人家，人家也不卖给你。吃饭的不愿意，人家卖饭的就说，'你是个饿底子，不能一下子吃多了，会撑出毛病来'。"

公爹早年在村里编竹货，用小推车送竹货，常去沂南、沂源、蒙阴。一趟短则五六天，长则十天半月，路上要水喝、买饭吃。这些见闻，公爹肯定很感慨和感激，才会讲给婆婆。

非常感动。那个时代不是太平盛世，却依然有人给你贴心呵护，商人也不全昧心逐利，而是摸着良心做生意。

其实人间从来都不缺善良。

我爷爷和二爷爷几岁死了娘，爹再娶。没两年，爹也死了，继母改嫁，兄弟俩无以为继。村里一户人家，日子相对宽裕，老太太心眼儿尤其好，把我俩爷爷接了去，说是给她家放牛。村里人都明白，这哪是扎觅汉啊，分明就是找个借口给小兄弟俩一口饭吃。我奶奶经常对我母亲感慨："不满十岁的俩孩子连牛都拽不住，能放什么牛呢？人家就是可怜他俩，想法儿喂着，不叫饿杀（方言，饿死）。"

母亲小时候，要饭的多，有时一天打发三四帮子。姥姥家那时候粮食也不够吃，除了过年过节吃顿实在粮食，其他日子都是掺着糠菜吃。可要饭的上了门，姥姥总要打发点好的。即使都掺了糠菜，姥姥也要给点新的或不糊的，陈饭糊饭留下自家吃。我母亲专门打发要饭的，心疼，问姥姥为什么不留着好的自己吃？姥姥说："拖着要饭棍上人家的门，你当了容易？除非揭不开锅了，谁能拉下脸来？咱吃口孬的，好歹还能揭开锅。"

那年月姥姥家还捡过俩孩子。某天早上姥姥一开门，门口一个破架筐，里头放着个孩子，软得像面条，哭起来像小猫。姥姥明白这是人家养不了了。说实话，她也养不了，可好歹那是一条命啊，哪能眼睁睁地叫他饿杀？抱进来，熬糊糊，一口一口地养活了。

姥爷在河边开了块地，种菜，每天早晨去弄菜。有天早晨抱回来一个孩子，说是园头上拾的。家里实在养不起了，姥姥就动员大妗子留下。那时大妗子已有四个孩子，自家糊口已勉强，不想要。但她也明白，如果不要，那孩子就是死路一条，最后流着眼泪把孩子抱回家了。年景好转后，那俩孩子相继被爹娘领回去了，但与姥姥家一直有来往。

公爹小时候随大人要饭，从日照一路要到诸城东南部。他不止一次跟我表达对我老家人的好感："那里的人心眼儿真是好，早年间去要饭，家家管饱，临走还得拾上一篮地瓜干子。"忍饥挨饿的年代，我们老家人其实也刚够温饱，却打发了太多平原来的讨饭人。

现在的人心眼儿也不孬。

有次去老公同学家吃饭，见他家电梯口有一堆叠好的纸壳子、踩扁的塑料瓶子，还有几箱啤酒瓶子。他夫妻俩工作都体面，收入也很高，还差这点废品钱？同学说攒了给小区一个拾废品的，说那个女人的孩子得了重病，她晚上出来捡废品补贴家用。小区好多邻居知道，都悄悄地攒废品，再装作很随意的样子送给她。

还有一个朋友，从小家境优裕，自己开公司，生意一度做到很大。几年前发现他有怪癖：不论吃饭、出发、开会，都收集塑料瓶子。那时候举行会议一般每人发瓶矿泉水，散会后有喝完的，有没喝完的，都扔在会场上。他就像见到了金矿，眉开眼笑，忙不迭地拾瓶子。原来他发现每天深夜都有一个老头儿来他公司门前翻垃圾桶。老人单薄瘦弱，推着破三轮车，沿路翻一个晚上。他想资助老人，又听说老人家自尊心强，思忖再三，还是作罢，又于心不忍，最终把自己变成收废品的，专门捡塑料瓶子和废纸，攒得差不多了，晚上老人来之前，放在公司门前垃圾桶旁边，还得嘱咐保安上心看着。

二十年前我住在老城区西海路，四周全是城关十村的住户。有次我扔老公的旧衣，旁边老太太一把接过去，问我不要了？我说"嗯"。她说还能穿的别撒垃圾桶，给她，她留着给痴巴（方言，智力低下、精神失常的人）。门卫大叔说这俩老太太心眼儿好，头一天刚拿着捡来的旧棉衣去前边路上给一个痴巴穿上了。我心里油然升起一股敬意。此后就养成习惯，不要的旧衣都洗净叠整齐，用塑料袋子装好放在垃圾桶旁边。旧鞋也擦净晾好，整整齐齐放在那里。对我来说它们是废物，对流浪汉和低能者来说可能就是御寒鞋衣。

2005年我买了车，那时路上车不多，红灯少，跑得快。好多司机很横，遇到行人过马路，坚决不让，踩着油门，喇叭摁得吱吱叫，行人只好缩回去。但也有不少人，不摁喇叭，慢慢停住车子，笑吟吟地示意行人先过去。渐渐发现，同一段路，让行人和不让行人也就两三分钟的差距。但是让人的，看起来更平和、更踏实。于是我也学着让路。家里没起火，前头又没钱拾，我急三火四窜什么？尤其当被让行人给一个笑脸、抱个拳、摆摆手时，心里真舒服，就像嘬了一口甘甜的槐花蜜。

不管时代怎么变迁，善良始终都驻人们心里。这是人类存在和衍生的源泉和动力。

2021 年 11 月

懒

这些日子我很懒。

小时候常听大人形容懒，"瞪着眼发懒""长懒病""懒得气也不爱喘""懒得腔眼门子爬蛆"。小孩儿只要没病没灾，谁老实？上墙爬屋，跳天趔地（方言，小步雀跃走的样子，形容十分调皮、闹腾），没有一刻安顿。虽然嘴里学着大人把不爱动弹的人叫"懒汉"，还很鄙夷地加上修饰词，说的时候撇着嘴，翻着白眼，叫人家"死懒汉"，但小孩儿哪知道懒是什么感觉呀。

春困，秋乏，夏打盹。到中年，就慢慢明白了什么是"懒"。就像我现在，突然想到小时候大人形容懒的这些词句，就忍不住乐。乐是从心底发出来的，五脏六腑都跟着颤，眼泪也涌出来。那时候的庄户人没文化，多数连名字也不会写，但他们跟城里人、跟文化人一样敏感。他们不会斟字酌句，却会形容，会打比喻，会夸张，用土话把感觉形容、比喻、夸张出来，更到位，更直接，更立体。

刚记事时村里有俩老头儿，弟兄俩，姓范，大的叫大老范，小的叫小老范。大老范一辈子没成家，小老范有个闺女，哥俩靠闺女养着。大老范须发尽白，腰弓背驼，步子都拖拉了，但是还干，拾草，到坡里拾一捆草，趔趔趄趄背回来。小老范身子轻快，可是不干，天天蹲在街上，夏天找大树荫，冬天找南墙根儿。冬天蹲墙根儿的老头儿一大溜，蹲一会儿，有的回家拿草，有的回家喂牲畜，有的回家扫天井。小老范从头蹲到尾。村里人都说小老范懒，然后加上一句或几句那些形容懒的话。

逢日头好，老头儿们就脱下棉袄拿虱子，还互相挠痒痒，因为自己够不着挠脊梁。小老范不拿虱子，也不互相挠痒痒，跟人不大搭腔（方言，说话）。他袖着手蹲在边上，嘴里空嚼唾沫，像牛羊反刍一样，然后"呸呸"地吐在地上。他也痒，痒急了，就找墙角，用墙角"哧啦哧啦"地蹭脊梁。别人说："你不掀起袄来蹭？这样不把棉袄蹭破了？"他不理，白人家一眼。别人也不计较，随口一句："真是懒呃！"后来，他不蹭墙角了，拿个剥了粒的玉米棒子，从脖子后头伸进去哧哧地拉脊梁。小孩儿好奇，远远围观，跑回家告诉娘："娘！你猜猜小老范怎么拉痒痒？"娘忙着，不理。小孩儿也等不到娘理，自己急急呼呼抖了底，边比画边嚷："使玉豆棒子呃！小老范使玉豆棒子拉痒呃！"娘就白他一眼，呵斥道："你好好学，使劲懒，到时候也使玉豆棒子拉痒痒！"小孩儿听出不是好话，伸伸舌头，赶紧找活儿干去了。

这几年我就懒，主要是睡不好，身子乏。其实我从小就睡不好，母亲说我"醒睡"，有点声音就醒了。这成了优点，常被大人夸奖。那时候庄户地里活儿多，有的活儿还急，比如打麦子，机器一响，人就得跟上。轮到自家打麦子，大人喊一声，我一骨碌就爬起来了，爬起来就跑去干活儿。三姐不，睡得像死猪，喊也不醒，打也不醒，雷响得轰隆轰隆的也不醒。母亲对着她们夸我："哪个小孩儿不打盹呢？她是眼里有活儿，心里有活儿。"

"醒睡"不好改，离开农村我也改不了。女儿小时候，夜里她翻个身、蹬下腿，我都知道。她感冒发烧，我更是整夜整夜不敢睡，过会儿试试体温，过会儿喂口水，直到她好了。她好好的，自己玩，我睡会儿。睡是睡着，可是她玩什么、说什么话、跑到哪里了，我都清楚地知道。

我对睡眠环境也有要求。夏天中午在单位，人家趴桌子上呼呼就睡。我不，我得正儿八经地躺下睡。有个同事比我还难伺候。只要睡觉，她必须得拉上窗帘，脱了衣裳，上床，盖着被子，四平八稳地睡。那些年旅游多，学习多，上了长途车，鼾声此起彼伏。有的头抵在前座上，有的向后仰着，有的耷拉在胸前，有的歪在肩膀上，有的嘴里噗噗吹着气，有的张着大口，还有的流着口水，都睡得憨憨的。我睁着眼，站一路岗。

近年又添了认床症，换地方睡不着。走亲戚、会同学，他们说住下吧，住下好好耍耍。住下了，彻夜不眠，就像巨浪中的船。所以不论上哪儿，我顶多住一晚，要是连续熬两晚，人就木木僵僵的，彻底废了。

我还早醒。有段时间，凌晨两点半左右必醒，睁着眼到天亮。别人以为我有心事，其实什么也没想，就是睡不着。

去看睡眠专科，医生说我是轻度抑郁。吓了我一跳！从小杞人忧天，有病也得是焦虑啊，怎么可能是抑郁？医生说人的性格是多面的，很复杂。特别是更年期妇女，内分泌失调，容易患病。

同事们议论纷纷，私下打听我是不是有什么事。我一笑了之，说明大家对抑郁症还不了解啊。其实之前我也不了解，虽然不会把它等同于精神病，但觉得那也不是一般人能得的病。不承想抑郁症很普遍。截至2019年年底，中国抑郁症患者超过九千五百万。这是有诊断的，没诊断过的，像我这样睡不好的中年妇女不知有多少。

看到一篇报告，说抑郁症最典型的症状是懒，体感乏力，常心有余而力不足。又吓了我一跳：中年妇女有几个不这样？

小时候大人常说一个懒汉，大饼套在脖子上，却活活饿死了。这是笑话。三国时期嵇康懒却是铁板钉钉。"筋驽肉缓，头面常一月十五日不洗。""每常小便而忍不起，令胞中略转乃起耳。"我还没懒到嵇康这地步，最近主要是脑子懒，不愿动脑子，就愿意干洗洗涮涮、拿拿递递、搬搬抬抬之类的活儿。

嵇康说"懒与慢相成"，我们农村人说"懒""馋"不分家，谓之"三馋六懒"。想来真恰当。比如我，实在懒，却嘴馋，天天数算好吃的。即便地瓜、芋头，也得吃到十二分饱，馋饭啊。偶有一晚不吃，便坐卧不宁。其实不饿，就是馋。

我坚持练习瑜伽和游泳。经常有人问，瑜伽减肥不？游泳减肥不？其实什么运动都不减肥，关键看吃多少。我就是吃多了。

去年的裤子，今年就扣不上了。天天发狠减肥，总也不掉秤。我老公想明白了，说胖点就胖点吧。人活着不吃，还有什么奔头？想想也是，对于我们这些三观不偏的凡人来说，不借不贷地吃吃喝喝，不就是此生最大的乐趣么。

但是又馋又懒，光爱吃不愿动，这不就是病吗？

2021 年 11 月

先天体质

早晨五点就醒了，腿肚子不舒服，紧绷绷的。上高中时左腿动了手术，遂成天气预报。我说要变天？老公说有雨。我说怪不得做梦都腿疼。

早饭时，方知今日小寒。上班路上开空调盖毯子，腿肚子还是不舒服，怎么放都不合适。不禁苦笑：还想去东北，拉倒吧！小寒都受不了，到东北岂不是白白挨冻？

东北的冬天一直是我的梦。

我大舅、我小姑和家族里一半的人都在东北，小时候没断了听东北冬天的故事。冬天的东北，是雪国，是传说。

大舅在吉林蛟河。二舅前几年去看大舅，雪大出不来，在山里窝了一冬。过年回来，路仍然不通，表姐夫套上牛，拉着爬犁，把二舅送到县城。二舅说的时候，我老公馋得不行，鼓动我快带他去看大舅，也在山里蹲一冬，坐着爬犁到处行。

俗事所累，至今我们也没去成，大舅二舅却都先后西行。这两年我右腿添了毛病，怎么能禁得起关外的雪和风？人到中年才明白来日并不方长，也没多少东西能地久天长。东北的冬天啊，注定只是我的梦。

右腿膝盖疼，医生说代偿过度，叫我少走路。心里不服气：

我才走了多少路，何至于用过度？长征过来的人，爬雪山、过草地，哪个少走了路？人家七十多岁天天跑马拉松，怎么没用过度？

这几年我渐渐觉得，身体孬好，最重要的不是如何锻炼，如何保养，而是天生的质量。我的腿不是用过度，是天生质量次。我大爷、我父亲、我大姑，都腿疼，我的腿疼有根源、有依据。母亲说我们家是"糠骨头"。

颈椎也是。每当换季就头痛头晕，颈椎病导致供血不足。其实不到三十岁我颈椎就成一根直棍了。那时归咎于工作，因为几年征收大厅坐下来，颈椎好的没几个。这两年越发厉害，我就怪电脑、怪手机，就该它们的事！可平心而论，它们不该承担所有的罪。无纸化办公二十多年了，哪个不是天天盯电脑和手机？人家都得了颈椎病？花姐就不是。她爱看网络小说，蹲马桶都抱着手机，二十年如一日，颈椎完好如初。我总共才看了几天手机？花姐说她颈椎是精钢的，我颈椎是陈糠的。我无以驳斥，因为实在没有更好的解释。

其实手机、电脑还没有，颈椎病就有了。我小时候农村人不爱看书，也不天天低头看脚底，但颈椎病不少。很多人未经诊断，回想其症状，八成也是颈椎问题。我三姑一辈子种地、喂猪、做家务，颈椎病也不轻。可见不能推这个赖那个，是颈椎先天不好，后天才肯坏。

人生来就不同，外在的，比如高矮、胖瘦、美丑，内在的，比如性格、体质。有的不同可以后天弥补，比如丑的可以整容，矮的可以拉骨，但有的不同不可能从根本上改变。

前阵子我就犯了个小错误，至今还觉得过意不去。一位大姐一辈子搞体育，每天健身，风雨无阻，好几次我都听见她跟别人说她保持年轻的秘诀就是几十年如一日地锻炼身体。她衣着时髦，细高挑儿，叫人伸大拇指。可是洗澡时，我发现她皮松骨凸衰老严重。我一贯嘴贱，两人一室，赤身裸体，不言不语觉得尴尬无比，就没话找话："大姐你七十几？"看她孙女的年纪和她衰老的程度，我觉得这样问应该没有问题。没想到大姐说："我还不到七十呢。"我顿时想奖励自己一个嘴巴子——叫你多嘴！可是，锻炼不是让人年轻吗？她的锻炼成果呢？

想起另一位大姐，也是搞了一辈子体育，七十二三，头发乌黑，腰身笔直，肌肉结实，瑜伽前屈折叠她叠得不留一点缝隙，后背平直一百八十度，身体的力量和柔韧程度年轻人都难比！我们真是羡慕嫉妒，纷纷讨教不老秘籍。大姐说哪有什么秘籍，她得感谢父母，因为他们兄弟姐妹都这样。她说自己一辈子搞体育，感觉好身体百分之七十靠遗传，保养锻炼顶多占百分之三十。

同是体育出身，同样坚持锻炼，身体直观怎么这么大差距？可见锻炼改变不了人体先天的性质。

我有个女同学，从小俊，那张脸从十七八到五十，一直粉丹丹瓷实实，不长皱，不褪色。娱乐圈常说岁月饶过了这个那个，我就嗤之以鼻：哼！女明星的脸有几张是真的？我同学的脸没打针、没磨皮、没动刀枪、没下气力。她大大咧咧，有钱也不爱往脸上贴。她姐姐我从小也认识。她说她每天上班还抹两下，她姐姐不抹、不化、不捯饬，想起来擦点雪花膏，忙起来脸都忘了洗，皮肤依旧细滑紧致，五十多了像刚四十。我只能叹息：唉！人家爹娘给的，咱怎么比？

有记者问杨振宁，那么健康，那么大岁数，有什么秘密？大科学家从不伪饰，坦然一笑：没有秘密，基因决定的。然后进一步解释，说他父亲家族有遗传性糖尿病。他祖父、父亲、叔叔一生都受糖尿病困扰，并因糖尿病引发的综合征去世。他们兄妹遗传了母亲的好基因，都长寿，都健康。

后天锻炼、保养当然重要。一百八十度大姐跟我说：别看后天锻炼才占百分之三十，但有了这百分之三十才能保证那百分之七十。先天底子再好，后天也得加强维护。

但首先得底子好啊。我从小就不结实，天天肚子疼、腿疼，疮疖疖子各种不舒服。这几年更不济，刮阵风就打喷嚏。同事姐姐笑话我"糠了"。她不糠。除了生孩子肚子疼从没觉得哪里不舒服。寒冬腊月年轻人都穿毛衣，套羽绒服，她不，就穿件薄T恤走来走去，还骄傲地搋着厚肚皮，说，看看，咱有肉，抗冻！可是我见过好多胖子都冻成鬼啊，脸震青，唇震紫。

一母同胞体质也不尽相同，我的姐姐、妹妹都比我结实。生命孕育真是神奇。杨振宁兄妹怎么做到完全避开父亲的糖尿病基因，遗传母亲的好体质？谁也说不清楚，只能说他们运气好。

　　运气不那么好的人，后天各种努力，只能改善，不能根本改变。形容人、事物发生根本性变化，人们常用"脱胎换骨"，以说明其过程之艰巨、效果之惊喜。但人的体质要脱胎换骨，难矣。

2022年1月

找铲子

这阵子我们两口子一直在找东西，储藏室钥匙他忘了放在哪里，我丢了一把小铲子。

想找又找不到的感觉不舒服，走着坐着有心事。

每天吃完早饭、换好衣服，他不像以往那样急着上班去，这屋那屋翻衣服，掏掏这个口袋，没有，摸摸那个口袋，没有，自言自语："明明放在布袋里，你说怎么就找不着呢？"晚上回来，牙不刷，脚不洗，先瞅置物架，再挨个翻抽屉："能放到哪里去呢？不可能撂了呢。"是啊，不癫不痴的，那么沉的钥匙怎么可能撂了？可就是找不着！

我也是。菜地里、花丛里，厦子、盆子、篮子、桶、缸、蛇皮袋子，院子我翻了个遍，就是没有小铲子！它又没长腿，能跑到哪里？谢了季的扁豆秧、黄瓜秧、茄子秸，我都捆巴捆巴撂出去。是不是夹里头撂了？老公说："不可能，你还看不见把铲子？"是啊，用不着的旧东西我都撂了，他不叫撂的我也偷着摸着撂了，可父亲的遗物哪怕是一双旧凉鞋我也不舍得撂，那上面有父亲的气息，是他留下的看得见的实物。可是这把铲子呢？

小铲子是1996年父母从老家往日照搬带来的，以前上坡剜菜使，搬来后父亲种园使，至少三十年了。平房拆掉后，父母搬到我家，缸盆壶罐，锹镢锄铲，零零碎碎全跟来了。好在我家院子大，搭间偏厦，这些宝贝都能摆弄开。又弄了点土栽花种菜，锄铲什么的也有了用处。父亲去世后，母亲日益糊涂，颠三倒四，只得跟着我三姐住，一厦子旧物就成了我的财富。

这批遗产中有两把铲子，一把大的，一把小的。小铲子又窄又短，一拃长，手柄是截剥了皮的小树根，鼓鼓凸凸，有点龙头的意思，天长日久磨得滑溜溜的。大铲子估计岁数小，长、宽，没有木手柄，就是块直绷绷的厚铁片。我喜欢小铲子，手柄有弯度，使着顺手。尤其喜欢那个木柄，无论冬夏，都光滑温润，似乎还留有父母和我们五姐妹小时候手心的温度。

这把小铲子我通常插在菜园里，每天剜剜这里，铲铲那里，浇水也用它试试透不透犁。不剜不铲我也爱握着它走来走去，好像这样很踏实。下雨、下雪我都把它收进厦子里。我随母亲，爱护家什。父亲干完活儿随手一撂，家什撒得到处都是，母亲嘟囔了一辈子，说她给父亲当了一辈子丫头子。我也看不惯，收拾得利利索索多好啊。可是收得越严实，找起来越费事。这把小铲子我收到哪里去了？

这几天别的活儿干不进去，老想着找铲子，一回家就扒查厦子。翻了个底朝天，什么都在，就是不见小铲子！觉也睡不实，做梦都在找铲子，好像它是祖传的千顷地契，一天找不到就有一天的损失！

老公说别找了别找了，过些日子它就出来了。是啊，好多东西就这样，越找它，偏找不到，不找了，它倒戳人眼眶子。赶上更年期，脑子更像一盆浆糊，有时候举着勺子找勺子，揣着钥匙找钥匙，典型的骑驴找驴！

储藏室钥匙老公终于找到了，在驾驶座底下。其实勺子丢了能买，钥匙丢了能配，但父亲留下的东西，不能复制，也不能代替。期待小铲子带给我失而复得的惊喜。

2022 年 10 月

中年贪吃

过去一年我过得很辛苦，一直奋力不多吃。

世上最难的是怎么战胜自己，天天喊着"减肥减肥"，却一点都没少吃。

我随爹，属蟹子，脸上精瘦，身上光肉。从小娘就说我是石头蛋子，压沉。但最沉也就一百零几。这两年不行了，噌噌地长斤数。最要命的，是走着坐着都想吃。

说到想吃，我就不好意思。小时候大人把鸡叫"食不饱"，你啥时喂，它啥时吃，吃完还是抻头斜眼墙角旯旮找食吃。我就这样，天明到天黑，就顾一张嘴，上顿刚吃完，就想下顿怎么吃。家里根本不敢存零食，存着存着就进了我肚子。老公不满："一点零嘴儿都没有，哪像个家呢？"他偶尔买回来零食，我还嗷嗷地不愿意，可不等他吃，就一星一点地下了我的肚儿，气得他连讽带刺："某些人天天吆喝着'不吃不吃'，都叫狗吃了？"我咧嘴一笑，舒眉展目，没有一点脾气。

其实他是五十步笑百步，"减减减"吆喝了一年，硬生生地从一百八减到一百九十几。嫁他三十年，我总结出这个男人的最大优点就是不挑食，天塌下来不耽误吃。别人头痛、感冒不爱吃，他不，前一秒躺床上哼哼唧唧的像要死，一听"吃饭"，一跃而起，冲到桌边，连吧唧带呼噜，奋不顾身哪像不舒服？

我说："慢点！慢点！吃那么快咋？"他慢不上来，嘱咐多了还烦："反正就这点，吃完了算完！"还总和我比："那么点小人儿，吃得比我还多！"我确实吃得不少，可我的体重能保持住。你怎么不降反升呢？光吃不动，你不重谁重！

某晚闺女买了一盒酥皮紫薯小饼，七个。买回来她吃了一个，我尝了一口算完，胃不好吃不了甜。第二天我发现只剩仨了。闺女说她吃了一个。我问那俩呢？她说她爸吃了，早晨一边炒菜一边吃的。她爸回来不认账，一本正经地喊冤枉："我哪吃了？"瞬间我乐出眼泪来。我说小时候偷嘴有的赖，赖耗于赖猫，如今家里没耗子没猫，那俩小饼长翅儿飞了？

隔天发现书房一堆纸盒中混着两盒猴头菇饼干，其中一盒消耗过半。我问闺女："你吃的？"她斜一眼，根本没兴趣："我才不吃咮，我爸吃的。"我心里又乐得酥酥痒痒。以前酒鬼把酒藏在草垛里，这个馋鬼居然把零食混在书房里。他真是越老越缺肚儿，活像饿死鬼投胎转世。

他却咄咄有理："不吃不喝，活三百岁又有什么意思？"呸！人是猪是狗，活着纯粹为了吃？

但细想也有道理，不管精神达到什么高度，吃喝始终是生活的重要乐趣。

这些年我也逐渐参透这个真理，适当控制体重的同时潜心笃志地吃，而且欣喜地发现身边"同党"遍布。

2019年年底，一起健身的几个妇女相约年后上新马泰，主要是去吃。不想刚交年，病毒汹涌而至，挡住了馋鬼们望眼欲穿的美食路。我有三个情投意合的同事，隔阵子就集合起来一顿吃，新冠疫情前去重庆、四川吃了十几天，发誓每年出去吃一番。可这几年哪里也没去，老老实实蹲家里，馋极了就感叹：中年没别的期盼，就这点愿望怎么这么难实现？

蹲家里其实也没少吃。

单位有食堂，他们问我怎么不吃？我说食堂伙食太好，我这个草包肚子受不了。真的，食堂有油饼、油条、油煎包，好吃的尽着挑，我拿捏不住，吃完闹肚子。最气人的是拉肚子也不耽误长肉啊，两天长三斤，三天长五斤，长年累月吃下去那不炸了？我得回家吃地瓜。

姐姐看不上我家的饭，嘴一撇："狗也不屑吃！"狗叫牟二黑，纯种拉布拉多，别的本事学不会，就知道瞪着狗眼吃，这两年带油水的全叫它吃了。炒菜没肉不好吃，放肉又不敢吃，拣出来给狗吃；米饭、包子、馒头、肉饼，人吃当顿，剩下的全进狗胃；大肉大鱼，大碗大盘，人至多解解馋，最后都由狗包圆。什么人养什么狗。在吃上，二黑和我老公胜似爷俩，孬好不计，贪多求速。不过二黑也没白吃，扎扎实实给我挣了面子，膘肥体壮，又黑又亮，街上一走，吸引一众人和狗。

我们两口子一年到头就是地瓜、芋头、玉米、土豆。就这样的饭，也管不住嘴，肚子饱了眼不饱，总想多吃口。千万别信粗粮减肥，什么吃多了都肥，我这两年贴的就是地瓜膘。

遥想二三十岁，春天海虹上市，鲜辣椒一炒，老公吧唧吧唧干掉五个大煎饼。咱也不让须眉，不费吹灰之力消灭三个大煎饼。那时食堂的肉包子不小，我吃俩就不少，同事一口气吃八个！可他依然麻杆儿一样瘦，浑身片不下来二斤肉——那会儿我们怎么吃都不长肉。

这几年倒退了，三个大煎饼绝对没本事了，吃纯粹成了一种欲望，一种还想和以前那样尽情吃的欲望。吃得少了，却代谢不了了。吃八个包子的同事，现在逼死他也吃不了了，却止不住地发福，怀揣腰掖，前凸后鼓。

父亲在时，明明还剩一口饭，却一推碗，放了筷儿。我说："爷，吃完！"父亲不吃，说饱了。我说就一口饭，怎么还吃不下去？再逼，他就火了："饱了就是饱了，硬塞进去不撑着？"母亲等着刷碗，斜着眼连剜带刺："你的胃是针鼻儿，多一虱子眼能撑杀？"

现在，母亲越来越像父亲，一口不多吃，剩饭剩菜盘里、碗里到处都是。我说："娘，你的胃也成针鼻儿了，多一虱子眼就撑杀？"她笑了："吃多了肚腹胀闷，不舒坦，到年纪你就知道了。"

我已经知道了，吃好几回亏了，每回都难受得要死。但不长脑子，还是贪吃。母亲说："人不服年龄不中呃，老了哪能像年轻似的？年轻吃石头都消化，老了多一口就难受杀（方言，难受死）。"

越来越觉得吃饭要像母亲家族学习。那个年代条件那么差，姥姥、姥爷活到近九十，几个姨舅也都八十几，三姨最寿，今年九十八，依然做饭干家务，忙上来还要上场下地。他们都清瘦利索，决不贪吃。三姨一天三顿，每顿一个拳头大的馒头或包子，吃完即止，一指甲盖儿也不多吃。我说我怎么刹不住？三姨笑嘻嘻地瞅我："吃那么多咋？你肚子还没个数儿？"然后对着空气，像是自言自语："人哪能一顿吃一辈子的东西呢？死吃赖喝有什么好处？总得细水长流匀匀和和地吃，身子才受用。"

鸡、鹅贪吃是天性，控制不住。人贪吃是后天的，虽对社会没什么大危害，但不也浪费了粮食、糟蹋了脏腑？每个年龄有每个年龄的客观规律，与之相应，必须调整心理。超过实际需要的希冀，就是贪婪。我们农村人讽刺贪婪，说"贪多嚼不烂"，估计最初就是讽刺贪吃。

改掉"贪吃"，无需头悬梁，锥刺股，更不用割肝剖腑，可怎么就这么难啊？

唉！

2023 年 1 月

养狗养猫等

领母亲到小公园找老太太耍。一大姐怀里抱只小狗，深灰色的贵宾，个头不大，顶多四五斤，尖嘴猴腮的，怪丑，坐在主人怀里，两只前爪使劲并着搭在身前，耷拉着耳朵，头紧紧贴着主人胸膛。那样子，像个害羞、恋母、娇无力的小闺女。

我问它几岁，大姐说十四了。我们老家把爱打聊的人叫"狗聊子"。我就是"狗聊子"，板着脸训它："狗老奸，猫老猾，兔子老了不好拿。你多大了还得人抱着！自己不会走？！"小狗抬起头，玻璃球般的眼珠子盯着我，嘴里"嗯~嗯~"，娇滴滴地弄动静，意思是不愿意、不服气。

我用手指着，继续呵斥："看看你人模狗样的像什么话？是好狗就快下来！别天天叫人抱着！快点！"它顿时直起身子，两只后腿蹬着，龇牙咧嘴地朝向我，喉咙里发出急促的"咕噜咕噜"声。大姐赶快拍着安抚："没事没事，阿姨开玩笑的，开玩笑的。"它享受着安抚，眼里依然对我充满敌意，喉咙里还是一个劲儿地"咕噜"。大姐笑着说："了不得，发火了发火了，回家回家！"然后手拍着、嘴哄着走了。

母亲和另一位大姨笑得呵呵的。等狗和主人一走，她俩瞬间换了脸色和语气。母亲嘴一撇："唉！如今狗也不像狗了，比人还娇气。"大姨也嘴一撇："都闲得难受，弄个死狗伺候得比老祖还上心。"

母亲那代人就这样，这是时代留给她们的印记。狗猫各有职，看门拿老鼠。不看门不捉鼠，养它干什么？

二黑是我老公要死要活要养的，婆婆很不满意。我们每次去，她都问："那个大狗还养着？"我说嗯。她顿时脸泛微怒："养个死狗咋？吃多少东西呢？哪赶上养两个鸡了？"大姑姐的狗是腊肠，身子滚圆像火腿，眼珠凸出赛铃铛。每次领它回娘家，婆婆都偷偷摸摸用脚踢，还不解气："一看它鼓着俩眼我就气杀了！养什么不好，怎么非得养个死狗呢？真想一脚踢杀（方言，踢死）它！"

母亲不像婆婆直来直去，当着我老公的面，她也夸二黑，说它毛黑油亮，膘肥体壮，一看就是条好狗。可背后总跟我嘟囔："快送人吧！养着干什么？光吃东西不效力，养一辈子中什么用？"

二黑成了婆婆和母亲的共敌，是我们永远谈不拢的话题。

养猫也不中。母亲承认猫中用，但也是个"半年闲"，不养，老鼠闹腾得厉害了就出去借个猫，待两天还回去。东屋老太太养猫。春天夜里叫猫，蹲在墙上尖着嗓子叫："啊吆——啊吆——"母亲就气得冲出去，边找竿子边呵斥："猫叫猫，老驴号，抢锅铲子敲破瓢——谝拉你叫得好听呢？闭上嘴滚一边子去！"猫要不及时刹住，娘的长竿子就"哗啦哗啦"打上去了。

宁馨喜欢猫，我说等你工作了就养一只。母亲立马不愿意："养什么不好呃，养个猫咋？也不用它拿耗子，还到处抓挠祸害家什！"

那养兔子总可以吧？

宁馨小时候养过好几拨兔子。孩子喜欢小兔子，养大了就送姥姥家，让姥姥替她养着。可她发现最后不是被姥爷卖了，就是被姥姥杀了吃了。宁馨就对姥姥一肚子意见，跟同学吐槽："我姥姥呀，什么都能杀了吃，把我的兔子杀了，还骗我说是鸡，叫我也吃。"

婆婆和母亲这辈人，反对别人养狗养猫时嘴里说除了狗猫养别的都中，但实际上，她们只认可养鸡，因为"鸡不白吃食，不下蛋还能杀了吃"，是最中用的小牲畜。

我在农村长大，小时候也不富裕，很大程度上认同她们的观点，应该把有限的物质和精力用到最有用处。我承认狗猫是很多特定人群最好的陪伴，但我也看不惯把狗猫宠得像皇帝。更有女邻居，养了七只泰迪，每天背着、抱着、拉着、拽着在小区散步。七只泰迪狗仗人势，朝路人嗷嗷地不愿意。行动又不一致，东拉西扯，主人就像遭遇车裂。她这个年龄，如果闲着没事，完全可以去打工、跳舞、做公益，到底多么深的孤独寂寞，要养七只狗子来宣泄？

我真养过鸡，养了两次。剩菜、剩饭、菜叶、果皮都喂鸡，鸡粪沤肥，种菜人吃，形成一条完整的生物链。有回老公发现母鸡的脸通红，像下蛋的样子，就墙角旮旯仔细找，结果找到一窝蛋，整整二十八个！他马上拍照、打电话昭告天下，因为这个惊喜太巨大，非如此不能消化。可是养鸡也不完美：公鸡嗷嗷地打鸣，母鸡下了蛋也不住声不住气："咯咯哒——咯咯哒——"邻居不愿意，向物业投诉。

什么不养，剩饭剩菜都倒了，心里特别不舒服。农村人对食物有一种根深蒂固的珍惜，因为我们深知每粒粮食来之不易。喂狗吧，宁馨不让，说狗吃人食损害牙齿，吃了剩饭剩菜得给它刷牙。叫我给狗刷牙？哼！那得等到太阳从西边出来！

那就放在垃圾桶旁边，方便保洁员拿回去喂牲畜，或者让无依无靠的流浪狗吃。其实以前剩饭我宁可扔了也不喂野狗，因为痛恨养狗养猫是有始无终的一时兴起，不想助长野狗泛滥的趋势。住在体育学院时，每年毕业季，东门外垃圾桶边野狗蜂拥而至，群殴争食，惨不忍睹。它们都被毕业生抛弃至此，就像娇儿突然成孤，任由生死。上了年龄想法渐渐变了，左右不了别人只能改变自己。每个生命都值得爱护，吃了上顿没下顿的流浪狗更不容易。它们顾不上牙齿，活下去才是当务之急，剩菜剩饭留给它们或许比倒进垃圾桶更有意义。

其实狗猫本身没有错误。人们褒贬不一的是主人对待它们的态度。我婆婆、我母亲其实早年都养过狗。只不过她们养的狗不是人模狗样凌驾于人之上，而是狗最初被驯化的模样和目的：看门，吃孩子屎。说起来我家那条瘦骨嶙峋的小黄狗，母亲至今还很动情，眼里泛起潮湿的晶莹："唉！自古猫是奸臣，狗是忠臣呃！"

母亲不舍得给狗吃东西，哪怕剩地瓜，她也觉得喂鸡最合适。可怜的小黄狗，天天围着猪食槽子拾点残羹冷炙，还被母亲呵斥得东躲西避。某天黄狗突然不见了，唤也不见，找也不见，气得母亲直骂，骂它狗窜去了。几天后到东岭种麦子，发现黄狗在地头上死了，身子蜷起，趴姿僵硬。提起狗尸体，丢失的铲头赫然露出！我们恍然大悟，瞬间泪眼模糊：几天前，小黄狗跟着来耕地，父亲干活儿马虎，收工时犁子上的铲头掉到了地里，人没注意，狗却着急，汪汪叫，父亲不懂狗语；又来回绕着父亲跑，还被父亲踢了一脚，嫌它碍事。可怜的小黄狗，别的本事又没有，只好趴在铲头上死守！

小黄狗勇于牺牲的壮举，让母亲愤恨不已，一个劲地埋怨父亲："你脑子怎么那么猪！它来回跑不就是叫你看看落没落东西！"父亲也心疼得慌，反唇相讥："你连个地瓜都舍不得喂，它活着还有什么意思！"我们姐妹疼得轻声啜泣。从此不再养狗。

东屋老太太模样好，但命不济，结婚没几年，男人死了，又嫁给小叔子，过两年小叔子也死了；生了一儿一女没好养，抱了一儿一女也没活，一辈子孤零零的。她的猫黄褐色，间带一圈圈浅浅的黑毛，就是农村常见的普通的猫。但又不普通。别的猫抓完老鼠晒太阳，暖洋洋地睡懒觉。她的猫捉鼠是次要，主要任务是听她唠叨。

老太太有哮喘，不咳不喘的时候出门耍，回来就吵猫："你死着上哪狼窜了？出家无家，出去就是一天！"听见老鼠闹，也吵猫："你干什么吃的？光吃饭不效力，养你个闲种干什么！"猫出去打架吃了亏，老太太戳着它的脑门子，既心疼又恨其不争："该！活该！谁叫你出去的！蹲家里牢住的，谁敢来打你！"不论挨了什么吵，猫都低着头一声不吭，好像错得不轻。

老太太犯了病，喘得下不了炕，一天到晚对着猫。她管猫叫"miuer"。喘得上气不接下气，不时夹杂呻吟和叹息，完全没了好时候吵猫的力气和跋扈："miuer呃，我快死了——""我死了，你怎么治——"她挣扎着把猫向外推："走吧，快走吧，出去找个好人家——别吃闲饭，好好拿耗子——"猫耷拉着头，半闭着眼，一推一趔趄，就是不走。老太太拖过来抱到怀里，拉着哭腔又怜又吵："你这小miuer怎么这么死气？我死不迭了，你还守着干什么——"

我母亲对狗猫那般铁石心肠，也禁不住这样的气氛和感伤。有时猫被别的猫叫走了，母亲就放下活儿替她到处找："别看它是个畜生，老嫲子离了它还不中。换了人，谁有耐烦一天到晚听她瞎啰啰儿（方言，形容说话多而无用）？"

婆婆今年九十，下不来楼，除了蒙头睡觉，就是"诶""唉"地叹气。母亲糊涂得颠三倒四，还经常委屈得一脸眼泪和鼻涕。即便儿女守在身边，也无济于事——聋的聋，痴的痴，没法交流了。按说她们养只狗或猫，日子还好熬。可江山易改，本性难移，她们见了狗猫还像不共戴天的仇敌，没好声没好气，斜着眼歪着鼻："快弄走快弄走！腌臜杀了！"

唉！这俩老顽固！一辈子都不懂养狗养猫的乐趣！还是我老公深悟养狗的真谛："比养儿强！吵不还嘴，打不还手，打得它捂着嘴抱着头，过后一点不记仇。"

人越老越孤独。当老到只剩孤独，狗猫比儿女忠实，它是默默的陪伴，是无言的慰藉。

2023 年 4 月

想老家

一到夏天，就想老家。

最想老家甘甜的瓜。

这些年，市场上的甜瓜我不敢买了，比泻药还灵，吃一次拉一次，拉到肝肠寸断、脏腑倾覆。

西瓜也是。看起来通红的瓤，一拍"砰砰"响，刀子一割还"哧哧"地裂，十分熟的样子。可是不甜不甘，不沙不绵，用我们老家人的话说，"像吃死人肉"，弄不好还拉肚子。

因为试纸般的肚子，我买瓜就分外仔细：看瓜蒂新鲜不新鲜，看瓜纹清楚不清楚，有时还试吃。可是没用，吃十回得有九回拉肚子。

吃了多少堑，终于长了智——不买了！

可馋虫子挡不住啊！一到夏天，四五十岁的谁不馋瓜？

因为我们吃过好瓜，真正的好瓜！

以前瓜果品种少，尤其瓜，水分大，压沉易烂，不适合长途运贩，所以都就近销了。这样的好处就是新鲜保熟。自然熟的瓜，和六七分熟摘下来捂熟催熟的瓜，猪都能尝出来哪个好哪个差。

现在市场上什么瓜都有，南来的，北往的，漂洋过海报关入港的，花花绿绿，甚是好看，却都不如老家地头上现摘的好吃。

诸城东南部是丘陵，岭高地薄，长粮不行，瓜果却好，酸的酸，甜的甜，脆的脆，绵的绵，该是什么样就长什么样，决不含糊。

小时候每村一个果园，苹果为主，其他为辅，瓜都掖在边边角角地头地堾上，有甜瓜、筲瓜、面瓜和西瓜。

筲瓜大约因形似水桶而得名，甜度小，水分大，口感脆。面瓜正相反，扁矮矬，水分小，面性大，熟了就咧嘴爆皮，泛着晶莹的光，吃急了噎得慌。老家人也把面瓜叫"老嬷嬷瓜"，因为熟透的面瓜绵软好咬，入口即化，正适合没牙的老嬷嬷。

夏天回老家我都走小路，绕胶南，转五莲，主要是趸摸筲瓜和面瓜。这两种瓜日照难见，网上也没有。我老公喜欢筲瓜，说好吃不甜，解渴解馋。但他不爱面瓜，嫌噎人，说有什么好吃的？哥，口味是有故乡的。你刷视频没发现老挝人、越南人天天吃水煮菜，嫁到中国顿顿大鱼大肉，可她们硬是吃不惯吗？那不是矫情，不是挓挲，是水煮菜已经牢牢地占据她们的胃，存进她们的味蕾了。你觉得面瓜无所谓，可我们那里的人就爱这个味儿！

故乡的味道，深深刻在舌尖上。

过去几十年，我们拼命追求物质丰富，不知不觉丢了太多东西。我大伯哥总是愤愤吐槽："盐不咸了，糖不甜了，节不像节，年也不像年了。"

这不全是牢骚。2000年左右，日照北路东侧沿街很多地下室被南方人包了，熏香蕉。一进去，烟熏雾绕，杀眼呛嗓。我说香蕉为什么要熏？他们斜我一眼："熟了怎么运？"我才知道香蕉运来时是生的，要催熟。

听说荔枝在广西一堆一拉的，丰年一块钱一斤也卖不出去。运到北方，涨到十几二十几，却不是"一骑红尘妃子笑""日啖荔枝三百颗"的荔枝了，泡得斑斑点点，一股烂地瓜味儿。

好多异地产的水果蔬菜都这样，所以市场上看起来无所不有，吃起来却不对味儿。于是人们怀念老味道。我们老家人也不再唯粮独尊了，舍得工夫，舍得地，种些闲情逸致。

前几年，三姐花生地里出了棵甜瓜，三姐夫说薅了吧，别耽误长果子。三姐说留着吧，不就少收几棵果子嘛。结果吃了一夏好甜瓜，到老秋还一嘟噜一串地结。其后每年三姐都在地头种几棵，一夏天连猪都跟着"吧唧吧唧"地吃甜瓜。

小堂哥十年前就在地头、地堘种西瓜、种甜瓜，自己吃，亲戚分，侄女捎到城里送同学、送邻居。不承想人家硬要给钱，说："这么好吃的瓜，拿钱也买不着呢。"小堂哥鼻子一吭，自信满满："咱自己种瓜不施化肥不打药，不熟不摘，当然好吃了。"本是闲情，每年却摘五六千斤瓜，垛着的，滚着的，扑扑海海到处都是，谁去谁吃。这样的瓜吃了不拉肚子，我自然不能落下，每次回去都连吃带拿。

房前屋后，地头地角，人们栽上了桃树、杏树，春天看花，夏天吃果。今年尤其收杏子，累累地压弯了树枝子。割着麦，种着地，一到地头就挑俩熟透的甜杏子，那种感觉神仙能比？

我还想老家的饭。

大锅饭而已。可就是好吃，是城里小锅做不出来的味道，还有不同于城里人的吃饭方式。

其实小时候饭菜单一，馒头当家，菜也应季，下来什么吃什么。夏天扁豆、土豆、茄子、豆角当季，一天三顿都得吃。那时真是吃够了，吃得够够的！我大姐驴脾气，掀锅一看又是熬扁豆，气得锅盖摔得哐哐的："又是一锅死扁豆！"

可现在，买的扁豆、豆角不好煮，多大火力都像煮不熟，咬起来乱咯吱，听说是菜贩子泡了保鲜剂。于是又想老家，满园青蔬，现摘现吃，那是多么高的待遇！

侄女居天津，不满四十，却已进入怀旧模式，天天琢磨换房换屋，馋有地有院的住处，甚至打算搬到农村去："四姑，吃自己种的菜，想想就恣儿。"

记忆中的幸福还包括开放的吃饭方式。

夏天晚饭人们爱在外头吃。天杀黑（方言，天刚黑的时候），扫扫天井或门前的空地，再洒点水杀杀醭土，消消暑气，就成了吃饭的最好场地。

天上牛郎织女，身后一地小牲畜，都不远不近，不吵不闹，就那么安安静静地看着饭，看着你。蛙鸣虫叫，不聒不噪，流萤扑光，也恰到好处。地气热烘烘的，却很柔和，把人包裹得放松又舒服。这样吃饭仿佛不是为解饥肠辘辘，也不是为一天三顿例行公事，而是人与天地的完美统一。

饭时总有人来串门。央及他吃他也不吃，就那么蹲在边上，吧嗒着旱烟，和大人有一句没一句，聊聊庄稼，聊聊天气，聊聊哪块地再追点化肥还赶不赶时。

小孩也串门。主家叫他吃，家长拍着孩子鼓鼓的小肚子推辞："你看看，他吃饱了。"可孩子不同意，不转眼珠地盯着饭桌子。家长要是再阻拦，他就不客气，嗷嗷地往前挣着要吃，主家赶紧笑呵呵地拿饭塞上去。小孩儿就这样，哪怕他在家吃了海参鲍鱼，到别人家碰上野菜谷糠，他还是要吃，这就叫"隔碗饭香"。

天热大了，午饭也要出去吃，端着碗，找个崖头，选个树底，哪里凉快哪里吃。尤其吃水饺、吃面条、吃卷饼，热锅热屋坐不住，非到外头挥汗如雨。东邻西舍或蹲或立，拉着家常，通通消息，不慌不忙，什么都没耽误。

我真是怀念汗流浃背的中午，端着饭碗坐在门前树底，头上一片蝉鸣，河套拂来微风，满坡庄稼热气升腾，从地里缓缓归来的邻居，大声打着招呼："吃饭了？""正吃着。你还没吃？""回去就吃。"

时过境迁，物是人非。想老家，很多时候只能想想而已。

2023 年 6 月

苦 夏

　　一年一度桑拿天，高温高湿，气压偏低，肉松筋散，慵慵懒懒，胸闷气短，一动就大汗淋漓，像从水里捞出来的。

　　正赶上旅游旺季。有租客问我："怎么这么潮湿啊？什么时候能结束？"她租的一楼，格外潮湿。我笑答："得等到立秋。秋风起，湿气止。"她绝望顿起，眼里的黯淡一泻千里，声称赶紧打道回府。

　　我赶忙说："日照夏天也不总是这样，副热带高压也得放假休息，好让人缓缓劲、透透气。"她定了主意："这么潮湿一天也受不了了，回去回去！"

　　她家是武汉，我相信湿度绝对不比日照低，只不过她习惯了而已。潮湿也和物产一样，分地域，习惯了A地的十级潮湿，不一定能适应B地的六七级。

　　我们小区与海只隔一条路，直线距离不过一百米。我刚搬来时，亲戚朋友无不诧异，看我的眼神、问我的语气好像我是二百五："怎么搬到那里去呢？""海边还能住人？夏天不潮死了？"刚开始我还当真回答，后来干脆一笑了之，因为我发现不论怎么解释，都不能消除对方的疑虑。有些问题真的不需要回答和解释，因为说到底，那不是疑问，是观念不同而已。

我来日照时，海边还没旅游开发，风景人文朴素自然如初。靠海的许多村子与海只有二三里，中间一片波光粼粼的虾池。有的村庄根本没有虾池过渡，出门即海。任家台就是。村东那些户，加高海岸盖的屋，一涨潮与海面只有两个台阶的距离，浪头一大就能翻墙入户。为防止海浪侵袭，他们对院墙门前进行了加固，设计和用料也都因地制宜，有的墙上嵌了海螺皮、蛤蜊皮，有的嵌了大鱼骨，还有的用鹅卵石勾勒了简单的画，比如端端正正的海星和张牙舞爪的八带鱼。

我真喜欢这几户人家呀，喜欢他们的位置和古朴的样子，喜欢海浪像调皮的孩子一样天天来抚摸他们的门阶和院墙，也喜欢他们对这一切不惊不喜、不怨不尤的平常。我说："你们住在浪尖儿上，湿气大不怕得病？"他们眼一斜，好像不屑一顾："生下来就这样，怕什么怕？得什么病？"是啊，如果潮到受不了的程度，原住民还怎么世世代代生生不息？

日照是福地，每年夏天台风预报一道接一道，道道雷霆万钧，又危又急，末了却是干打雷不下雨——有的台风轰轰烈烈推进到江苏，却一竿子斜着插向西北内陆；有的好容易到了日照，却是强弩之末，掀不起大风大雨；有的眼看要登陆，却又矛头一转向北席卷而去。我来日照三十年，真正造成大影响的台风也就一两次。

印象最深的是1997年8月19日的特大台风，狂风暴雨两天两夜不停息。同学从上海来要，原本那天要回去，结果老天把她留下了。三天后回去，八小时的车程可可走了三十多个小时——那时日照到上海还没有高速，国道上全是东倒西歪的大树。

风雨一停我就跑到海边，目光所及一片狼藉，防浪堤豁豁裂裂，水泥墩子整块整块被掀到虾池里。大沙洼的防风林默默承受了巨大委屈，大腿粗的树被连根拔起，没倒下的也都遍体鳞伤，泡在齐腰深的海水里。任家台贴海的村民早都撤出来了，因为海浪轻轻一跃，就翻过了他们的屋脊。

但这种情况真的百年一遇，多数预报中气势汹汹的台风，到这里顶多擦擦边，意思意思。日照的夏天多半时间都天晴日丽，和风爽气。但作为标配，每年总得有一阵子又潮又闷。

其实不靠海也闷也潮。2010年前我住在老城区，离海三十里，一到夏天墙角旮旯湿漉漉，有的储藏室还滴滴答答下小雨。搬到海边，反而没有那么潮湿。我把功劳归结于现在的建筑，质量好，有过硬的防潮技术。

我老家距海一百五十里，按说不近了，可是也返潮呀。小时候家里是泥地，平时坚硬如石，夏天就潮乎乎，炕席底下还会生出许多咬人的小虫子，老家人把它叫"返潮虫子"。面粉和粮食也返潮，潮成一坨一坨大疙瘩。那时没有空调除湿，炕上返潮就猛烧火，其他东西返潮就巴望日头旺毒的好天气，倾缸倒柜搬出去，翻弄着晒透为止。

闷热潮湿人就不舒服，懒散，身子沉，不爱吃东西，唰唰地掉膘，老家人把这叫苦夏。我从小苦夏，一到夏天就惨毛惨翅像个瘦猴子，秋后才能贴点膘。到中年竟变了，懒散加倍却不肯掉膘了，不管多闷、多潮、多难受，胃口坚决很舒服，而且身体越难受嘴里越想吃，就像饿死鬼投胎，什么东西都好吃，吃起来还难止。要是放开肚皮豁出去吃，绝对能赶上育肥猪，胖得咪咪地。同学问我："你怎么不苦夏了？"我说还苦，从头到脚都苦，只有胃不苦。她立马捂嘴偷笑——她也如此。她说一到夏天浑身不好受，一吃饭就瞪起眼来了，没有一点不舒服。又问我："你说这是什么病？"我说这是更年期。

谁说年龄大了就不好？我觉得年龄是个宝，每个阶段有每个阶段的好，比如以前一到桑拿天我就烦死了，气死了，难忍难挨。这几年觉得桑拿天其实也挺好，紧绷绷的筋骨松开了，活动活动出点汗就浑身精轻，肉是自己的，骨头也是自己的，全身很软很舒展，都归我控制服我管。

我家户主还没这个觉悟，进门就嚷嚷"开空调"，离了空调活不了。开会儿空调我就骨头发凉，脖子发紧，浑身绷硬。关上他就不愿意，眼神、语气里满满的鄙视："你就差那点电费呃？"我驳斥："这个季节不淌汗，寒冬腊月你上哪儿淌汗？花钱去蒸？"他就不吱声了，但坚决不改，在家一分钟，空调六十秒——我真是受够了！

单位里也是。男同事都像揣着一座沸腾的钢炉，恨不得一头扎进冷库里。女同事好像都在坐月子，一个个蒙头裹腚包得很严实。即便如此，还是苦得不能自已，吆喝着上班男女应该分屋，空调他们爱开几度开几度，冻死不该咱的事！又疑惑："男人到底是什么物种？冬天怕冷，夏天怕热，怎么一点苦都不吃？"

男人、女人确实不是一个物种，对冷热的感觉尤其迥异。你看中午下班一坐进车里，男人如坐电椅，立时龇牙咧嘴眉头皱起，脏话脱口而出。女人也龇牙咧嘴，但不皱眉不骂人，而是舒眉缓目徐徐吐出一口气："真舒服啊——"

真的，明晃晃的太阳烤了一上午，座椅靠背就像通红的大锅底，正好熥熥转不动的颈椎、挺不直的后背和隐隐作痛的胯骨，那股热烈的抚慰直达五脏六腑，熨熨帖帖，无比舒服，比推拿按摩、比针灸盐敷都立竿见影、通透淋漓！

其实男人也怕凉、怕湿、怕虚，只是他们感觉愚钝不愿承认。上周有个男人去看中医，脖子转不动，面部也麻痹。医生一看就明白："你是不是吹空调了？"他一脸苦相："不吹空调没法睡啊。"医生说他吹过头了。他老婆立马横眉怒目、义愤填膺的样子："该！活该！"又向医生解释："他一晚上空调开到明，屋里像冷库，我都冻得像条挂了冰的大鲅鱼。"男人下着针，她还恨恨地嘟囔："回家再使劲吹！早晚把骨头吹酥！"又像自言自语："不听老人言，吃亏在眼前。老人的古语——贪凉中病。不中病你还服？"

随年龄增长，我越来越推崇中医，认为这样的疼痒只有中医能调治。中医不唯药、不唯术，讲究天、地、人合一，人要顺应天时，夏天得出汗，冬天要添衣。

以前老是向往四季如春，还计划以后搬到哪里去。现在我不想去了，三百六十五天一成不变温温吞吞的有什么意思？四季分明多好啊，春夏秋冬各有各的样子。这样的日子清晰有痕迹，也容易留下记忆引发感触，每个季节都活得生动有惊喜。所以我不嫌夏天热了，也不厌恶夏天湿。没有夏天的高温高湿，哪来秋天的壮美丰腴、四季的交叠更替？

　　这么想，酷夏就不苦了。

2023 年 7 月

让人咬牙切齿的臭蚊子

人上了年纪馋院子，栽花种菜，通风透雨，自在接地气。我家有院子，除了吃饭睡觉，我都蹲在那里，浇浇锄锄，晒晒洗洗，天天忙得要死，天天乐此不疲。

春天小院真是好。可春脖子越来越短，还没稀罕够，夏天就来了。夏天一来，蚊子也乌泱泱地来了。蚊子跟我有仇，碰面就咬。

我小时候的蚊子跟现在的不一样。那时的蚊子灰褐色，又小又土，但是知羞耻，明白自己不是好东西，白天见不得人，天杀黑时才敢起。还守江湖规矩，明人不做暗事，一路寻找目标，一路下通知，"哼哼哼"地像架小飞机。

后来有了新蚊子，黑白相间，老家人叫花蚊子，听说是洋种儿，坐大轮船来的。花蚊子体格大，壮实，咬人有力气，一口下去立马鼓起个大疙瘩，痒得叫人忍不住，一个劲地搔，一个劲地掐，恨不得连皮带肉剜了去。当时我姥姥八十多了，被咬得心服口服："外来的和尚会念经。人家个子大，穿得好，咬人也会咬。"

这些年大花蚊子不多了，换成了黑蚊子。黑蚊子又瘦又小，即使趴在脸上咬，眼花也不好找，还当是新长的黑斑。可是咬人不在个子大小，它比花蚊子更会咬，毒性更大，也更不要脸、不仗义，不分白日黑夜地咬，全程哑巴一样。

土著灰蚊子短腿、薄翅、钝牙齿，咬一口没什么了不起，挠一下就了事。黑蚊子真是狠，好像长了四五张嘴，擦着人连咬好几下，每下都像骨穿刺，没有三天两日不能痊愈。

当年花蚊子一登陆，灰蚊子身无长技，很快被挤出咬人的舞台。今年碰到一只，正哼哼着琢磨咬我哪里，我立马铁砂掌迎击，但旋即收住，因为悲悯之心顿起，原有物种这些年过得真不容易！

今年夏天漫长难挨，好容易盼来秋天，却少了想象中的惊喜，高温不退，蚊子狂舞。这阵子我就被蚊子咬出神经病来了，只要皮肤有裸露，就觉得这里"嗖"一下，那里"嗖"一下，像被小针扎了，于是什么都不顾，赶紧全神贯注拿蚊子。

其实立秋后从来有蚊子，又自知没几天蹦跶了，尤其活跃。小时候老人常说，"七月十五杠杠嘴儿，八月十五伸了腿儿"。意思是阴历七月蚊子最厉害，八月就死光了。

这显然是老皇历。蚊子也在更新迭代、与时俱进，不仅八月绝不了，还能越冬过大年。

1997年年底的某一天，同事大姐哈欠连连，说半夜起来抓蚊子，一夜没睡好。引来一片讥讽，都说她瞎诌，寒冬腊月哪来的蚊子？她脖子粗脸通红，恨不得长出一百张嘴来证明，但是没人信她。我也不信，觉得夸张过分。直到若干年后的冬夜我被蚊子吵醒，顿悟是暖气太足使蚊子有了越冬的本领，才明白那大姐确实委屈，人家没治。

土著灰蚊子都那么厉害，洋蚊子更不用提，不仅能越冬，还会坐电梯。我母亲记性不好，每年都疑惑："这么高的楼，蚊子怎么上来的？"我说山有多高水有多长，人爬多高蚊子就能飞多高。母亲半信半疑，眨巴眨巴眼，叹息着表示佩服："唉！如今人能，蚊子也能，还能上天。"

黑蚊子是蚊子中的战斗机，全天咬人不休息，我叫它咬怕了。每次去院子不免涌起一股肉包子打狗的悲壮，因为十有八九要负硬伤。弄得我在家里像做贼，白天出去薅棵葱都得长衣长裤、蒙头裹脸武装仔细；夜里出去得先关掉屋里的灯，因为蚊子趋光，早就蹲在门口瞄准了；开门关门都用光速，免得蚊子趁虚而入。

我骑电动，等绿灯的时候脚脖子被咬了一圈；去拿牛奶，停车的工夫蚊子钻进裙子把大腿咬了一趟儿；全副武装走着，蚊子竟对准我咽喉连刺三针！这、这不是传说中的一剑封喉吗？旧江湖上最凶最狠的杀人招数蚊子怎么也学会了？我快疯了！

晚上，邻居约我去海边逛逛。我说："去喂蚊子？"她说："那就在小区里走走吧。"我不去，小区里的蚊子也不是什么好东西！真的，每天我都小心翼翼，可总是旧伤未愈，新伤又添六七处。

同事也犯蚊子，身上咬痕累累，走着坐着抠胳膊抠腿，有人前没人后地抠前胸挠后背，边抠挠边感慨："还是以前的小蚊子好啊，咬人不厉害，还傻，好打，睡着觉一巴掌也能拍杀（方言，拍死）。这会儿的蚊子鬼，咬人狠。"你看看，都是蚊子，都咬人，她竟然还分出来孬好，可不是脑子被咬毁了么？

2023年9月

蜗牛都去哪里了

徐大哥也种菜，问我："你没发现今年夏天蜗牛和蛞蝓（方言，俗称鼻涕虫）都没有了？"我说是啊，我也纳闷呢。

小时候不当家不知柴米贵，又被一首儿歌误导，把蜗牛当成好鸟，因为它慢慢吞吞又不屈不挠、不依不饶往上爬的样子呆萌又可爱啊。

农村人走到哪里也抹不掉农民的心理印记。二十年前我买了这个房子，有个大平台，物业种满三叶草。三叶草好是好，可是几时看到几时心里不舒服：种点什么不好，怎么单单种片草？有个同事和我一样，一看就咋呼："啊呀，可惜可惜！种上花生多好呢！种片黄豆也中呢！种什么也别种草呢！"

背着物业，我偷偷摸摸改造了几块地，都是一庹宽的长溜子。这么稀罕的地，我舍不得种黄豆、种玉米，毫不犹豫撒上了菜种子。

绝不吹嘘，种菜我有天赋，左邻右舍无比羡慕，说我种什么都很像样子。我从种菜中得到乐趣，枯燥单调的日子变得忙碌又踏实，感觉光阴没有虚度。

可是也有烦恼，主要来自虫儿和鸟儿。鸟儿是指麻雀和喜鹊。喜鹊尤其烦人，我前脚种下它后脚就"扑腾扑腾"地刨，不吃也刨出来，还斜着小眼儿蹲在边上"喳喳"地挑衅我。以前觉得它喜庆吉祥，还当成歌儿唱："门前喜鹊喳喳叫，家中好事要来到。"种菜后才知道名不副实，对它恨之入骨！这些年不叫打鸟，喜鹊泛滥成灾，老家人种玉米种花生都得扣膜，要不就叫它们刨得缺行断垄，影响收成。

虫儿有好几种，蜗牛、蛞蝓、菜青虫、蜜虫子、蚂蚱、瓢虫。对于虫儿来说，白菜、油菜最可口，一畦肥嫩嫩的小菜，两天不管，它们就给报销了。蜗牛的胃像无底洞，一拃宽的白菜叶子一晚上就不声不响地干完了，一个个大如鹌鹑蛋，胖得水润滚圆，繁生也快，昨天捉得干干净净，今早又满地都是。

开头几年，捉了蜗牛我不忍杀死，都撒到外边草丛里。越捉恨意越起，干脆"啪"的一脚踩死。每次捉完虫，菜园边就像刚刚经历大屠杀，尸首遍地、血肉横飞、惨不忍睹。我老公一脸嫌弃："你真狠呃！扔出去还不中？非得杀了它？"哼！真是站着说话不腰疼！这算"狠"吗？我起早贪黑施肥浇水，眼看到嘴的劳动成果，就这么白白全乎了虫子？雷锋同志说，对待敌人要像严冬一样残酷无情！奶奶心对待害虫，那不是真正的菜农！

饶是如此，每年都有捉不完的虫子。

可是今年夏天奇怪，蜜虫子依然有，菜青虫依然有，蚂蚱依然有，却比往年少多了。到老秋，蜗牛才慢慢腾腾露了头，大如豌豆和黄豆。鼻涕虫压根儿就没有。

忽然想起春天就不寻常。

有句古诗，"荠菜花繁胡蝶乱"，是说荠菜开花的时候蝴蝶就很多了。可是今年春天蝴蝶不"乱"。当时我还庆幸，蝴蝶少种菜好啊，因为种菜后我才发现蝴蝶产在菜上的卵最后都变成了吃菜的害虫子。有两年父母在我家，一到春天就用纱网把菜罩住，就是防止蝴蝶在菜上产籽。

细细回想，今年夏天苍蝇也少，蜻蜓也少，青蛙也不多。我们小区赛公园，有河有湖，往年夏天一到晚上青蛙就"呱呱"地吊嗓子。尤其雨后，你别想睡安稳觉，它们比着赛着闹得慌。今年清静，不上心根本听不到。

这是怎么啦？

徐大哥说，开春下了一场雨，那场雨过后，蜗牛、蛞蝓什么的就没有了。我没这么仔细，没留心那场奇怪的雨。难道那次下的不是雨，而是货真价实的敌杀死？

同事上知天文下知地理，皱着眉头琢磨了好大工夫，嘴一撇："到处杀毒，都杀死了。"我不服气。蜗牛都从地里出来，杀毒也没杀到我这几垄地，它们都去哪里了？

邻居像半仙，歪头瞅着天，翻瞪着小白眼，掐算一顿，肯定地说："今年年景不好，又地震又洪水的，动物都会自我保护，不出来是为了减少损失。"嗨，他的脑洞真是大，像科学又像八卦。可我还是不服气。牛羊照常生，鸡鸭依旧孵，就蜗牛、蜻蜓、苍蝇之流知道保存实力？

不过，说到"年景"我觉得有点意思。

很多自然现象弄不明白，我们农村人就归结到"年景"上去。比如某年苹果歉收，花不多，果更少，干瘪无形质不好，"间年"了。今年间年，明年也不一定丰收，没有可把握的规律，果农只能无奈地说"年景不好"。有的年份什么都丰收，掉在路边的一粒黄豆到秋天也能打一小瓢，人们喜笑颜开，归功于"好年景"。

小学四年级，邻村过蝗虫，黑压压一团团，飞得"轰轰轰"，地里庄稼只剩一根杆儿，山上草树也吃了过半。学校停了课，我们拖着扫帚、扛着铁锹浩浩荡荡灭蝗去。全乡人奋战好几天，踩死烧死的蝗虫铺满地堆成山。老人们边扑打边重念："哪来这么多蚂蚱呃？地上冒出来的？"活了一辈子，他们也弄不明白铺天盖地的蝗虫怎么都像赶集似的汇合到这个村子。

这阵子我就疑惑，往年地上冒出来的蜗牛，今年夏天都去哪里了？

2023 年 9 月

亲人的意义

广播电台有个热线监督节目《行风在线》。民政局每次上线，都有人打进电话要求照顾。前阵子有个小伙子说他父亲瘫痪，母亲也没收入，问能不能申请低保，政府有没有其他照顾。线上领导介绍了低保条件，又问他有哪些家庭成员，有多少收入。小伙子说他父母七十多岁，两个姐姐已出嫁，他有俩孩子，全家就他打工挣钱……反正嘟囔一顿，就是要求政府照顾。

民政局的领导好脾气，温和耐心地向他解释，我却火顶脑门子：这是哪条沟里蹿出来的白眼狼，娶了媳妇忘了娘？姐弟仨养不了一个爹？爹养你长大，给你娶媳妇盖房子，他一瘫了你就伸手向外要照顾？天下人都像你们，国家得背多大包袱！

如今这种人多，凡事只顾自己，哪怕亲爹亲娘，一旦成为拖累，就想两手一甩推出去。你要驳他，他还振振有词：国家有政策，又没占别人的便宜！

国家是有低保政策，可那是兜底性的社会救济，不是普惠性的社会福利！俗话说得好，"养儿防老"。爹娘老了，病了，不能养活自己了，儿女都不想出钱出力，不愿降低个人生活品质，那养儿养女还有什么意义？只顾自己，把亲人放在哪里？

想起不久的过去。

我奶奶是我们村老殷家的闺女，幼年失父，母将雏改嫁。未几，叔父至，索回侄女，视如己出。至我记事，村里姓殷的共两户，是奶奶叔父的孙子、奶奶堂哥的儿子，我叫表大爷和表叔。

母亲如今糊涂得颠三倒四，却念念不忘一件事：1976年盛夏，奶奶去世，未火化，尸体腐败迅速，只好一层层套上塑料袋子。出殡时，三层塑料袋子都胀破，腐水从棺材淌出，臭气冲天刺鼻。奶奶这俩叔伯侄子，一人拿两瓶酒，把嘴当成喷壶，喝一口，喷出来，用酒气驱散臭腐，绕棺反复喷遍，抬灵的才敢捂着鼻子将棺材抬起。母亲总是感慨："要不是你表大爷和表叔，你奶奶的殡不好出……亲侄儿还能怎么样？人家从来没觉得那不是亲姑。"

表大爷和表叔住我家屋后，和我父亲总是客客气气地呼"表兄""表弟"。表大爷和我父亲尤其对脾气，闲着没事总爱邀约喝一壶。父亲的堂弟去年还说："你家的酒都叫你表大爷喝了。"我承认："俺家的巧活儿也都叫俺表大爷干了，比如炸油条，比如杀猪。"

父亲离开老家后，每年回去，表大爷的门口他都绕不过去。父亲去世后，有次母亲回去，表大爷非拉她到他家吃。表大娘腿不好，下不来炕。母亲直叹气："唉！两个人都糊弄不了一顿饭了，还非得拉我去吃！"去年带母亲回去，表大爷摔了腿，起不来炕，寒暄两句就声音哽咽，泪眼模糊："真是想俺表弟呃。"

我爷爷兄弟俩，年少丧母，父再娶，又生二女。兄弟俩为继母嫌弃，衣不蔽体，食不果腹。没几年父亡，继母离去。俩人无以为继，被村里善心人收留，委以放牛，得以衣食。长大后，两兄弟寻到继母家，认回了同父异母的妹妹，也就是我的两个姑奶奶。我记事时，一个姑奶奶还在世，逢年过节，父亲兄弟们去看姑，姑奶奶的儿子来看舅，用我母亲的话说，"还是大厚厚（方言，形容关系很亲近）的亲戚"。

三年严重困难时期，平原的饥馑甚于山区，平原人成群结队到山区要饭吃。有些饿急了眼的妇女，找个光棍儿就住下了，不再回去挨饥。我大姐夫的娘就是这么从高密来的，住下后又生了四个孩子。后来大姐夫的父亲亡故，平原的日子也好了，她就想回去找原先的男人和孩子。

平原来的马车拉上了寡妇的全部家当和孩子，走出村口了，她的光棍小叔子撵上去，非要留下孩子："这是俺哥的骨肉呃，不能就这么散失了！"一番扯拉，老光棍儿夺下来一个侄子一个侄女，侄子时年七岁，就是我大姐夫。光棍叔死后，大姐夫就跟着他一个堂哥过日子，堂兄弟的感情胜于亲兄弟。如今大姐夫的堂哥堂嫂已经去世，侄子侄女们拿他当亲叔，给他过节过生日。

奶奶的娘改嫁后生的儿子，我叫舅爷，我记事时有六七十岁的年纪，每年好几次到我家住。奶奶活着时他来看姐姐，奶奶去世后他来外甥家走亲戚，他小儿子还是我父亲给说的媳妇。初夏割完麦，深秋种上地，舅爷就来了。娘亲舅大。舅爷一来，父亲兄弟俩就忙着治酒办菜给舅吃。母亲针线活儿好，每到秋来就数算着要不要给舅爷再缝件新夹衣。

给舅爷缝着衣服，母亲就会说舅爷和奶奶家的旧事，最后总是感慨："你舅爷这人真不孬，和你奶奶不一个爷，也没一块儿长，人家就拿她当亲姐姐，一年来看好几回。"

舅爷话不多，大高个，一脸麻子。那时麻脸有的是，别人我不敢看，舅爷我却无恐无惧。看见舅爷远远地来了，就"吱吱"地跑上去，推着拉着，嫌他走得慢，又吱吱地往家窜，一路狂呼："俺舅爷来了！俺舅爷来了——"

最后一次陪父亲去看舅爷，舅爷已经九十几，聋得炸雷不入，笑嘻嘻地蹲在炕上，每个麻孔都溢出笑意。我父亲其时七十多，背弓成九十度，还腰疼，坐车几个小时就疼得龇牙咧嘴。舅爷虎着脸吵他："你也不是小孩儿了，虾着腰来窜什么！"可他很高兴，破例喝了酒，又叫着我父亲的小名嘱咐："你也上年纪了，酒要少喝，能戒就戒了吧，又不是非用不可。"

舅爷和姑奶奶已去世多年。去年回老家，七十多岁的堂哥说："得抽空去看看咱那些表叔，老亲不走就断了。"我说："好，我拉你去。"我愿意陪堂哥去走老亲戚。那些温暖的过往，那些感人的故事，是我一辈子珍贵的回忆。

2014年，朋友家翻盖老屋，旧房檩抽下来放在院中，他父亲指着其中一根，像是说给别人，也像自言自语："这是当年三哥扛来的。"又指着另一根："这是二哥扛来的。"最粗最重的主檩，已被几十年的烟火熏得又亮又黑，父亲说："这是大哥扛来的。"神情落寞的老人触景生情，想起当年三个哥哥如何帮衬他盖屋。四十多年过去，三位兄长都已仙逝，几根拆下来的房檩，让老人不开心了好一阵子。这种不开心，不是嫌弃，不是不满意，是对亲情的怀念和珍视，是伤感兄弟已去、往日不复。

以前的人大多不识字，没文化，也不懂大道理，为人处世简单又朴素，觉得亲人之间互帮互助、疼惜体恤天经地义。比如兄弟殁了，哥哥、弟弟就有照顾死者家庭的义务，使他的孩子不致四散流离。兄弟姊妹之间也是，所以有"长兄如父""长嫂如母"之说。日常相处当然也有矛盾有隔阂，但一方有难，其他亲人不会漠视。

时移世易。如今生活好了，人们文化程度高了，亲人之间的联系按说应该更加紧密，可现实不是。比如我们老家以前正月走亲戚，姥姥、姥爷健在的必须先去，姥姥、姥爷不在了，就先看舅，再看姑，其他亲戚按照辈分和远近一天一家逐个去，说是拜年，其实就是一年一年地沟通和加固亲戚关系。所以那时候亲戚虽多，但七大姑八大姨家家都很熟。现在每家有汽车，却不大走亲戚了，即便尊重传统的，走亲戚也都简化程序，比如堂弟们正月初三去看姑，到了放下礼物就走，一上午看完四个姑，就像窜着送快递。

人们越来越重视自我意识的建立和保护，把家庭和亲人的范畴缩到最小程度，比如打热线的小伙子，说他有俩孩子要养活，实在顾不了父母。可我就想弱弱地怼一句：连父母都不顾，你还养孩子干什么？

2023年9月

中老年，再婚难

赵哥去年丧妻，膝下一女，已成年。年末认识一女子，数年前丧夫，一个儿子。两人彼此感觉很合适，又都经历丧偶，更觉珍惜。

年后把双方儿女凑一起，一是认识认识，二是交换一下意见。女方儿子、儿媳很支持，男方闺女也没不同意。两人很高兴。但为照顾闺女感受，几个月后女方才搬来住。

可闺女明显有抵触，对继母不发一语，继而摔摔打打，桌椅都受屈。赵哥看不下去，说："你这么大了怎么这么不懂事？"闺女号啕大哭，让继母腾床，又让人家倒屋，总之不能碰她妈的任何东西。让赵哥没想到的是，闺女报了警，说爸爸为找老伴儿对她动了手！

赵哥又急又气又恼，发牢骚道："怎么养了这么个东西，一点都不体谅人呃？"

赵哥肯干不惜力，进城务工几十年，挣下丰厚家资。自己不舍得用，不舍得吃，却疼闺女，吃穿用度随她的意，给她买东西都奔着贵的去。

赵哥屈得慌，一天没吃东西，说："我哪里打她了嘛，我自己气死了也舍不得戳她一指头呃。拼死拼活一辈子都为了孩子，她怎么就那么自私呃？"

他气得脸蜡黄，不停地吸溜鼻涕，我心里很不是滋味。他不到六十，当然得找个老伴儿过好下半辈子。我年过半百，知道再孝顺的儿女也代替不了老伴儿。但我不能责怪他闺女。妈妈去世，她不愿别人取代妈妈的位置。她还不到一定年纪，不明白各人有各人的位置，继任取代不了前任，也掩盖不了前任的痕迹；她还不明白，逝者固然值得怀念，生者更应该被珍惜——她确实还不太懂事。

我问女儿怎么看此事？她说死了才一年就找，时间太短了吧。我问几年再找合适？她说不知道。我说如果我死了，她爸再找，她怎么办？她说好好的两个人，一死了就另找，谁能接受得了？我说："另找不是背叛，活着其实比死了更难。你没看见你姥爷去世后姥姥一下子不行了？找一个老伴儿，是为了更好地活下去。"她稍加停顿，说："孩子当然不会同意爸妈再找。"我问为什么？她说："爸妈的财产本来都属于孩子，谁愿意再来一个人争？"呵呵，女儿从小温软不物质，她都这样说，可见社会大风气。

中老年再婚的阻力，大都如此。

想起多年前。同事的父亲是我们单位的老干部，母亲常年卧病，不到六十就去世了。父亲找了老伴儿，儿女都不同意，嫌对方条件不好。父亲后来就找了个条件好的，有文化，退休工资高，儿女都很有出息。可同事兄妹仍然不愿意。父亲瞒着儿女登了记，两个老人夫唱妇随过日子。为缓和关系，老太太还做了继女爱吃的小豆腐，让老头儿送到女儿单位去。女儿一言不发，满面愤怒，坚决不收继母的心意。

年长的同事看不过，都劝她："你爸爸伺候了你妈一辈子，他享两天福不中吗？"同事很委屈，哭道："我把朝南的卧室腾出来，叫他去住，他想吃什么我就做给他吃，还不享福吗？"

他们的关系磕磕绊绊不顺利。后来听说，老头儿的房子被过户给孙子，加上其他乱七八糟的烦心事，老两口无奈离了婚。见过老头儿的人都说他心情抑郁，不住叹气。没两年，邻居几天不见他，爬墙过去，发现他歪在沙发上死了，手里拿着遥控器，开着电视。

办完丧事上了班，同事抑制不住情绪，动辄满脸眼泪和鼻涕。同事大哥嗤之以鼻，嗷嗷地斥责道："你哭晚了！早干什么去了！"缓了缓，叫着她的名字，指头快要戳到她的鼻子，一字一顿地说："你记住，不论你有多少钱，老爷子这样走了，你就是失败！彻底地失败！"同事伏案大哭。

人的豁达和智慧不以年龄而居。

三哥几年前丧妻，唯一的女儿很出息。那时三哥不到六十，在女儿家看孩子。某年过年我回去，几个嫂子、姐姐叽叽喳喳谋大计，在给三哥找媳妇儿。我问："小嫚儿同意？"她们眼一斜，说："咋？活了半辈子还得叫孩子管着？她爸爸能跟她一辈子？"

我们老家人说话爱用反问句，其实表达相反的意思。过后大嫂跟我说："你三哥不找怎么治？白天在外头哄孩子，有人说有人要，天黑回到家，七岁不跟八岁的要，和孩子说不到一块儿，电视也看不到一块儿，不闷杀了？"

去年在老家碰到三哥，他高兴地说："小嫚儿放我回来了。"我说："放你回来找媳妇儿？小嫚儿同意？"三哥笑嘻嘻地说："我爱找不找，她不管。"我说："不管就是好孩子。"三哥笑得很谦虚："照比还可以呃。"

丧偶妇女有的是，老少爷们儿操心又出力，三哥也挑挑剔剔：名声不好的不要，不愿来我们村的不要，嫌他家屋小的不要，不接受三嫂所留物品的不要。

去年腊月，小堂哥传来好消息："咱三哥说了媳妇了。这会儿他可享福啦，热汤热饭吃上啦！"其实三哥会做饭，三嫂在世时身体不好，都是三哥做饭，擀面条、包水饺、蒸馒头什么的都会。但一个人吃，他做得没劲，吃得也没精神。秋天小堂哥去叫他帮秋，看得心里凄惶，说："咱三哥不办个人不中呃。馒头干巴得能砸破头，菜馏得通红，都看不出什么菜了。再好的饭一个人也吃不出味儿！"

没了爹娘，兄弟姊妹成了心理倚靠，三哥经常打电话跟大嫂唠叨唠叨。他说新妇不会做饭，大嫂安慰道："你会做就中了，两人都做锅屋挤巴不开。"三哥说新妇会馏饭，大嫂说："多么好呃，你回家就能吃上热饭了。"三哥当天出门，新妇叫他快回来，两人擀饼吃。大嫂立马满口羡慕："真馋人呃，你又吃上饼了。那些光棍子一辈子也捞不着个热饼吃。"

我笑岔了气："大嫂这张嘴啊，死的叫你说活了。"大嫂一本正经："有人陪他吃饭，陪他说话，你三哥干什么都有劲儿。"

有一天，大嫂说叫小嫚儿感动毁了，说有文化的人就是不一样，讲理，能解开事。原来侄女给她打电话，说："大娘，那个姨不会做饭，你知道？"大嫂就明白侄女心里不舒服，顿时疼得慌，跟我说："孩子就是想找人说说话。没个兄弟姊妹，她妈死了，后妈进了门，想想就怪可怜人。但是，咱不能光顾死的苦了活的，对不对？"她安慰侄女："中呃，你爸会做就中了，有人陪着他吃就很好呃。"侄女表示只要爸爸愿意，找什么样的她都支持。大嫂感慨无比："没想到小嫚儿这么通情达理，你三哥真没白养她。"

侄女确实做得不孬。新三嫂腊月进门，正月初二，侄女就奔驰千里回来拜继母。

有了伴儿，三哥劲头十足，多年不种的地收回来，跟三嫂种了花生和各种小粮食，不卖，就为孩子们吃。

大花公爹八十六七，一儿六女，多年前老伴儿去世后续娶。老头儿有工资，但是没有屋，一直住在闺女家里。去年老太太生病，闺女们就想把她送回去找她自己的儿女。老头儿不同意，吭吭大哭。大花看着可怜："虽然不是亲婆婆，但来了二十多年了，都八十多了，再叫他们分开，不要了老头儿的命？"她赶紧回家收拾，拆了卫浴，腾出仓库，支上电炕，把老两口接过去。

后婆婆有个毛病，不论谁去看他们拿什么东西，她都藏到掖到她屋里。大花也看不惯，但她没当回事，说人老了都那样。上个月大花老公找不到某件东西，原来老太太藏到了她屋里。当儿的忍不住说了继母几句，老头儿火冒三丈，举着拄棍要打儿子。儿子不让打，老头儿脾气大发，又哭又闹，骂儿子不孝，还嚷到大街上，叫四围邻居都知道。

大花老公高血压，气得头痛了好几天。大花知道后也很生气，想吓唬吓唬老两口："再不听话就撵走哈！"老头儿完全没有对儿子的霸气，反而有些低三下四，说："你婶子有什么不对，我说她，你们不能说。她跟我这么多年，不容易。"说着说着就抽抽噎噎地哭了。大花也忍不住，眼泪哗哗地，跟我说："老头儿一混账，我就气杀了！但一看他护老太太那个样儿，我又很感动。也确实该护，他生病拉在裤子里，都是老太太收拾。真是满堂子孙不如半路夫妻啊。老来老去，哪个儿女都不如老伴儿好支使！"

周大姐公爹是抗美援朝的后勤保障战士，赶着毛驴往阵地送补给。上甘岭战役，敌人炮火太密，后勤连队冲不上去。当最后剩下的几个战士带着干粮冲上阵地，阵地已成焦土。战友们有的烧成灰柱，有的满身血污，有的残头断臂，有的伤口还冒着热气，但都没了呼吸。周大姐公爹时年二十，受不了这种刺激，挨个抱起死去的战友，使劲摇晃着尸首，拿着干粮硬叫他们吃："快吃嘛！快起来吃嘛！吃完了再打啊——"满山战友都不回应。年轻的小战士彻底失控，像狼一样号哭，把几袋子干粮倾倒在地，抽打着毛驴叫它吃："你吃吧！都留着给你吃！早晚撑杀你！"——小战士就这么疯了。

后来他娶妻生子，但病情不时反复。六十岁左右妻子去世，他不会照顾自己，又找了个老伴儿。儿女眼中，娘在时就像奴隶，父亲油瓶子倒了都不扶，筷子还得娘递到他手里。娶了新老伴儿，父亲一反常态，对她知冷知热，还学会了洗衣做饭，只要没犯病，家务活儿就不让她动。儿女们替娘委屈，不愿跟继母相处，说娘受了一辈子罪，换来人家半辈子福。

周大姐豁达，训斥丈夫："你爹对老太太好，你难受是不是？谁让你娘早死的？叫她活着受罪就是了！"吵完又温言软语地开导，说正因为婆婆突然去世，公爹才对新老伴儿那么重视；说你们光看到老头儿没犯病时老太太享福，不想想老头儿犯了病谁陪他看病住院、谁给他喂药喂饭、谁白天夜里不撒手陪着他胡走？你们谁能替得了老太太？她老公就不吱声了。

旁观公婆的晚年，周大姐感动得一塌糊涂，经常说得一把眼泪一把鼻涕，说完不忘灌输我们人生哲理："你们一定记住：少年夫妻老来伴儿。老了没有伴儿，光指望儿女，你就掉到井里了！"

2023 年 10 月

懒柿子

人到中年，春困秋乏夏打盹，一年少有好时候。

大人这样说，小孩儿就一肚子不服气，哼，毛病！我们怎么不困不乏不打盹啊？你们就是懒！

时光专治各种不服气。这两年我就服了，一年到头懒，头晕眼花，腔沉腿软，皮松肉散，好像哪个器官也不归我管。近来尤甚，懒得眼睛睁不动，气也不爱喘！

我家的柿子熟过了火，软得不敢戳，更不敢捏，皮一破就要淌出来的感觉。可是甘甜好吃啊，每天我都小心翼翼地嗍一个。今晚慢慢嗍着，竟乐得酥酥麻麻心里开花，因为想到老家人常打的比喻，把极度懒惰的人比喻成柿子，说："你看看你，懒得像柿子！"或者直接说，"你这个懒柿子！"

这个比喻我从小就听，但并没深究，不知其理，今晚却醍醐灌顶般醒悟：柿子熟到这个程度，可不就像现在的自己，一层皮裹着一包水，没有一丝筋骨。

这是我的自悟，"懒"和"柿子"究竟是怎么联系到一起的，老家人也说不出个所以。

网络大行其道，适合年轻人传播创造，他们把无药可治的懒惰叫"懒癌"，形容其绝症状态。我们农村人没文化，说话直来直去，形容、比喻都爱用身边的现成事物，褒贬人时尤其如此。比如姑娘长得俊，就比喻成"一朵花儿"。不同的姑娘，花儿也不一样，皮肤白的叫"白牡丹""白玫瑰"，黑的就叫"黑牡丹""黑玫瑰"；形容小孩儿眼珠黑又亮，就说成"水汪汪的黑葡萄"；形容姑娘的声音好听，说成"脆生生的银铃铛"；形容幼儿的胳膊胖，说成"嫩藕似的"；形容牙齿又白又整齐，就说"一口糯米牙"。

贬低人的比喻最丰富：脾气犟的叫"驴脾气"，负担重的叫"老驴"，心眼儿多叫"猴儿"，尖嘴猴腮也叫"猴儿"，又高又瘦叫"秫秸"叫"麻竿儿"，又矮又矬叫"秤砣"叫"磨盘"，嗓门大叫"喇叭"，声音尖叫"锥子"，又粗又胖叫"麻袋"，上下一样粗壮叫"碌碡"……

事物特性和常见现象也能用来打比喻：形容没出息、不受扶持，就说他"属地瓜秧子——架不起来"，或者说他是"烂泥——扶不上墙"；形容记性不好，说他"属耗子——搁爪儿就忘"；形容拿着某物却到处找，叫"骑驴找驴"；形容重要部分在后头，比喻成"小老鼠拖木锨"；形容受夹板子气，比喻成"风箱里的老鼠"……

很多贬义比喻，狗都脱不了干系：说人不好，轻来轻去叫"狗东西"；关系不正常的两性叫"狗男女"；无理纠缠的人叫"癞皮狗"；不可理喻的人叫"疯狗"；依附别人的人叫"走狗"；狼狈不堪或失魂落魄的人叫"落水狗"或"夹尾巴狗"；

陌习难改叫"狗改不了吃屎";依附他人势力欺负人,叫"狗仗人势";高傲自大看不起人,叫"狗眼看人低";互有好感的男女人前人后腻歪在一起,叫"狗吊秧子";双方互相指责,叫"狗咬狗";互相指责的结果,叫"狗咬狗,一嘴毛"……人的所有劣性,似乎都能用狗代替,这样骂起来好像更解气。

类似的比喻数不胜数,因为农民的语言不像诗词格律那样受固定格式限制,也不会绞尽脑汁遣词造句堆砌修饰,他们就习惯用具体的事物和常见的现象简单明了地直抒胸臆。这样的比喻反而更生动更形象,还有一竿子插到底的淋漓尽致,说起来痛快,听起来舒服,我真是喜欢。

根据说话人的情绪,很多比喻也分程度,好像英语的比较级和最高级,比如good的比较级是better,最高级是best。就拿懒惰来说,一般的懒叫"懒蛋""懒虫子",程度深一些叫"懒猪",懒到没边了就叫"懒柿子"!

"懒蛋""懒虫子"全国通用,无须解释。猪的懒惰尽人皆知,就算抽它几棍子,头不抬眼不睁,顶多哼哼一两声,叫它"懒猪"实在不委屈。

我就替柿子叫屈。人家模样好、有营养,没有嘴,没长腿,从始至终一声不吭,怎么就得罪了人,被叫成"懒柿子"?

当然,此"懒柿子"非彼"婆柿子"。

生柿子发涩,是可溶性单宁的缘故。用一定方法把柿子催熟,比如用温水泡,用谷糠捂,或长时间放置,等可溶性单宁转化为不可溶性单宁时，柿子就好吃了。这个脱涩过程老家人叫"溇柿子"，不知和"懒柿子"有没有关系。

我不明白那是我的问题，这样的比喻老家人说了几辈子，约定俗成，不问缘由。"懒蛋""懒虫子""懒柿子"虽是贬义，说的人却并不咬牙切齿、恨之入骨，语气神态里满满的亲昵，被说的人也不恼不怒，还很受用、很骄傲的样子。

城市化持续加剧，年轻人离开村庄涌入城市，说普通话，学外国语，父辈祖辈的方言于他们越来越像天书，即便我老家，三十岁以下的人多数也不知道"懒柿子"是什么意思。真怕这么形象的语言就这么彻底地消失。

2023 年 11 月

中老年再婚和养老

一

同学的爹今年八十三岁，娘年初去世。娘走后，爹在城里待不住，搬回老家住。同学弟兄仁都很孝顺，每周轮流往回窜，回去陪伴爹。爹却不着家，天明到天黑蹲在街上耍，天黑回到家，也不看电视，"欸""喊""啊""呀"直叹气，说躁得慌。

同学的娘去世前两年一直患病，吃喝拉撒都由爹伺候，寻常饭菜也是爹办弄。可娘走后，爹就不爱做饭了，说懒，不爱动，费事做了也吃不动，一个人怎么还不好将就？肉鱼坚决不做，炒菜也省了，只挑最现成的馏，没的馏了就白水煮面条糊弄糊弄，吃口好饭都是东邻西舍拽了家去或端着碗来送。

入冬回到城里，爹在家更待不住，隔几分钟就扒着窗户望望楼下，看看有没有人出来耍。可是城里人不和农村人那样爱在外头耍，爹看一回就失望地叹一回。

大儿子当老师，时间规律，也最心细，就每天过去给爹做顿饭，陪爹吃完再走。可是他话少，不喝酒和爹没有话，爷俩只好每晚喝两盅，借着酒劲东拼西凑说几句。

爹这么消沉，儿子们都很心疼，私下嘀咕："是不是应该给爹找个老伴儿？"试探着说给爹，爹并不反对，长叹一口气，还有些不好意思："人怎么越活越倒退？怎么越上了年纪越怕闷？一个人真是闷杀了！"

可是爹又顾虑重重，说八十多了再找老伴儿人家不笑话？说就是找也得在外头找，不能叫老家人知道，老家人知道了自己以后还怎么回去？说找了老伴儿我走后不给你们添麻烦？

儿子们心里有了底，只要爹愿意，其他都不是问题。安慰爹说："谁享福、谁遭罪，谁自己心里有数，笑话你的想找老伴儿找不到，吃不到葡萄就说葡萄酸，管他咋？有人陪着吃喝，陪着说话，你高高兴兴地多活两年，比什么都值！"

同学问了好多人，都说这个年龄别登记了，找个老保姆吧，保姆只是形式，实质还是老伴儿。同学觉得可行，说："不就是变通一下形式嘛，只要双方愿意，把预计到的问题讲明白，再找个律师把把关，签个协议，不就行了嘛。"又说："老人再婚其实就是互相陪伴，咱不想占便宜，也别让人家吃亏，一切都为老人着想，没那么复杂。"

这个爹确实有福气，儿子们通达，也愿意为他分解来自周围的压力——这个压力，也是老年人再婚的重要阻力。

二

人们都说老人丧偶后，三年是个坎儿，很多老人就过不去这个坎儿——对老伴儿的想念和无边的孤独很容易把他们吞噬。

　　我父亲去世后，母亲状态极不好，我们姐妹的情绪也是一会儿阴一会儿阳，很受娘影响。公爹刚去世那几年，婆婆也这样，动不动就像小孩儿耍赖，坐在地上咧着大嘴嚎，嫌公爹不仗义，说走就走，撇下她一个人不好过日子。她们每每如此，儿女都没好法子，只能无声地陪着哭。母亲情绪好的时候，我开玩笑："娘，给你找个老汉做伴儿，中不中？"她立马斜我一眼，表示很嫌弃，同时厉声呵斥："滚一边子！我什么年纪了还找老汉儿？叫人家笑话杀（方言，笑话死）？"

　　另一个同学的娘早我父亲一年去世。同学说叫他爹气杀了，他大老远回来陪爹，爹却在家坐不住，筷子一撂就窜出去了，蹲在街上，街上没人了也蹲在那里，不知道有什么蹲头！我说："你爹在家干什么？和你有什么话？"他说爹在家他们也没话，除了简短的"吃什么饭""吃饭了""喝不喝水"，再难有话。我说："那就是了，没话说，没话找话还耽误你看手机，他不更尴尬？说话需要共通的话题，见多识广的儿女和老迈的父母还有多少说得上的话题？"同学拧着眉皱着脸，说："那怎么办？"我说："给你爹找个老伴儿吧，要不叫俺娘和你爹瓣伙儿？"

　　他小虾皮子眼立马瞪得溜圆，头和手像触了高压电，快速摇摆着："不中不中，绝对行不通！俺娘一去世，俺大舅就扎咐（方言，郑重其事地嘱咐），'俺妹妹走了，咱还是好亲戚。你要是再找老伴儿，俺就不跟你叨叨了'！"我说："你舅混账，他是饱汉子不知饿汉子饥！"同学又立马摆着手："不是不是，俺姨父也这样说，好几个亲戚都这样说。俺都在一个庄住，不敢不敢！绝对不敢！"

他爹一辈子种地，却把三个儿女供到本科和硕士，在三十年前的农村，这是了不起的成绩。可当老伴儿去世，儿女浪迹城市忙着出人头地，顾不上他，他去了也帮不上儿女，还捆手捆脚地怪碍事，一天也待不住，还是回到老家自在又踏实。可是家里冷锅、冷灶、冷炕头，出来进去没有人动静，闷得慌，还不如蹲在街上看看人，透透气。

除了亲戚反对，同学也不赞成爹找老伴儿，撇着嘴，说："七十多了还找老伴儿干什么？"我真想一脚把他踹到南墙上！我说："你爹这个年龄找老伴儿还准备热热闹闹地生孩子？不就是早早晚晚有人陪着说话、陪着吃饭吗？"他鼻子一吭："哼！俺娘活着时，两人天天嗷嗷，有什么好说的？"

这倒也是。我父母就这样过了一辈子。早年是娘嫌弃爹，横竖不顺眼，张口就吵。后几年倒过来了，娘记性不好，撇三落四，丢东忘西，爹就硬气，嗷起娘来一点不留余地，把娘半辈子的欠账连本带利全部还回去。每次去，我都断不完官司，真是气死了！

没想到爹一去世，娘却受不了了，呆呆坐着望着空气，不知不觉就一脸眼泪鼻涕。我说："你俩吵了一辈子，这会儿不用打了不用吵了，不正好了？还想什么想？"娘擤一把鼻涕，哀哀地说："打也罢，吵也罢，两人过了一辈子了，哪能没点好呃？"

抽泣一阵，又说："走了一个，剩下的怪闪人（方言，被抛弃的感觉）呃。"

我渐渐明白，不管横眉怒目，还是互爱互助，都是他们的相处方式，每对夫妻都有自己的方式。父母那代人相对粗糙，日子又比较辛苦，他们大多不讲究相处方式。可是，这并不说明他们没有感情甚至互相厌恶。几十年来，一起生儿育女，相互扶持，彼此的陪伴深入对方心里，一方去世，另一方就有塌天之虞。

同学认可，但仍不赞成给爹找老伴儿，说他们村好几个人找了老伴儿最后都没弄好，自寻烦恼，不如不找。我问怎么都没弄好？什么原因？他又嘴一撇，说："原配矛盾都堆一垯，再婚的左一窝右一块，还不各人想各人的？哪有好的？"

这似乎是现实，但绝不是全部，相处好的再婚老人比比皆是。

三

我刚工作时的科长姓李，木言木语，十分老实。他爹是我们单位的老干部，他弟弟也是我们同事。他娘去世时，兄弟俩都已结婚。爹平时油瓶子倒了都不扶，一个人没法过日子，跟着儿子过又怕不好处，就从农村找了个老太太，没登记，讲好每月给五十，后来慢慢涨到一百多的样子，应该算保姆，兄弟俩管她叫婶子。

老人在单位前边住，李科长隔三岔五去，买上几个小菜，陪爹和婶子喝一壶。俩儿媳也很孝顺，包了水饺、蒸了馒头都给老人端过去，换季还去帮老人晒晒洗洗。老太太一个闺女，住在老家山里，隔段时间就进城，送来自己种的蔬菜和粮食。她每次来，李科长就吩咐妻子打点礼物，不让人家空手回去。同事们都很羡慕，说一个娘养的还能好到哪里去？

李科长老实得三脚踹不出来屁，惜言如宝，偶尔说起他婶子，话里话外都是好。说他爹那个臭脾气，也就是他婶子脾气好，换了别人谁都受不了；说婶子来了十几年，从没跟人红过脸、起过高腔；说婶子对儿媳、对孙子孙女，比对她闺女、对她外孙还好；说他爹后期生病，拉尿都得人伺候，婶子不让他们动，白天黑夜都是她自己弄；爹住院，哥俩去陪床，婶子非要白天坚守，一是换下儿子回家睡觉，二是守着老伴儿她心里不慌慌。李科长说："俺娘活着，也做不到俺婶子这样。"

老头儿去世后，老太太闺女进城把娘接回去。这是一开始就讲好的。其实李科长哥俩问过老太太："婶子你要不想回去就安心住在这里，一直住到老。"老太太拒绝了："讲好的事咱不能变卦。"

其实中途早已变了卦——两个老人登记结婚，成了正式夫妻。但这是李科长他爹主动提议、两兄弟一致赞成的，是为了让老头儿去世后老太太作为遗属每月能享受补助。

这桩婚姻，李科长兄弟俩很满意。爹活到八十多，除最后他俩伺候了几天，近二十年，吃喝拉撒全靠婶子照顾，省了他们多少力！老太太闺女也很满意。老头儿的丧葬费和抚恤金，兄弟俩都给了老太太。老太太临走，哥俩又每人给她五千块钱表达感谢和孝敬。这样一来，老太太一把拿到四万多。在二十年前的山区，四万块钱不是小数目。另外，老太太每月还有几百块钱的遗属补助。这些钱对闺女家是不小的贴补，所以她也高高兴兴地把娘接回去。老太太来了这么多年，吃喝不委屈，也不受儿女的气，到头来月月还有补助，她也很满意。

除去老头儿离世的余悲，这真是一个皆大欢喜的结局。

四

好结局是双方共同创造的。这个双方包括双方老人和双方子女。人们常说"两好夹一好"，就是这么个意思。不管老人还是子女，都多为对方考虑，多为对方付出，"好"才能打下基础，并越来越牢固。如果只是单向付出，对方不感激不回馈，或者双方各为自己，总想索取，那么最终就是两败俱伤或分崩离析。

见过不少再婚失败的例子，他们从不检讨自己，一味指责对方，甚至全盘否定再婚的意义。

这两年，几个丧偶的男性亲戚都在积极寻找伴侣。我姐姐一面替他们着急，劝他们赶快找个人伺候着享福，一面又私下感慨，说那些再婚的女人脑子都有问题，自己的日子不过跑去伺候人家，伺候完了，还叫人家儿女撵出去，哪头子合账？然后叹口气："唉！这会儿的人连亲娘都不养，谁还去养后娘？"

这也是很多中老年妇女宁愿忍受孤独困苦也不愿再婚的一个

重要因素。所以经济条件好的妇女，或有能力挣生活费的妇女，多数不愿再找。

跟城里中老年妇女再婚的目的是消除孤独、让生活更充实不一样，农村选择再婚的中老年妇女，大多经济条件不好，或没有收入，她们再婚的目的也很简单，就是期望在这种相对固定的关系中，通过伺候别人，付出辛苦，为晚年挣一个保障。

可是现实屡屡打脸，有再婚意向的老年人就被迫学乖了。几年前在老家，听说一个妇女去了城里当保姆，伺候死了老婆的退休老师，每月一千五。我说当保姆才一千五，哪赶去打工了？表姐说："不是真正的保姆，就是搭伙过日子。"我说那不是两口子嘛，怎么还给钱？表姐说："人家现在都这样，不登记了。"然后又解释："登了记也白搭，老头儿一蹬腿，人家儿女就撵，白费力气。"又一笑，说："这会儿女人也学精了，不找主，只当保姆，吃穿都管着，还开工资，不更好？"

我同事说这两年行情涨了，她们老家那一带这样的保姆每月都得三四千，因为家政公司的住家保姆都五六千了，你一千五两千上哪去找？原来如此！难怪我那个年龄和相貌都还不错的亲戚一直没找到合适的伴侣。有阵子听说一个很有戏，过阵子我问怎么还不喝喜酒呀？亲戚叹了口气："唉！散了，那女的要十万块钱。"我一听就来气。亲戚不像我这么气愤，又叹了一口气，心平气和地说："现在女方都要钱，不要钱的没大有呢。我想给三五万，人家都不愿意呢。"

除了相互陪伴这个共同诉求，老年男性找老伴儿是为了享受日常照顾，女性找老伴儿更多是想找生活依靠。说到底，老年人再婚是为了更好地养老，使精神满足、物质充裕。

五

就像越来越多的年轻人不结婚一样，随着经济能力越来越好，很多单身的中老年人也选择不再婚，因为有条件选择更丰富、更自由的方式消除孤独、获得帮助，比如一些俱乐部、社区活动中心、公益组织、互助养老小区，有能力、有爱好的可以去参加各种活动，失去自理能力的可以就近得到各种生活帮助。

前几年在健身俱乐部认识了一群单身大姐，年龄从五十多到七十多，每天下午，她们像上班一样准点赶到俱乐部，瑜伽、健身操、拉丁舞，碰到什么课上什么课，没课就在那里说说笑笑，喝喝茶，吃点东西，晚上洗完澡再回家。说是健身，其实更像是老姐妹们互相陪伴的一种方式。除了来俱乐部，她们还一起过周末，一起旅行、烘焙、画画、唱歌、跳舞，日子过得像仙女。

都说女人离婚丧偶后再婚不好找，认识这群大姐后我恍然大悟，人家不是不好找，而是不屑找！有车、有房、有钱、有爱好，自在舒展又逍遥，干嘛找个大爷堵心啊？不能动、不能蹦了也不愁，一起上养老院呗。

但这种状态有前提：足够的物质基础和强大的心理独立。有的老头儿不差钱，就想二十四小时叫人妥妥帖帖伺候着，有的老太太一个人就是不好过日子，那么就找吧，生活没有固定模式。可是得到了想要的好处，当然就得有所付出。就拿男方说，你吝啬钱，身后又做不了主，人家凭啥伺候你？女方也是，别人家财万贯，与你也没关系，别想着都攥到自己手里。不管什么方式在一起，其实和年轻时一样，不能光想自己。

　　人生是场漫长的修行。修了多半辈子，应该有所感悟，该舍的舍，该弃的弃，该看重的就要紧紧抓住，让一天比一天少的日子过得平和又稳固。

2023 年 11 月

老年痴呆哪里来的

一老弟满腹焦虑，说他最近头昏脑涨，丢三落四，说他爷爷、他大爷活到八十多，最后两年都是稀里糊涂。网上说老年痴呆遗传，他担心自己会紧跟爷爷和大爷的脚步。

我母亲老年痴呆，别人也会问有没有遗传因素，比如我姥姥、姥爷、我舅、我姨有没有先例。我总是骄傲地回顾母亲拥有多么健康长寿的家族：姥姥活到八十八，姥爷活到八十四，两人八十多年没尝过吃药打针啥滋味；三姨今年九十八，国庆节去看她，还在场里全神贯注地摘果子。每年十亩花生，从不用机器，都是三姨摘的；其他姨舅也都活了老大年纪。直到咽气，他们都明明白白不糊涂。

姥爷唱了一辈子戏，八十多了听到琴声脚下生风，"嗖嗖"地就窜了。戏听得也挑剔，谁要唱错了音、唱漏了词别想蒙混过去。二舅活到八十四，去世前躺着听戏，没力气哼唱了，就跟着对词对谱子，去世头晚还跟儿子推心置腹，检讨过去，安排后事。三姨聋，自己说聋得"像块死木头，一点不透气"，可是村里的事、亲戚家的事、特别是孙子辈的事都一清二楚，观念也很跟时。

这一家子，谁有老年痴呆的基因？我母亲从哪里偷的？

姥姥家的人记忆力都很好。姥爷不识字，大戏小戏琴谱全靠脑子记。二舅从小学戏，新中国成立后上了一阵村里的夜校，就能当记工员，看《三国演义》《水浒演义》，看完再绘声绘色地讲给别人听。小姨也不识字，却是戏班的台柱子，一部大戏别人念两遍，她就一字不漏地唱下来了。我母亲小时候也学过戏，茂腔的经典戏曲都装在她心里。在生产队劳动时，婶子大娘们就爱逼着她唱戏，不唱就撅高、罚站、不准劳动，于是她就一上午一下午地边干活儿边唱戏。父亲干代销，母亲根据货架上的物品名字，无师自通地认识了字。前年回老家我有意测试，路牌和沿路商店的名字她基本都认识。粗略估计，母亲应该认识百多字。

除了记忆力好，母亲还手巧。针线活儿就不用提了，她认为那是"女人的分内事"，说："女人没点针线活儿，大人孩子不得遭老罪？"与手拙的婆婆相比，母亲一手好针线，让我们享了多少福！

母亲还擅长画。我们老家宠爱新生孩子有风俗：姑的裤，姨的袄，妗子的花鞋穿到老。当妗子的要给外甥做花鞋，做满三个生日。男孩子的鞋脸画虎头，女孩儿的鞋脸画海棠。我大姑嫁在本村，生了五个孩子。母亲每给他们做了新鞋，大姑的婆婆就抱着孩子满庄谝，谝我母亲针脚多么细密，鞋脸多么俊俏，谝完就给孩子脱下来，舍不得穿。

另外，姑娘定亲、结婚要给女婿做鞋垫儿；每逢闰月、爹娘生日，以及一些有特殊讲究的日子，出嫁的闺女要给爹娘做鞋穿；爹娘过了六十还要做送老鞋。这些鞋和鞋垫儿作为重要礼物，必须经得起人看，最好让人羡。母亲就很忙，给半截庄子画鞋样儿，画鞋垫儿，画鞋脸上的吉祥物和云头子，经常做着饭就有人跑来，胳膊窝里夹着材料，说："二嫂二嫂，快给俺画画。"有时攒一摞，母亲抽阴雨天画完，支使我们给人家送去。刚送去就有人拿着跟回来，说："二嫂二嫂，这朵花使什么线？那朵花使什么线？"还有人明白自己本事不济，拿不出手去，干脆派给我母亲，还笑嘻嘻地说得很硬气："你看着做吧，做孬了丢你的脸！"

父亲结婚时还在上高中，对农活儿一窍不通，毕业后也学不会，干啥啥不中。别人家男人的活儿，我家都是母亲干，比如垒鸡窝、砌狗窝、盘个灶、支盘炕、打绳子、编苫子，杀鸡宰羊也得母亲操刀，反正只要涉及技术，都与父亲没有关系。族里的长辈喜欢我母亲，也恨父亲不争气，说："垒个鸡窝又没孬好，怎么还不会嘛！"父亲也不甘心，嘟嘟囔囔一兜本事，垒！可是垒到两拃高就歪了，"哗啦"就倒了。气得母亲一把夺过抹刀，眼剜着父亲，说："人巧都是心巧，心里有才会悟做。你是猪心？怎么那么死气？"

父亲上了十几年学，也有长项，能写会算。可是每当家里卖牲畜、卖粮食要算账时，父亲忙着找笔、找纸、找算盘子，母亲一口就喊出来了——她心算特别快。他俩心情好的时候开玩笑，母亲觉得样样都比父亲强，不识字是唯一的缺项，父亲就鼻子一呓，一脸耻笑："哼！你要识俩字得上天，地上盛不了！"

谁想到能上天的母亲现在竟痴呆到饥渴不知、冷热无感的程度?

十三爷爷是那个年代我们村的能人,能干,手巧,在生产队里是师傅,随便打条地瓜垄也是艺术品的高度,叫人无可挑剔。他大字不识,却是我们村的窑匠头,领着一帮人给全村打墙盖房。谁家要盖屋,先找十三爷爷,说想盖几间多大的,看看得备多少料?十三爷爷一估摸,立马告诉他该备几条梁、几根檩、几方石头、几吨灰,大料小料都很细详。十三爷爷给我儿时记忆留下一帧清晰的影像:千军万马的盖房现场,刚刚上了大梁,十三爷爷骑在梁头上,耳朵上夹着铅笔头,一边干活儿,一边从容指挥各路工匠。

十三爷爷还有那个年代农村男人少见的高情商。十三奶奶又瘦又高,眼窝深陷,颧骨凸出,可是脾气急,嘴里不停地嘟囔,吵孩子,骂牲畜,喂猪时倚着圈门,气急败坏地用竿子抽着猪,嫌猪光吃食不长膘。十三爷爷进门就笑嘻嘻:"你看看你!养牲畜哪能心急?你嫌猪不长膘,猪心里也笑话你,说你一天三顿吃了半辈子,怎么还是皮包骨?"十三奶奶"扑哧"笑了,嗔道:"就你好!"

大包干时,我们两家分到共同的大牲畜和大农具,合作种地。因为琐事,母亲和十三奶奶时有斗气。十三爷爷调解,先批评十三奶奶:"跟侄媳妇叨叨,你哪有婆婆的样儿?"又来劝我母亲:"你婶子有嘴无心,别跟她一般见识。"

小孩儿都喜欢十三爷爷。他跟我们说话，完全没有大人的架子，总是模仿我们的语气，挤眉弄眼，表情丰富。不管多忙，从地里回来，他总有闲情捉个蚂蚱、拿个蝈蝈，给小孩儿当耍物。小时候我一直羡慕，羡慕那些姑姑叔叔，遇上这么好的父亲，他们多么有福气。

十三爷爷活到九十。最后两年完全糊涂，糊涂得裤衩子套在头上就跑出来了，每天早晨必奔十里路到三闺女家去。三闺女心疼爹，留他住宿，他坚决不住，天黑必回儿子家看牲畜。三闺女强行留宿，爹就恼了，砸家具、砸东西，把墙上的瓷砖都砸碎了。大闺女从东北回来看爹，爹却不认识，还一脸鄙视："这是谁家的女人，也不干活儿，天天坐俺家里干什么？"闺女崩溃大哭："爹呀，你怎么痴成这样子！"

痴成什么样子由不得他自己。一个本家大娘和十三爷爷同岁，话刚起头眼眶就红，说："你十三爷爷能了一辈子，老成这样，咱庄里谁能想到？"

接受不了也得接受，因为衰老不受人控。里根更是人中龙凤，他老了都痴呆，何况咱老百姓！我只是觉得有些概念需要理顺和更正，不是所有的糊涂都叫老年痴呆，痴呆和去世前的稀里糊涂应该不是一回事情，比如我母亲是老年痴呆，十三爷爷不是，他应该是单纯的老年糊涂。

去世前糊涂的人不在少数。我奶奶也是。她1976年农历六月去世，麦收时开始糊涂。那时用铡刀铡麦子，短的麦穗铡不到，落在麦秸捆里，我们叫麦根子，需要手工把麦穗拣出来。奶奶总说有尿，喊我母亲帮她提裤子。母亲一个麦根子拣不完，奶奶要尿十几次。其实她根本没有尿，就是哄人来跑趟儿。奶奶还整夜不睡觉，晚上起来点火，把顶棚烧了，把我们的鞋也点着了。她时而清醒时而糊涂，糊涂时跟死人絮叨，清醒时跟好人一样，对我母亲满含歉意，说耽误我母亲干活儿了，叫她多担待。最后几天，奶奶清醒时候少，一旦清醒就很珍惜，赶紧叫过我母亲，嘱咐后事，安慰别愁以后的日子。去世前一天，昏迷了半上午，奶奶悠悠醒来，拽着我母亲的手，说她很快就走，叫我二奶奶来做主，说我母亲孩子小，帮手少，怕她咽气后里里外外顾不了，坚持要去我大爷家咽气。奶奶下午到了大爷家，第二天上午就走了。

我大娘活到九十，看完孙子、孙女，又看大了重孙子，利利索索、清清爽爽的样子让人真羡慕。去世前几个月却稀里糊涂，放下饭碗出门就告讼，说我二嫂不给她饭吃，一整天没吃一点东西。后来躺倒了就胡话连篇，所言全是阴间人事。我二嫂吓唬道："再胡说八道就拿针把你嘴缝上！"大娘赶紧捂住嘴，眼瞅着二嫂。二嫂一走，她又开始絮叨。

大娘去世前两天，西屋的大娘去看她，问她："大嫂子你还认得我？"大娘正在絮絮地说胡话，立马睁眼看一下，一笑："你不是西屋他嬢嬢（方言，对父亲弟媳的称呼）嘛。"然后又继续说胡话。其实她说的不是胡话，而是反复描述她出嫁："俺描着眉儿，画着眼儿，搽着粉丹丹的白面脸儿——真不丑呃，要不元方还使花轿来抬俺？"

西屋大娘听得满眼是泪，说："大嫂子你不理俺，俺待走哈！"大娘立马恢复她生病前的神态，一手拉着西屋大娘，一手指指灶房，挤眉弄眼地说："他嬢嬢你别走，二嫂儿在下边包馉馇，你在这里吃碗馉馇，回去就不用做饭了。"我二嫂的确在灶房里包水饺。大娘说完，松开手秒回她的世界："俺描着眉儿，画着眼儿，搽着粉丹丹的白面脸儿，全庄都说俺俊，丑了元方还能看中俺？"——大娘最后最清晰的记忆，是她最美最好的那天。

不知老年痴呆是怎么界定的，但我觉得像我奶奶、我十三爷爷、我大娘这样，临近去世脑子才糊涂，不应算作老年痴呆，而是去世前身体机能的整体下降体现在大脑的状态。老年痴呆病程漫长，也不是老年人的专利，三四十岁得病的有的是，且有越发严重的趋势。叫老年痴呆其实是对老年人的歧视，阿尔茨海默病才是正规名字。

医学至今弄不清阿尔茨海默病的病因，说它遗传叫人不服气，至少我知道的例子都不是。如果老年人去世前的糊涂也是阿尔茨海默病，那么患病比例不会低于百分之五十。这显然不是一种病了，只有瘟疫才会有这样高的感染率。

预防阿尔茨海默病要多用脑，好像也没啥依据。说我母亲不用脑就罢了，美国前总统里根、英国前首相撒切尔，难道也不用脑？电视上一个病例，中学女教师，勤奋敬业，三十八岁发病，一年之内恶化得记不住曾经最喜欢的一句歌词。难道也是没用脑的缘故？反正我不信！我觉得阿尔茨海默病就是一种病，如同这种癌、那种痛，未明真相而已。目前医学无法解释，就不要妄下定论，以免引起不必要的恐惧。

同事姐姐专注养生，中西医理论皆通，我们叫她"大夫"。大夫有个重大发现，说看看咱身边，天天笑哈哈的得了绝症，天天吊着一张死人脸的还啥病都没有，这哪符合医学逻辑？接着公布她的研究成果，说癌症就是基因发生了突变，根本没法预防，锻炼、养生更是屁用不中！

我觉得也是。理论咱不懂，例子一抓一大把：同事的奶婆婆今年一百零一，每天两顿饭，早上两个蛋花泡桃酥，晚上一碗炖肥肉，其他什么也不吃，从同事结婚就是这个食谱，三十年没变。另一个同事的爷爷奶奶每天喝两顿，每人每顿半斤，老两口都活到一百多，还利利索索放羊上山坡。他们的生活方式健康？吃得营养均衡？所以专家的理论不等同实际，关键还看个人体质。只要不逆天反地往死里作，剩下的就看天意。

年龄越长越无奈，只能不断调整心态，该来的挡不住，该去的留不住，只好来的安然，去的坦然。病如此，命亦如此。

2023 年 11 月

他们怎么不识字

宁馨问我记不记得赵丽蓉有次在晚会上写过毛笔字？我说好像有这么回事。她记得主持人说赵丽蓉根本不认得自己写的字，所以多年来她一直疑惑：赵丽蓉老师那么聪明，怎么可能连那几个字都不认得？我说有可能啊，我身边就有不少这样的例子。

我大舅就是。他勇猛机智，新中国成立前村里躲土匪、躲二鬼子，他跑前跑后又组织又出力，新中国成立后任青年干部，当了多年民兵队长。那时各村办夜校，进步青年带头扫盲识字，大舅、二舅是头一批。一个月过去，二舅正儿八经能写全村人的名字，成了记工员。大舅"腚上长尖儿"（姥爷说的），坐不住，"脑子是块榆木疙瘩，什么也塞不进去"，只认得"上、下、大、小"等四五个字。先生气笑了："刘云喜你别来了！识什么字呃？你就是出大力的料！"

大舅天生就是出大力的料，犍牛般的身体，使不完的力气，修梯田，打水库，二百斤的土石担子挑得像儿戏，收工后别人都累散了架，他还又说又唱演节目。

大舅能编会演。那时得天花的人多，麻子脸就多，木工组十个木匠竟然都是麻子。大舅就编了顺口溜唱：大麻子生病二麻子瞧，三麻子取药四麻子熬，五麻子解板六麻子做，七麻子抬，八麻子埋，九麻子上山哭起来，十麻子问："你哭什么？"九麻子说："大麻子死了还没埋。"木匠们拿他没办法，笑着攥着打，说刘云喜你等着，早晚卸下来你的腿！

这样的大舅，竟然"望着字就头痛"，你说奇怪不奇怪？

十三爷爷家的姑姑、叔叔也不识字，但都是庄户地里的好把式，聪明、能干、手巧，没有什么活儿能把他们难倒，对各类机械更有天赋。

摩托车刚上市，很多大男人都学不会，骑上去也刹不住，最后一脸赴死的样子对着草垛撞上去。我小姑用不着草垛，人家跨上腿就骑，离合、挂挡、加速，跑得呼呼地，想刹随时就住，婚后还开着卡车到处收辣椒、收粮食。那时会开卡车的女人很少见，人们就叫她"假女人""野汉子"。后来禁止无证驾驶，这可难住了小姑，她不识字呀，考不了驾照，气得自己发狠道："一辈子就是骑摩托的命！"

这些年小姑短视频玩得透溜，每天都有作品发布。我很纳闷，那些编辑功能我都不会，她怎么会的？有次正开会，小姑打来视频，我挂断，发回去短信："小姑，我在开会，过会儿聊。"会后忘了。晚上小姑又打来视频，开口就骂："你明知道我不识字，还非得给我发短信！"

三姑嫁到我三姐村隔壁，三姐屋后就是三姑家的地。有年春天，三姑父兄弟俩在地里浇麦子，中途坏了机器，两人这里戳戳那里弄弄，鼓捣了一下午也无济于事。临天黑，三姑来了，两脚把兄弟俩踹到两边去，戳了几下，喷灌机又突突地浇地了。

往家拉粮食、拉秸秆用三轮，三姑父哥俩拉得少走得慢，沟沟坎坎还会翻车出事故，三姑就叫他俩装车，她开回去。两辆大三轮，兄弟俩装车还赶不上三姑往家运的速度。三姐无比佩服："咱三姑，给她架飞机，她摸弄两下就能开上天去！"

小叔摆弄机器更是到了出神入化的程度。我们那一带，小叔最早用上农业机械，先是粉碎机、脱粒机，后来是小收割机、大联合机、旋耕机、深耕机、平地机、挖掘机……买新机械别人都得去培训学习，回来还得看说明、看教程，小叔不用，好像机器就是他造的，一看就会，会开会用，还会保养、会维护。小叔种地不算多，主业是开着各种机器为周边几个乡镇搞服务，一季挣别人一年的。他家门前一堆机械，平房里切割机、电焊机，各种维修保养工具满满当当，屋顶上架着好几个摄像头看机器，谁能相信这个老板不识字？

但小叔真的不识字，签合同、记账都靠小婶子。前年小叔叫我把电话存到他手机上，我问他认得我名字？他说："自家人的名字连猜带估摸大体有数儿。"我说："那你还不快去考证？"他叹口气："唉！你小叔不是不想考呃，是科目一过不了呃。"

这真是小叔的心病。多年前他就买了轿车，开着各乡各村干活儿走亲戚。后来严了，不敢开了，小叔就没腿了，骑摩托车风里雨里不便宜。好在这些年有了电动老头乐，不用考证，但远路去不了，比如想去青岛看看外孙他就办不了。

我觉得以小叔的聪明劲儿，认字还算事儿？小叔却挠头："干什么活儿我都不打怵，就是怵认字，一点学不进去。"

小姨也是，用母亲的话说，"百聪明百伶俐，就是睁眼瞎，不识字。"小姨从小学戏，全靠脑子记，一部大戏别人给她念两遍，她就一字不漏地唱下来了。这样的脑子，又常年外出唱戏，她怎么就不认字？母亲说："你小姨的脑子就没用在认字上！"

母亲记戏词赶不上小姨，但她学字。一是父亲干代销时，她对照货架上物品的名字和实物认字；二是我们小时候做作业，她在旁边边做针线边偷艺，闺女不知不觉都成了娘的师傅。前年回老家，我有意测试，路牌和沿路商店的名字她基本都认识。《老家诸城》二十八万字，上周母亲笑嘻嘻地说："你写的那本书我好歹看完了。"我问她字都认识？她说："有的也不认识。反正认识的多，不认识的少。"

三姨家的小表姐也没上学，也精通机器，早年嫁到胶东的山沟子，苹果好吃就是运不出去，她就用摩托车、三轮车倒腾着拉到城里；到砖厂搬砖，别人用平板车推，她开大卡车拉；村里买了客车，选她当司机，拉着村民到镇上去。无证驾驶一禁止，表姐没法子，只好进厂子。说起这个话题，她就埋怨三姨："都怪你三姨不叫我上学。我要是识两字，早就养大车发了。"

可我惊讶地发现表姐在微信上给人发文字。我说："你这不识字？"她说："多少还不识两个？"我叫她写俩看看，她随手写了"维""和"。"维"的笔顺都对，"和"也写得很顺，就是最后一笔不对，她不写"一"，而是横折连笔向左直接画过来。可表姐是一天学没上、六十多岁的农村妇女，写成这样多么了不起！

表姐说这是叫钱逼的。工厂每月写总结，不写不给奖金。开始她求同事写，一月俩月还好说，天长日久就不好意思。后来又叫老公给写，很快发现老公还不如同事，一次两次就有了脾气，呲呲哒哒地，叫她自己写。表姐气得发了狠："谁会也不如自己会！我就硬着头皮写，不会的字再说。"就这样，她慢慢识了字，一个人到日本看儿子、看孙子，来来回回什么也难不住。

其实识字与否，并不代表一个人的能力。

我父亲识字，识了一肚子。母亲跟他过了一辈子，动不动就笑话他，说他"识了一肚子无用字"。父亲的堂弟去年还说："你爷白识了一肚子字，屁用不中！"

话不中听，但父亲不屈，因为他只是认字而已，识字并没使他增长见识、提升心智——他一辈子都过得稀里糊涂。

说到这个问题，宁馨举了一个例子，即防呆设计。所谓防呆设计，是一种预防矫正的行为约束手段，运用防止错误发生的限制方法，让操作者不需要花费注意力，也不需要经验与专业知识，凭借直觉即可准确无误地完成操作。比如两个零部件需要安装在一起，结合处都设计成三角形，两个三角形对在一起按进去就行，不需要智商和技术。最经典的防呆设计就是电话线、网线、数据线的卡口，轻轻捏住线上的卡子，"啪"地按进插口就是。这么一目了然的设计，仍然有人不知道先捏住卡子，而是拿着线卡用蛮力，凭借力大强行摁进去。宁馨说，这就叫"防呆不防傻，大力出奇迹"。

我顿时笑出眼泪来，因为瞬间想到两个人物，一个是我父亲，一个是我老公，都是"防呆不防傻，大力出奇迹"的好例子。

各种家电的说明书，父亲从来看得很仔细，一字不漏看好几遍。但是看了也白看，十有八九不中用。

我老公正相反。说明书于他纯属多余，从来不看，不管家电还是工具，他动手就摆弄，有时候摆弄来摆弄去就是安不进去，装不起来。我说他："你不会看看说明书？"他说："啰哩啰嗦谁能看明白？"1989年毕业的本科生竟然看不懂小家电的说明书。但同父亲比，对老公我还是十分佩服，起码人家有较强的动手能力。

宁馨说夏天她爸买了个电动小工具，翻来覆去摆弄了一下午，就是没找到充电插口在哪里，嘴里还嘟囔着设计绝对有问题。宁馨看了一眼说明书，拿过充电线"啪"一下就插进去了。她爸牛眼瞪得溜圆，无比惊奇："你怎么知道插这里？"宁馨指着说明书："人家这里有图！"

父亲唯一的手艺，就是修理家电的绝技。小时候电视信号不稳定，经常雪花飘来飘去，看不清楚，甚至连人影都不出。父亲修起来也简单，先把天线换方向，如果不见效，就施展绝技：用手"啪啪"地拍电视。说来也怪，电视怕拍，被父亲拍一顿，多半就好了。这门绝技相继延伸到手电筒、收音机、录音机、唱戏机、冰箱、电饭锅、电水壶，甚至电暖气，只要出了毛病，父亲就伸出大手换着方位"啪啪"地拍，拍好了他很得意，拍不好就怪电器质量太次。

结婚后，我惊讶地发现老公竟像我父亲的亲儿子，用手拍法治疗电器，而且拍的手法、节奏、表情，甚至嘴里嘟囔的意思，都跟我父亲毫无二致！每当他行此绝技，我就无声地笑出眼泪笑疼肚皮——这是缘分多么深的一对翁婿！他们都算各自时代的文化人，都识一肚子字，修理家电怎么不靠技术都靠力气？

可见性格才是决定生活的主要因素，与识字与否没有必然关系；识不识字也不取决上不上学和上学的程度，而是他对识字的热情和专注。

人各有所长，各有所短，认字是，其他方面亦是。

意大利有几十万浙江人，大部分是温州人，大部分偷渡而去，大部分初中没毕业，大部分连普通话都不会说。这些人到了意大利，几乎都奔着温州人开的厂子去，打工、吃住在那里。很多人在意大利待了三四十年，意大利语一句不会，听不懂，更不会说。有的人会听不会说，有的人会听会说不会写，只有极少数人，会听会说还会写。会了意大利语，他们就不在工厂打工了，出来开工厂、开超市、开宾馆、开旅行社，做中介、做餐饮、做其他服务。刚到意大利时所有人的起点完全一样，但几十年过去，已经分化成两个阶级，大多数人依然生活在华人的工厂里，极少数会意大利语的遍布意大利，成了老板。

看起来是语言的问题，说到底，是性格起决定作用。

2023 年 11 月

吃货有理

2003年年底，我专注于吃。

抽空就看某团看某音，乱七八糟秒翻过去，只看哪里实惠又好吃，看好立马就实施。饭搭子有的是，想和谁吃和谁吃。

最大的饭搭子是老娘。

娘今年八十，牙口还算可以，一天三顿饭，嘴里说"吃什么还不中呃"，也不跟婆婆那样皱着眉头嫌这不好吃嫌那不好吃，但就是不怎么吃，一个鸡蛋一勺稀饭就了事，说"够了""饱了"，再央及她就一脸嫌弃："饱了就是饱了，吃那么多放在哪里？"

可是她不足八十斤，就剩皮包骨。小时候她总叫我们多吃，说："人是铁饭是钢，一顿不吃饿得慌！"那时候娘胖，吃饭"刹不住嘴"，村里人给她起外号，叫"二胖"。我问她那时多少斤，娘说不知道，三姐说至少一百二三十斤。可是老了吃得那么少，还经常不吃晚饭就睡觉，她不饿吗？娘说："也不上坡，也不干活儿，天天坐着不动不消耗，饿什么？"

做饭前，三姐爱问："娘，你想吃什么？想吃什么我就做。"娘眯眼一笑，说："现今除了米就是面，哪有孬饭？吃什么还不中呃。"但水饺娘不爱吃，包子不稀罕，面条吃够了，米饭戳一筷子，馒头掐一指头，好像什么饭都提不起胃口。

偶然发现娘爱吃饭店。尝尝这个菜，尝尝那个菜，从头到尾尝得很有兴致，吃了平时几倍的量，也没撑着。我恍然大悟：娘不是不爱吃饭，是吃够了家里做的饭！三姐说："当然了，在家里谁做这些花样儿？有工夫也不会做，会做也不爱费事。"

那就好，上饭店！咱不暴殄天物，也不饕餮盛宴，更不一日三餐蹲在饭店，隔阵子去吃顿还不行？这两年我给自己立了个规矩，每月带娘出去吃一次，算是给她调剂调剂。

带娘吃饭还有陪客，姐姐、妹妹、外甥、宁馨，都是娘的亲闺女和闺女的亲闺女，一桌子全是嫡系，没外人不用讲究，也无须客气，我们吃得自在又随意。

有人说，吃饭店不卫生不健康，哪赶在家做着吃？可是我懒，不爱做饭，尤其讨厌饭后那通收拾。姐姐、妹妹都做小生意，早晚两头忙，整年不休息，要去她们家吃顿饭，急不死也得饿死。即便擅长做饭，天天做也无非那些样数，日久天长早已吃腻。还是吃饭店好，这次吃这家，下次吃那家，每次换着花样吃，专挑自己不会做的、在家做不出来的和饭店最拿手的吃。别说娘吃得欢实，就是我，拿捏着拿捏着，还是撑得像个大蜘蛛，下顿根本不用吃。

这样吃饭还有个好处。姐姐、妹妹和外甥都做针头线脑的小生意，既当老板又当伙计，有时忙到接电话都抽不出工夫，更别说跑来跑去走亲戚。隔阵子集合吃顿饭，闺女看看娘，娘也望望闺女，老少三代边吃边拉乎（方言，随意聊天），既是沟通交流，也是亲情巩固。

就是我费力。娘不爱吃海鲜，说来日照二十多年，"吃得够够的了"，只有虾还不嫌弃；姐姐"望着鱼就腌臜"，但是鸡鸭肉不爱吃，牛羊肉也不喜欢，只爱吃猪肉；外甥不吃猪肉，多贵的猪肉她都闻着有股骚味儿；宁馨对虾过敏，吃了就肿嘴。她们都能吃点辣，说没辣没滋味；我尝一点辣味肚子就受不了，不停往厕所跑——众口难调啊。于是吃顿饭费我不少脑筋，选饭店，选菜品，选主食；选好后报告各位老板，协调统一时间。看起来只是娘几个吃顿饭，其实是对组织者不小的考验。

婆婆进重症监护室三个月了，昏迷快四周了，生命失去自主，依赖各种机器和管子，已经四个多月没用嘴吃任何东西了，失去意识前一直闹着要出院："快回家吧，在这里连点营生也捞不着吃！"婆婆的境况让我心里怪难受，坚定并加大了带娘吃饭店的决心和动力。趁她还能走，还能吃，就多领她出去吃，管它健康不健康，管它垃圾不垃圾，娘爱吃什么就让她吃，就算讲究到极致，她也不可能再活八十。

我跟娘商议："娘，你能吃就好好吃，要是得了坏病咱不过度治，中不中？"娘非常同意："这个年纪了，老天爷哪会儿收我哪会儿去，得了要死的病还花那些冤枉钱咋？"我和她击掌约定："那就说好了，省下钱咱不疼不痒的时候好好吃。"娘满脸笑意："中！吃了不疼撇了疼。"

除了娘，我还有饭搭子，比如宁馨，隔三岔五也得研究点东西娘俩出去吃。

和娘搭饭，以娘和姐妹们的喜好为主，饭菜偏重肉类和传统样式。和宁馨搭饭，吃什么、到哪里吃，全由她做主，我只管掏钱，像傻子一样跟着她吃。这样挺好，跟着她尝试了我以前没见过和不屑于吃的各种小吃，有的浅尝辄止，有的痴迷不已，隔阵子就巴结宁馨再领我去吃。

广州的早茶我一直垂涎欲滴，上个月底，娘俩打个飞的，轰轰地飞了去。我们不是去旅游，真的只为吃：慵慵懒懒睡到十点，早茶吃到下午一两点，再懒懒散散逛逛博物馆，继续找店吃。前两天每天吃三顿，胃实在撑不住，改成两顿，还是撑得不舒服，只好买消食片吃——腾云驾雾来为吃，你再拿捏着不吃，既对不起机票，也对不起自己。

广州好吃的数不胜数，七天顿顿不重样，也没吃全乎，直恨嘴和胃都没长够数！宁馨说："你退休后搬到广州吧，就能天天吃了。"真不愧是我亲闺女，深知为娘的心意！吃饭时我就打听好了，洗碗工最低工资四千二，每天八小时，管吃又管住。退了休我就发配去，洗碗拖地，每店干仨月，换着花样吃。

别笑话我没出息。不丁不卯的家庭老妇女，你让我去制止俄乌战争、调解巴以冲突？我的鸿鹄之志早就随着鸿鹄飞到了九霄云外去，连根毛儿也没留住。活到五十我彻底明白了：除了我自己，对谁我都没本事！除了吃喝，我也没有别的本事！即便对我自己，也不能完全做主，比如生老病死，我就没法控制。

人到中年，开始走下坡路，胜在坦然淡泊的心理。不偷不抢，不争不嚷，以现有能力适度取悦自己。

我爱出去吃，其实不只为口腹，更在享受吃的同时交流思想、稳固关系。

古人倡导"食不言，寝不语"，但从来遵守不好。猪吃食都哼哼唧唧不消停，人哪能闷头干饭不吱声？只要不过分，沟通交流也是饭桌的重要组成。

宁馨不随我，内向寡言，别看蹲家快两年，日常和父母没有多少关联，吃完饭就窝在她屋里。这是当下社会的普遍现象，亲人之间越来越迷茫，忙的时候借口忙，不忙了抱着手机，眉里眼里笑嘻嘻，你要插句话，他还不愿意，嫌你耽误他的事。科技是把双刃剑，带来便利的同时让人失去一些宝贵的东西，比如手机最初的功用是打电话，现在却成功把人绑架，让人联络的工具，竟弄得人越来越生疏。和宁馨出去吃、打飞的去远方吃，就是为了创造机会让娘俩紧密相处。

从广州回来不久，同事感慨儿子很少和她联系，说他不要钱不说话，要钱最多三句话。我说："你撺掇一次寒假旅游吧，就你们娘俩，全程他负责，你完全依赖他，保证你收获很大。"

真的，跟宁馨出去吃了七天，虽然还是手机不离手，但因为旅途的特定模式，让我们的相处更紧密，交流比在家里深入，某些问题达到两年来都没到达的深度，我获益很大，感觉飞的没有白打。

口味因人而异。娘爱吃的、姐姐妹妹爱吃的、宁馨爱吃的，我不一定爱吃，有些我爱吃的她们也嫌弃。比如我爱吃杂鱼炖锅贴，娘一口不吃；我爱吃韭菜，宁馨闻着味儿就掩鼻；我爱吃海蛳子手擀面，姐姐直撇嘴："一碗烂面条子有什么好吃？"但我就是爱吃。美食再美一个人吃也没意思，于是就约朋友、约同事。

其实我有肠易激综合征，不大适合在外吃，往往还没吃完就急着拉肚子，拉得天翻地覆。经常搭饭的同事幸灾乐祸，总是讥笑我："坏肠子，烂肚子，就剩了个馋嘴子。"我说不纯粹是嘴馋，我是仗义，舍命陪君子。

不管馋还是仗义，反正我得将吃进行下去。娘眼看八十一了，吃一顿少一顿的年纪；宁馨老大不小了，以后搭饭的机会也不随我意；饭搭子同事都快退休了，退休后不一定流落到哪里，约饭可能很费事。这么一数算，更感饭搭子宝贵，搭饭要加倍珍惜。

吃货就这样，总是有理，一肚子理！

2023 年 12 月

坐等大雪

冬天赏雪哪里好？烟台、威海跑不了。

一直觉得威海是小老弟，不如烟台有名气，不想一场暴雪让它创造奇迹——以压倒性的优势扶摇直上，捂都捂不住，惹得全国人民都想去。

"雪花飘飘，北风萧萧，天地一片苍茫……"人哪怕活得再现实、再物质，都有丝丝缕缕的浪漫残留在心里。有山有海有暴雪，南北居中有高铁，不是西伯利亚去不起，而是威海更有性价比——威海火得一塌糊涂。

我也想去，想去喝上一坛酒，扮一回风雪夜宿山神庙的落魄大丈夫；想去"夜阑卧听风吹'雪'，铁马冰河入梦来"；想去见证黄狗怎么白，白狗怎么肿；想去坡上修条雪道，躺在破筐里"出溜"一下滑下去；想从树上轻轻一跳，"扑通"一声就像掉进棉絮里；想和驴一样在雪里打够了滚儿，四肢伸展睡过去，再让大雪悄没声地深埋住……

一鼓作气没走成，二鼓三鼓困难重重，至今也没去。一是怕冷。暖气屋里我都得穿上娘缝的花棉袄，一出去手脚冻得像猫咬。二是怵走。雪那么大，听说出租车都打不了，出门就靠十一路。偏偏我的十一路不给力，平路才走三里地，去"咯吱咯吱"

地踩雪，一天下来还不得疼得卸了去？寻思来寻思去，最好还是坐爬犁。可是爬犁好买，谁拉是个问题，老公没工夫，闺女没兴趣，训练狗子又太费事，唉！去看雪竟然这么大的难度！

下定决心刚放弃，闺蜜又约："威海看雪去？"我说算了，还是蹲在家里等雪吧。她说："冬天都快过完了，你还等啥？"

是啊，已过冬至，2023年也即将结束，雪花还没落下一粒，等到多咱算数？

日照是山东最南的地级市，跨过绣针河就是江苏，平常日照人扬扬得意，旅游宣传片也不忘吹嘘："北方的南方，南方的北方，气候最相宜。"可是一到冬天就一肚子怨气，干冷雪少，越来越少，我来日照三十年了，下雪的次数两只手就能数得出！十二月中旬这场暴雪，来势汹汹席卷山东，人家威海头一天就下了一米，隔两天又下了半米，名副其实的"雪窝子"。其他地市下得也都还满意，唯独日照，自绝于兄弟，没飘一片雪花！

说一片雪花没飘，老天有点屈得慌。威海第二场大雪那天，日照的天昏沉暗黄，阴得很扎实，雪下不迭的样子。同志们翘首以盼，过会儿看看天，说，快下了，过会儿再看看天，说，这就要下了。傍晚下班，车前的灯光里，终于看到星星点点的雪花！我高兴得直想唱两句，憧憬着"忽如一夜春风来，千树万树梨花开"，可还没走到家，雪花飞舞戛然而止。

真是气人！失望至极！

老家离日照一百五十里，也下了雪，虽然仅没地皮，但大人、孩子又歌又舞。

我赶紧报告："娘，咱庄下雪了！"母亲双眉一挑，不相信的模样："是？"说着就抻过头来想看我的手机。我马上找出乡亲们拍的照片，雪中的房屋稀稀疏疏，雪中的麦田勃勃生机。母亲看了一眼，嘴一撇，不太满意："小了，这点雪不管用呃。"然后右手食指、拇指比画出一段距离："这么厚就中用了。"又自言自语："今冬麦盖三层被，来年枕着馒头睡。冬天不正儿八经下场雪，过了年春旱还了得？"

母亲是农民，一辈子实用主义，我盼雪盼的是情怀，她盼的是粮食，虽然一天吃不了三两饭，虽然五个闺女都已不种地，虽然糊涂得颠三倒四，但有些事情却已刻进她的骨子里，再也抹不去，比如她怕干旱，怕收不到粮食。

我也是农民，但已经不像母亲那么现实，我喜欢下雪，盼望下雪，当然有对丰收的希冀，但更多是喜欢雪后银装素裹的样子。

其实相比雪后银装素裹，我更享受下雪进行时，不是那种天幕昏黄四沉、北风呼啸、暴雪袭人，而是喜欢夜寂静、风不动、雪落无声又无痕。

这样的雪夜，狗不叫，猪不哼，墙缝里的虫子都不敢弄出声，是"万籁俱寂"才能形容的场景。人们早早钻进被窝里，小孩儿不想睡，就央大人讲故事，大人没好声没好气："下雪不困觉（方言，睡觉）听什么故事呃？不打盹就滚到外边去！"小孩儿不敢吱声，就硬逼着自己生睡意。

一屋人起了均匀的鼾声。突然，谁家的大门"嘎吱"一声，惊动了半截庄子的神经。大人翻个身，像是与人对话，又像梦中自语："这是谁家呢？下雪外头还有什么心事？"

雪夜睡得沉。又"嘎吱"一声，伴随着一阵鸡扑棱。娘没动身，迷迷糊糊催爹醒："树杈子压断了——鸡掉下来了——你起来——把鸡抓到窝里去——"爹哼了哼，也没动，旋即起了鼾声。鸡一声不吭，窗外恢复寂静，就像什么都没发生。

我就盼场这样的雪，从开始酝酿，到雪后初晴，一点不漏地感受雪起雪止的心情。

表姐嫁到威海，热情邀请："快来看雪吧，好几年没下这么厚了，厚得没法扫，挖得就像地道似的，过年也化不透。"我说今年不去啦，等我退了休，刚预报就去坐着等，从下雪到化雪，看得完完整整。

2023 年 12 月